濱線女兒

◉王聰威／著

聯合文叢 411

【出版緣起】

生命聚落絲絲蔓延

千禧年後，臺灣各大報的副刊版面明顯「瘦身」，部分改版成休閒生活報導，更甚者則完全取消。產品導向的消費社會機制，以強烈競爭決定坐擁市場。短小輕盈、明豔搶眼如廣告的文學形態，因易於瀏覽、富吸引力，成為文藝閱讀主流。反之，具思想、文學性的宏篇巨構，如動輒上十萬字的長篇小說，因喪失副刊的連載支持，漸失讀者、更失去出版社青睞。市場的緊縮、閱讀習慣的改變，使得長篇小說的創作誘因「蒸發」。

有感於此，國家文化藝術基金會乃於二〇〇三年創設「長篇小說創作發表專案」，藉由補助生活費的方式，使創作者無生計之憂，全心投入創作。本專案迄今已歷五屆，獲補助計畫皆為一時之選，不僅主題多樣，寫作群亦囊括中生代及新世代作家。創作者於計畫中，呈現出不同世代特有的文字美學及時代思考，不管是內在「小我」的存在命題，或者外部對於本土現世、歷史、家族、政治……等「大我」的議題關照。他們筆下的多元景觀，既是探索生命聚落的旅程，亦再現了銘刻於時代的記憶。這種大規模的文學巨構，較能觸及社會與歷史的深層結構，形成豐厚的文化礦脈，成為國家無形的資產。本專案歷屆創作計畫的逐一完成，正是源源不絕為臺灣這塊土地，涓滴出珍貴的藝文寶藏。

「長篇小說創作發表專案」是國藝會戮力甚深的一個專案，從最初計畫審查至成果出版，皆以最嚴謹態度處之，對創作者遭遇的寫作瓶頸，亦經常給予鼓勵、打氣。為了徹底活絡長篇小說整體創作生態，本會也致力於創作成果的出版及後續推廣，如校園演講、作家電臺專訪……等活動，藉此提振小說閱讀風氣，邀請更多讀者閱讀小說、理解小說，甚至提筆創作小說。儘管在實際推動面上，本專案遭遇了許多困境，但都逐一克服了，只希望能為臺灣文壇催生更多優質經典。

字字成句，句句成篇，絲絲蔓延出巨構，長篇小說創作，亟須長期構思、醞釀、沉潛，才能交織出動人、細密的情節及結構。創作成果須經長時的考驗與評價，才能顯其價值及影響。優秀文明的形成有賴重量級藝術作品的縱向接力，我們期待，藉此專案能鼓勵一篇又一篇精采巨作出爐，形成一股交替不已的文學接力，為這塊土地啟導一個新生的文明。更衷心冀盼還有更多以藝術眼光、追尋人性本質的長篇小說出現，挖掘這個時代殊異、具典範性的精神特質。

國家文化藝術基金會董事長 黃國川

獻給媽媽，

以及紀念王秋蘭阿姨。

濱線女兒

目錄

濱線女兒

阿玉聽見窗邊傳來鏘鏘噹噹的聲音。

在寒冷潔靜的深夜裡，那聲音格外清脆，穿透了木頭窗。真的是太清楚了，她從迷糊的睡眠裡醒來，覺得好像是刻意在腦袋裡敲響，並非是現實環境的聲音。

但那聲音的確非常靠近，就在窗邊的小巷仔，由遠而近經過只有一牆之隔的她的頭頂。她看了看身旁共眠的弟仔，一臉熟睡的模樣，呼吸均勻平緩，被子蓋得好好的，一點也不漏風。今晚，弟仔應該是不會發病的，她忽然覺得有點生氣，早知道睡前不要喝那杯水就好了，這樣現在便不會醒來，也不會聽到那聲音了。

在窗邊，是一條只容得了一人勉強行走的小巷仔，緊臨著另一間刷白牆壁的平房。那平房，也有著和她的窗仔一樣的木頭窗，只是漆成了紅顏色。而她床頭的窗仔，則是淺淺的綠色和褐色。她想或許只是回音，小巷仔那樣的幽長，總是會將非常遙遠地方的聲音，像是麥管一樣吸到這裡來。

有一次，深沉的夜裡她聽見有人在對罵。但她聽不出來是誰，口音非常生疏。

「我在旗後這麼辛苦，妳卻去哈瑪星討客兄。」一個人這麼喊，「妳再假在室啊！壽山戲院的那個經理，都跟我說了。」

「我去討客兄？人家說你就信啊！做人有做豬這麼憨嗎？」另一個查某也喊著這一類的事情。她想，應該是好久前的事情了，她知道那經理是阿爸認識的人，已經在去年過身了。

她問阿母，那條巷仔是怎麼回事的時候，阿母一時之間，並沒有辦法會意她在說的是什麼。

「妳是在說啥？」

「為什麼，我會從那裡聽到一些奇怪的聲音？」她說，「好像不是在那條巷仔裡會發出來的聲音啊……」

阿母一聽，就知道她沒有好好睡覺了。「妳這個查某囝仔一天到晚不知道在想什麼，晚上也不好好睏，只會胡思亂想。」

漸漸地，她感到害怕，她用棉被蓋住頭，不停發抖。被子不夠暖和，讓她那麼的寒冷。但恐懼使她冒出冷汗。不過即使蓋上了被子，鏘鏘噹噹的聲音還是傳了進來，明明已經過去了，卻像幽靈一般又踅了回來。彷彿跟著月光，自木頭窗的縫隙偷渡進房間。她小心掀開棉被的一角，斜眼瞥見月光，落在木頭窗櫺上，當然也就落在她的臉上和棉被上，鏘鏘噹噹的聲音，就這樣滲進來，滲進她的尿意裡。

她真的很後悔，如果不要喝那杯水就好了。如果不要偷偷地，趁阿母去睡了之後，挖了一個小指甲的西洋牛奶粉攪拌在冷水裡喝就好了。那聲音久久不散去，她的尿意也就越來越濃。如果她現在起床去尿尿的話，也許會將聲音也一起尿出來也說不一定。她為什麼要喝那杯水呢？便所在大院裡的門口旁邊，假如她要尿尿的話，還得走到房間外頭。如果那聲音不是從遠方來的，而是就在外面，她該不會看到什麼吧？

透早，阿玉警覺地醒了，換好衫褲躡腳躡影爬下床，想了一時，把本來放回枕頭旁的菊瓣紋小黃帽又戴好，然後輕手打開門，走到門外的露天灶腳。

土灶的粗礫表面仍結著一粒粒飽圓晶透的露水，錫鍋鼎鍡清冷罩霧。她背起灶腳旁跟她同大的竹簍，簍中有一根長長的竹夾仔，出了大院的門走小巷到第一船渠撿漂流的柴木。

她沿第一船渠邊白皙皙的堤岸上走。堤岸狹又長，她不時朝船渠裡望，身軀往那一傾，人就像是連不小心眨眨眼都會消失。

「你娘咧！」有海腳仔對她喊，「勾落去就死，閃啦！」

她假裝沒聽見。

竹簍裝滿了她便走下堤岸。小學生們開始從巷內湧出，走堤岸下邊的濱海二街去鼓山國校。

她壓低小黃帽，臉朝著船渠，怕給同學看見了，斜斜地走回家。

在小巷口，阿玉看見大院前門站了個少年人，他提了只木桶，裡頭露出一柄鬃毛刷的把子。

那少年人長得真是好看，白淨削瘦的臉龐，頭髮抹油梳得整整齊齊的，穿著白潔燙直的長袖襯衫和藏青色西裝褲。他站在海腳間仔改裝的四合大院前，最裡面有棟一層的木造樓房，原本是大東亞戰爭前日本遠洋漁船船員的舊宿舍。後來船員都調去海兵隊打仗了，於是一個哈瑪星的地主頂了房舍，又將前頭兩排放漁具的磚造水泥平頂屋隨便挖了門窗，也改成了住人的地方，連著兩邊屋角砌了堵牆圍出一個斜歪的小埕，再開扇門，成了有兩廂的四合院子，分租了十來戶人家。

他定定神盯著門，規規矩矩立正站好，敲了敲門。

那年馬公婆自澎湖離家隨日本人的汽船前來，繞越了墨綠色的暗礁海域，駛入第一期完工的打狗港。當時哈瑪星剛從一片沼洋填築成仍然足以供魚栽呼吸的濡濕新生地不久，她在入港之際眺望哨船街方向的山巒，能看見「雄鎮北門」城樓上的五個雉堞，雲霞斑斕相連，像是逆流的虹瀑。她的印象那麼深刻，以至於經過這麼多年後，她還以為此處的事物將永遠不變，然而事實上的景致卻是如此新了。

「阿婆，這給妳吃。」賣炸粿和番薯煎的歐媽桑遞了碗鹹湯圓給馬公婆，茼蒿菜綠得刺目，嘴裡不住碎碎念著，「這漁會也是真害，啊不管妳在那裡住那麼久了，厝硬要收回去。

「這些人吃飯無放屎有，專門做這種無效的代誌。」歐媽桑大聲地喊，故意喊給漁市場上頭漁會分場辦公室的職員聽，「沒良心啦，啊沒看人幾歲啊，是要怎樣搬厝啦！」

馬公婆端著鹹湯圓走回漁市場騎樓前的雜什仔攤，蹲在矮凳上。

來了兩個遊客等著買番薯煎。

「我女兒最近也是嚷著要搬去市內，也不知道查某囝仔是哪裡學的，沒幾歲脾氣這麼倔強。」歐媽桑一邊將麵糊淋上煎鍋，一邊嘟囔著，「不要白糖粉，煎赤一點對吧？我問她在苓雅寮的唱片行不是做得好好的嘛，一定要搬去市內做啥，不能通車上班嗎？

「什麼跟我說透早已經去唱片行辭掉了！頭家娘是她親大姑耶，說辭就辭，叫我是要怎麼跟人家回失禮！說什麼同學找她開店，想要一起住外面比較自由。」番薯煎發出滋滋的炙熱香味，「最氣人的是啥，妳知道嗎？竟然跟她爸講『我永遠不回來了！』，真正是破格嘴，也不管人家是不是會難過。想不通她為什麼非這麼說不可，要是變成真的看怎麼辦！

「今天真熱！講自由啥啊？還不是多花錢的，住厝裡不用付厝租，生活又便利，啊好啦，少年人愛玩就去玩玩啦。」歐媽桑包好番薯煎，眼睛從斗笠和頭巾的縫隙中看人，「吃到苦就會知道要回來了啦！對了，今天下午她親大姑有幫她安排相親，這個不聽我們這些大人的可不行……來，五角，謝謝。」

早市已近尾聲，市街人潮逐漸稀落，一時馬公婆聽見擴音器淒厲放送招呼大家集合的聲音。她自市場的騎樓斜斜望進去，第一船渠邊有艘新的近海木殼漁船正要下水，買菜的太太、遊客、逃學的囝仔、漁市的行政職員和岸壁工人像是發現了新鮮事般，興滋滋擠過去。

真是難得啊……她想，哈瑪星這邊已經好幾年沒有新的漁船下水了。自從大東亞戰爭結束，南方新式漁港擴建之後，不管是釣黑甕串或是魷魚的遠洋漁船都逐漸轉到那邊去停泊，不久整個漁會也移到那邊去，所以連近海船和五噸以下的動力筏也不來哈瑪星了。只有沿海收網太晚錯過開市的船，才會勉強上這裡的碼頭賣現撈仔漁貨。

那是艘白底紅邊的明亮拖網船，寬而銳利的船首高高突上碼頭，船側「合順滿」三個紅字鮮明得快掉下來。看來有點煩躁的船東和海腳仔們站在船上，在他們背後的天空中，繫於主桅杆的纜繩隨風像是神經發作一般猛力震動，親朋好友送來祝求漁貨豐饒的七彩祈福旗幟以及細碎流蘇，襯著翠綠色的天狗岩和碎冰房的空中輸送道啪啦啪啦翻飛。時辰剛好，道士在船艙裡安好了神位，令牌令旗插在艙口，奉祀船頭水仙門的供品也備好了。當附近人潮聚集得差不多，船東大聲喊了幾句「大金持，船滿漁」一類的祈福日語，便開始和海腳仔從船上又遠又近地扔出糖果餅乾、錢幣和麻糬。船下一些內行人早就拿了傘，張開一朵朵倒放的傘花盡情接著。

過了十二點半，馬公婆將雜什仔收回兩個黑色塑膠簍仔裡，堆到漁市場的騎樓底下，照舊請歐媽桑幫忙顧著。她從牆角陰影處拉出一臺西洋式嬰兒車，在市場和濱海一街附近巡了巡，幾個攤商將不要的紙箱踩平給她，沒收滿的話就沿濱海一街走一時，看看店家有沒有能給她的瓶罐廢紙，但總不是每天都有的。東湊西湊撿滿一整輛嬰兒車後便回騎樓下整理，每天一點多，有個少年人會拉一輛板車來收東西。

「今天撿這樣就好了嗎？」歐媽桑幫她弄了一陣，也要收攤休息了。傍晚等人放學下班再出來擺，「下午不擺攤了？」

「今天不擺了。」馬公婆回答，「回家準備搬厝好了。」

少年人走了，她將兩簍雜什仔拖回八十八巷的日本厝裡。

等了一時，他聽見門內有人走動的聲音，卻沒人來應門。他看了一眼門邊牆上的幾個破爛窟窿，什麼也看不到，全被雜物垃圾擋住了。

他又敲一次，猛力點捶，總算聽見有人走來。門開了個小縫，「有什麼代誌嗎？」童乩露出一道臉說。

「呃……您好。」他欠了個身，緩慢操著大陸腔調的臺語輕聲說，「請問，你們這裡有需要人洗便所嗎？」

「洗啥便所？」童乩說，「有人叫你來洗嗎？」

「沒有，不過我上禮拜有來問過，裡面有人講……」

「沒有就緊走啦！」

「有啦！」阿桃姨將門拉開。

他想起某年夏天，他到姑姑家去。

站在綠色紗門的前面。紗門有乳白色的框，高過頭頂的框上有根小勾。他晃了晃門，卡啦卡啦地好一時，沒人來應門。

身邊有隻紅藍色的小木馬，不知道是誰的。一推搖個三兩下就停了，襯著白白的水泥地。

有點想坐坐。好嗎？他有點猶豫。

「有啥？這外省仔是誰啊？」童乩說，「以前又沒看過。」

「有啦有啦，他是在菜市仔掃便所的啦。」

「是啦，我還有在小學校跟婦人館掃。」

被人看見了怎麼辦？只是坐一下下應該沒關係吧，可是如果搖太大力可能不好。搖太大力的話，好像有人會從哪兒跑出來的樣子。

手要握住馬耳朵上的那兩根棍子吧，那棍子磨得很光滑。

「隔壁的便所也是給他掃的。」

「莊明耀他們家那間澡堂嗎？」

「是囉。」

「妳有問過歐媽桑嗎？」

「嗯。」阿桃姨說，「她說便所髒成那樣，又沒人要洗，叫人來洗好啦。」

「她要出錢嗎？」

「她出一半，我們出一半。」

「是要多少錢，還要分一半？」童乩說，「死摳。」

「一個月十元，一禮拜來一次。」少年人回答。

「那一口灶要出多少？」

「一元。」

「好啦好啦，大家要是有講好就好啦。」

「那今天就掃吧。」阿桃姨說，「可以嗎？」她指了指便所的位置，「在那。」

「好，好，沒問題。」他鞠躬兩次說，「多謝，多謝。」

看著他走了，童乩呸了一聲，「這咧外省仔不是做兵噢？我看是逃兵。」

「我哪知？不過看來真可憐，年紀輕輕又長得這麼好看面，卻在幫人家掃便所。」

「幹你娘，他還有屎可以挖，臺灣人還有很多連屎都沒得挖咧。」童乩走開了。

而且一定會有人說他長太大了，要是被人看見的話。他覺得不好意思，還是忍耐一下，別坐了。

他又推了推小木馬，馬臉的反光一黑一灰的。

姑姑朝紗門外探，喂了一聲拎開小勾。他站著，仰頭看她。姑姑說，去玩吧，她指著那片木麻黃林子，別跑出林子噢，在裡頭玩就好了。

他點點頭，轉身跑去。

他穿了一雙咖啡色的皮鞋，是媽媽新買的，細帶子合著腳板，還有個小釦子。

但是其實哪裡有什麼媽媽新買的咖啡色皮鞋，可能是誰穿了一雙那樣的皮鞋去上課……

這附近大概只有莊明耀的女兒才能穿得起吧？捉烏魚的大船夜半進港來卸貨，船員上岸就到她家洗澡，再去對面的和食店吃飯盒。

又圓又大的石頭浴池，空空的，掉下去好像會掉到月亮去。

莊明耀是海軍中校艦長，她媽媽是日本人，還有個弟弟每天包在白布裡給人抱著。有時媽媽抱著，有時就給擺尪仔書攤仔的阿玉抱。

也不對？她穿的是黑色的包頭鞋，細帶子合著腳板，小釦子倒是沒有。襯著白的襪仔，老師們總愛誇獎她。

那襪仔會這麼白，全虧了阿玉幫她家洗衣。

那襪仔有多白呢？就像為了誰跟誰比較好，因此下定決心要跟某人絕交一樣白吧。

阿玉繞回厝前的灶腳，把撿來的漂流柴木鋪晾在地上，竹簍和長夾子也放好了，將前日曬乾的柴火丟進泥爐裡生火，準備等阿母來煮粥。

兩口灶裡都燒了點稻草、破紙和碎炭，火一升起，阿母手裡拿著一小杯米，挽了兩粒番薯和一把樹豆，剛打開厝門走出來，順手就將米遞給她。她把米倒進冰冷的錫鍋裡，從大瓦缸舀水淘洗兩次，洗米水倒回一個木盆裡，等會兒還得拿來洗菜。

阿母拉了把矮凳坐下來拆豆子。去壽山頂摘的樹豆兩邊殼咬得死緊，很難拆得開，粗皮表面還長著密密麻麻的倒勾毛刺，一不小心就會被勾得滿手血。阿母倒是不怕，隨便它勾住掌心和手指頭，豆莢也不用刀子拆，就是徒手猛力撕。拆開後，四、五粒豆子撥進籃子，豆殼從手上扯下來丟掉，上頭一片淡淡的血色。

阿玉蹲在泥爐的火門前，看了看火，用扇子猛搧一陣，像爆竹爆開的火星飛濺咬著她的手，留下一點點的黑點。她輕輕唉了一聲，阿母瞪了瞪她，「也不會撿乾一點的柴，真憨。」

火行了，她關上火門，將米錫鍋擺上灶，蓋上木蓋。

「番薯削簽削削咧。」

她拿了削刀，蹲回阿母的旁邊，拿起番薯。好輕的番薯，狹長又乾燥如枯樹根一樣，皮一削開，一條條乾硬的淡黃色番薯簽便落入阿母的籃子裡。突然，阿母拆豆子的手停住了，一隻手猛力朝她臉頰一捏，往上一提一扭。頭仰著，眼睛向著厝頂橫樑一閃，她大叫一聲，像是要喊裂喉嚨似的豬嚎，眼淚和鼻水一起噴了出來。另一隻手馬上一個巴掌啪啦一響，阿母手中本來捉著的豆莢撞了膝蓋掉到地上去。

但是被捏著的那一邊實在是太痛，阿玉根本沒感覺另一邊又被打了一巴掌。只有耳朵嗡嗡叫的聲音，然後不響了，好像灌進了土泥。

「再叫大聲一點啊！」阿母壓低聲音罵，「把妳老爸吵起來，妳就更該死。打得妳更累。」

阿母鬆開手，她摀著臉，垂下頭來，咬牙不哭出聲。脖子筋緊繃，像青色的小蛇在她光滑如四川臥龍絲緞的皮膚下抖動著。

「妳昨晚偷吃牛奶粉對不對。」阿母繼續拆豆子，「妳是要妳弟仔餓死嗎？」

阿玉看著阿母的臉，阿母的表情恢復成平常沒所謂的模樣，像是在說件厝邊家無關緊要的事情。這讓她一時間恍神了，好像剛剛激烈萬分的一瞬間忽然掉到一個黑不見底的洞裡去，喊也喊不回來。如今整個情境跳到一個她其實不存在的時空裡，她被遺落到不重要的地方去了。她弄不清楚阿母究竟在氣什麼，這使她的心都快裂掉了。

她繼續削完番薯簽，便倒進錫鍋裡。阿母在另一個泥灶上起了炒鍋，用包過一小塊豬肉角的油布擦點油在鍋底，炒上一小撮粗鹽，等到粗鹽炒成焦咖啡色，再將樹豆丟進去爆。乾澀嗆喉的重鹹味和豆子的臭青味溢滿了灶腳。

馬公婆把兩簍雜什仔拖回八十八巷，一階一階拖上二樓的日本厝。不合尺寸的木門僅僅是半掩的，門旁長滿了雜草，右方老式的磨石子尿座裡堆放著黑褐色的水甕和破碗盤，對門是間國校孩童也無法轉身的便所，但白磁的蹲式馬桶非常清潔乾燥。她推開稍寬的縫隙，屋內大半是暗的，唯有從糊窗報紙的破洞中透入灰暗的塵光來，微微映出滿地雜什仔的零碎形影。她的手在門邊摸了一時，切開窗框上方垂掛著的一盞黃燈，光線乍現，屋內霉臭異味霎時鮮明起來。

對角是一把倒扣在櫥櫃上的扶手椅子，灰暗的塵光與黃燈微光交織，她緩緩將簍仔拖進堆滿雜什仔的門廊裡，扁柏地板的夾縫間發出如黃鶯鳴叫般的細緻摩擦氣音，與當年會社員請工人新換時一樣清晰。會社員對她說，這樣的地板施工法就叫做「鶯聲貼」，用來警示太過沉重急促的腳步，以免擾了他人的清靜。

她在滿是雜什仔的房中移步整理，時不時得踮上腳於拖鞋、國臺語老歌西洋東洋黑膠唱片、葫蘆、仿象牙筷子、木屐、Zippo打火機、收音機、氣泡袋網格袋PP編織袋牛皮紙袋麵粉袋肥料袋淋膜袋化工袋、油漆刷、塑膠蒼蠅拍、帆布、一疊疊的珊瑚絨舒美絨膠布真皮絨、二手書電視週刊報紙、黃銅佛像、竹耙子、玩具火藥手槍、日本旋風超人漫畫、布袋、絲瓜絡、錫鍋鼎鍡冰桶德國軍人用的錫水壺調味盒、小南瓜飾品、乾燥花、塑膠花、水管電導管彎管節管過牆管、套筒六角扳手接桿滑桿Bit套筒、竹席、馬桶圓刷、汽水瓶、玻璃杯、菜瓜布、毛巾架、刨床、電視映像管船用馬達剉冰機電扇、招財貓木雕、金紙盆、一大袋橡皮筋、好幾套白色瓷碗花瓶檀香爐香精爐茶壺交趾陶、口紅彩妝粉盒眼影盒、民藝品木刻鏤花小船、船用齒輪、液壓起重機、插座、望遠鏡眼鏡手錶煙斗皮帶釦、鐵絲衣架、桂花乾牛肉乾西洋蔘辣椒醬普洱茶餅、得利牌內衣西洋毛襪仔、香爐、一掛貼滿了貝殼的紅土花盆、櫥櫃、三腳板凳、天地鉸鍊狗繩鐵鉤指甲剪菜刀刮鬍刀螺絲鎖水龍頭哨子彈簧電鍍管夾鋼絲型管夾蜘蛛爪、髮夾電話蕾絲套、電捲棒手電筒竹製不求人、門把和鑰匙圈等等所形成的陰暗的角落或明亮的角落之間閃躲游走。

她拉開報紙重複黏糊的窗戶透氣，往下望那鏽蝕滋漫的碼頭頂散落一地的纜繩、防鼠盾、糾結藻苔的破爛漁網和延繩，集漁燈堆成一座隱隱透光的小丘與暗紅色的浮筒緊靠著。旁邊的廊腳停了輛載來嶄新木箱的拼裝三輪卡車，幾個人蹲著打理網具，收整了就一箱箱堆好在通廊裡，淡綠色的繩頭露在木箱外頭，成了一個個順手的抽屜。

再遠處，第二船渠頭端孤伶伶泊著一艘船體斑褐的蝦仔拖船，像是一樁流程跑太久，因而在不知不覺間失去效力的廢棄文件。兩個包著臉巾的婦人正在船邊剝蝦殼，「三尾一臺斤」的外銷好價，讓許多查某人都相信自己一生會剝上一百萬隻以上的海大蝦，然後便能實現一切的願望。就像是念經捏佛珠一樣。船渠的一角有個囝仔正拿著罟仔在撈魚栽，日本時代這時節多的是鰻魚栽，她勤快點撈，還能賺上幾角的零花，現在恐怕只剩些沒人想吃的雜魚仔罷了。

記憶如每年的頭遍湧那般確實與周期反覆，綿延遼闊的思慮潮道至水流隔時揩流而前，腦裡算了算日子，她回頭看著這間住了將近一輩子的日本厝，之前是打狗整地株地會社的員工宿舍。她上了打狗碼頭，在火車頭和港口流浪了幾天，一位東京事務所派來的會社員領她回來這裡打掃煮飯、幫他穿鞋仔襪仔、清理壁龕與爐坑，給她一個門廊邊榻榻米大的角落睡覺。她那麼高興，從來沒睡過這麼舒服的厝，屋脊又高又輕巧，風與光的腳步都不忍太過沉重，於樑檁椽榫之間游走，並透過紙糊的拉門與隔扇傾訴喃喃顫動的細語。連灰塵也寂靜棲身於不起眼的地方，非常害羞，不敢居住在弧度漂亮的彎角。

如她心中緩慢彎曲綳裂的軸心，露出遙遠寂寥的內裡。假日的午後，會社員便在靠窗的通道擺上一個茶几與幾把靠背椅，他風度翩然地鬆開襯衫領口和背心的排釦，捲起袖子夾妥，一派西式紳士的派頭與準時來訪的同事抽石楠木煙斗，閱讀精裝的小說。她多麼喜歡他們的樣子，比起碼頭上那些來自鹿兒島、宮崎和四國，動輒打罵呼嚎的粗魯海員，他們多麼優雅。她為他們準備好威士忌酒食後，總是安靜伏臥在隔間拉門的一側，聽他們說話看他們的影子在紙壁上晃動，聽他們喝完酒在屋外的磨石子尿座嘩啦啦大聲灑尿。

她長而柔亮的髮絲寂寂散落，小而柔軟的乳房緊壓著榻榻米，她能感覺到臺基下方流動的水風嗡嗡作響，彷彿是只有她知道的祕密伏流，吸附她青春的心思於屋內四處流走。在那樣的時刻，她覺得往後的一切都可以放棄掉，任由當下的想法如地底伏流般寬廣流動。她並不知道接下來的人生有何目的，即使知道，其實也無路可去。此刻的幸福是某種見不得光卻得屏息癡守的鐘乳石，模樣好看卻毫無生息，但她寧願虛意在周圍浸繞不去，只是再無認真的情感，也多少將留下痛冽的蝕刻痕跡。有時她的臉嘴和漂亮的瀏海會揉著榻榻米大規模流淚，那輕巧欲飛的屋子轉瞬成了沉重坍陷的黑黯懸崖，她無法傾望至底部。

她坐在三腳凳上休息，三腳凳旁櫥櫃上頭的牆壁，有張發黃的黑白相片，大約明信片大小，檜木的相框，裡頭是會社員穿著白襯衫吊帶西裝褲，袖子捲至手臂的一半用袖釦扣住，嘴上咬著根直挺的煙斗。空氣裡飄灑著雪花，會社員站在一片木編的矮籬前，露出一絲絲緊張傷神的表情，她很喜愛這張相片，會社員自己則覺得很有和洋混合的詩人情調。拍攝的地方是會社員的鄉下老家，他在日本厝的窗邊摟著未曾看過雪的她說，每年大雪降下的前夕，那兒的風中便會迴返一群草蕈孢子，落到矮籬後方的園子，接著大雪就像她的睡眠一樣柔軟地覆蓋住孢子，直到隔年春來，孢子才會從腐土裡長出白色黑點的蕈傘。那兒的每戶人家，都懂得養蠶摘繭繅絲，依照傳統的舊曆習俗，在過年前織好給囝仔的新絲衣，象徵該年的寒冬即將來臨。不遠有處山谷，山谷內小溪完全結冰前，正是山葵清涼爽口的好時節，清晨走兩個小時去採了，晚上磨好半碟當作念俳句與喝燒酎的下酒菜，並且特別適合讀遠鄉友人的來信。

「可是雪到底是什麼樣子呢？」她問。

他說，在他們那個村子裡，雪非常遙遠而廣，像是綿綿不盡的誦經聲自天際線飾落。人則是一日磨過一日的馱獸，大雪降下時，就一個挨著一個仰首祈求赦免他們所有的痛苦。如同相信前夜深陷於雪地痕跡的痛苦，一覺醒來即為新雪所撫平。

相片下方的櫥櫃上丟滿了雜亂散置的信，信封大都沾染了黃漬與灰塵，字跡像是不幸破相般的歪七扭八，有的還是撕碎了拼黏起來的。但是並沒有任何一封信是寄給她的。

有寫上收信地址的，地點多半是哈瑪星一帶。這些是她多年收集來的幸運信，她隨手抽出一封，內容寫著：「李臺生，恭喜你收到這封信，這是代天宮妙善堂的南天衡聖帝所降下的醒世妙文，已經在這個世界流通輪迴數百遍。能收到這封信，表示你過去三生都有做善事，今世有資格享受凡人的榮華富貴。但是既然這樣，更要遵行南天衡聖帝的訓示，才不會到頭來家破財散一切成空。諸生要記得。」接著是一段善文：「當今繁華世景甚是迷人，若一不慎，則易踏入罪惡之深淵，不能自拔。然若能自覺，知足常樂，豈不美好。但世人因受世情物慾之影響，有貪、嗔、癡等毒念縈迴於腦際而失修，若能捨棄一切欲念，看淡名利，遵循古道而行，則社會祥和矣。善道，在於能發善心，更該了悟一切，法由心生，法由心滅。所謂心為根、靈為法，故必須心靈合一，堅持不退之定心，方可生定慧，自可超脫一生，免再墜落六道輪迴之中，更可蔭後代子孫也。俗云：佛渡有緣人。沒福緣者任憑大羅天仙也難渡也。此信應抄錄二十份寄給朋友親戚，以助南天衡聖帝渡化靡靡眾生。有寄必得神明保佑，也能讓朋友親戚共享富貴，心想事成。不遵行者難逃與狗貓同食、妻離子散、屍骨曝街的慘況。諸生要記得。」最後附了幾則沒有抄錄寄送，導致家破人亡的實例，也有幾則是照著做而得到好報的例子。

她喜歡讀幸運信，偶然在街旁的垃圾筒裡搜尋罐瓶廢紙時，她發現了第一封幸運信，這信就像是偶然從大海中漂來的瓶中訊息，是向外界尋求安慰與希望的求救浮標一般，吸引了她的注意。她仔細撿了它，一到家便丟下所有的東西，開始認真閱讀信中的內容。她對神佛降下的旨意感到敬畏，並衷心相信幸運信有神靈的能力，她有時會去濱海一街的鸞堂聽人講道拿善書，心裡想這多夭壽啊！神佛降下來的東西還是不要亂丟比較好吧。

但是從來不會有人寄幸運信給她，她想畢竟是幸運信的關係，別人抄好了也不可以亂寄，不然也會招來不幸，只能寄給親人或好朋友那些真的想讓他幸運的人，所以當然不會有人寄給她。幸運信不就反映了自己的人際關係嗎？也讓自己知道內心真正在乎的是誰，因為畢竟要花很大的功夫來抄寫，當然只能寫給必要的人。很多人都相信文字的確具有某種魔力，如同符咒一類的，可是如果沒有誠心抄寫的幸運信，它的效果與美意肯定也會蕩然無存。

她沉靜地重讀幸運信，後來她發現，自己並沒那麼重視信件本身是否靈驗，其實她最喜歡讀的是信後所附的因果報應實例，像是窺視了別人的喜悲人生知天知地。而或許，有一日能讀到與會社員有關的遠方消息，就像有人特別為她徵信通告周知……但起先，她感到疑惑，這些實例多半發生於內圍、哈瑪星、哨船頭和旗後一帶，但卻常常錯置地名或是出現全不相干的真實人物，這是怎麼回事呢？

這不是神聖靈驗的幸運信嗎？怎麼會有這麼多的錯誤？她一度認為這不是神明的錯，而僅是抄錄的人隨便亂寫的結果，後來她全心喜歡上了讀這些信，同時她也明白了：這個真實的世界從來就不曾正確過，即使是依靠扶鸞附身也無法更正。

弟仔的身體不好，很瘦。聽說是一生下來就心臟無力帶哮喘，面色一陣一陣走青白紋差點死掉。因為是連續三代的大子兼孤子的關係，所以千萬不能死掉，否則就不能分大港埔舅伯公那邊的財產。像大姊在十四歲時因為撿柴掉到第一船渠裡死掉了，雖然人總是會難過，但就沒那麼有關係。

「哭恁爸咧，這個沒顧好，死了是要拿什麼懶去分啦！」只要弟仔有什麼狀況，摔到、撞到，還是冷到，阿爸不管有沒有喝酒，都會先幹個兩聲，再大聲跟阿母這麼喊。

不過，長到現在四歲，好像也沒出過什麼問題，偶爾會感冒什麼的，也跟一般的囝仔人一樣，看不出跟心臟無力帶哮喘有什麼關聯。唯一不太對的，就是胃口很挑。很小的時候就不喜歡吸母奶，吸沒兩口就把阿母的奶頭吐出來，死命地哭。可是因為心臟無力帶哮喘的關係，哭沒兩下就咳咳咳，然後像哽住什麼在喉嚨，唉唉叫，沒力氣吸空氣，臉色發青白。但是沒吃又不行，只好硬灌，弟仔也吐得厲害，所以整個月都沒長大。一次兩次，把阿母給嚇死了，想說母奶不能喝，阿爸說要不然試試泡西洋牛奶粉，以前碼頭頂日本商社役貸課的課長會去五棧樓仔百貨公司買一鐵罐的西洋牛奶粉泡給嬰仔喝，說不定弟仔也會想喝。

「人家日本人就是有新觀念，時代才會進步。」阿爸說，「國民黨那些外省仔哪有看過這種世面！」

雖然日本人走了之後，五棧樓仔還是有在賣西洋牛奶粉，但家裡怎麼可能有錢去買這東西。有一天，阿爸不知道從哪裡弄來了一匙西洋牛奶粉，包在油紙裡惜命命帶回來。

他在客廳中央的飯桌一坐，晚飯也不先吃，便將油紙包拿出來。一打開來，阿玉和阿母從桌仔的兩邊一湊，看著那一堆黃白黃白的粉末。她是第一次看到西洋牛奶粉，看起來比藥粉漂亮多了，似乎會發亮，表面撩著一絲絲的油光。奶粉香味飄進她的鼻子，她從來沒聞過這麼怪的味道，比不上阿母的水粉那麼刺鼻的香，還腥腥的，讓她覺得有點想嘔吐。但還是很想舔一口試試看，她想像那粉末是不是跟麵粉一樣，會在嘴裡黏成一塊塊，嚥不下去。

當然想也知道，她不可能舔得上一口的。她坐回自己的位子，等著阿爸宣佈可以吃飯。

「從哪給人家借的？」阿母問。

「管啥！」阿爸說，「借借借，什麼東西都要用借的嗎？」他看見阿玉端端正正坐好了，便叫她去燒開水。

「不是借，就是賒，鬼看到都驚。不然桌頂米從哪裡來？」阿母嘴不開地小聲說。

「水越滾越好，柴選硬一點的，但是火不要太揚。」阿爸不理阿母，「冷了就泡不開，吃了肚子會硬綳綳。會死。」

阿玉雙手提著比她胸口還巨大的茶壺回來，身體駝彎著，手直直伸出。裡頭的水還滋滋像簑蟲一樣叫著。阿爸正小心翼翼將牛奶粉倒進奶瓶裡，阿母幫忙用手掩著瓶口，兩個人的眼睛都直盯著看，一點也不敢放鬆，看起來好像是一起在賭天九牌仔。她不敢笑，阿母將茶壺接過去，同樣小心翼翼將滾水倒進奶瓶裡。

「去把妳弟仔抱出來。」阿母說。

在等待滾水稍稍冷卻的時間裡，阿玉還是端端正正坐在長板凳上，一句話也不說。在阿爸說可以吃飯之前，絕對不可以動筷子，不然就別想吃飯了。弟仔被阿母抱在懷裡，似乎睡得很好，沒有要醒來的樣子。阿爸將奶瓶擺在自己的面前，邊喝白酒，一邊不知道在想什麼。有時盯著奶瓶看，有時目光巡視一下其實什麼也沒有了，空空的，只剩一個通櫥、他們正坐著的長凳和飯桌，和一個好幾次都捨不得當掉，阿公留下來的老吊鐘的客廳。有時他用手去握握奶瓶，像是非常沉重思索什麼問題，然後又放開。

「溫度對不對？」阿母說，「要多冷？」

「妳嘜管啦……」阿爸說，「如果等到太冷牛奶粉又會結塊，吃了會卡住喉嚨，會噎死。」

「是誰說的？」

「人說的啦。」

她想，泡西洋牛奶粉也實在是太麻煩了吧，弄不好的話，很容易把人家給弄死掉。照這種樣子，一定有很多囝仔人一不小心就這樣給弄死了吧？不是肚子硬綳綳死掉，就是喉嚨噎住死掉。不過，她又想，自己是在想什麼，這種東西反正也只有有錢人的囝仔才吃得起。那種囝仔，大家都惜命命，不會那麼容易顧到死掉的。

像是一個命中注定的時間到了，阿爸說可以了，將奶瓶遞給了阿母。阿母輕輕搖醒弟仔，把奶瓶塞進他的嘴裡。弟仔醒了，既不哭也不鬧，很乖，咬著奶嘴吸了起來，一吸吸了半瓶，既沒吐奶，連咳一次也沒有。

「死囝仔真好命，這款的就要吃了。」阿爸哼笑了一聲，「以後有出息。」

「那這樣要怎麼辦？」阿母小聲說，「是不是要去弄一罐？」

「嗯。」阿爸沒說什麼，「吃飯啦。」

後來家裡便都準備著一罐牛奶粉，紅褐色的半公升鐵罐放在客廳牆角通櫥裡，印著她看不懂的英文字和一頭黑白乳牛、一個穿連身粗布褲的洋農夫。那農夫一手搭著牛頭，露出白牙齒微笑，另一手捉著根三尖的牧草叉子。

阿爸牙齒根咬著，說是真正「四枝垂過，什麼都有」，吃完了就買。弟仔也喝順口了，其他什麼東西都不吃不喝，到現在四歲，每天還是只喝牛奶粉。偶爾，被逼著喝幾口粥的時候，也得泡牛奶粉不可，否則真的一口也不喝，寧願挨餓，但是誰捨得讓他挨餓呢？

番薯簽粥和炒豆仔都好了之後，阿玉端到客廳放在桌上。然後回房間，身體伏上通鋪，輕輕搖醒弟仔。弟仔嗯哼一聲，睜開眼睛看見她，對她淺淺地笑，「阿姊。」便伸手過來摟她的頸子。

她讓他摟，他的手一不小心碰著了她被捏腫的臉頰。

「痛。」她說。

「痛？」他摸摸她的臉，「腫腫的。」

「嗯。」她拉開他的手，讓他摟著頸子，抱起來。

抱到客廳便交給阿母抱，阿母問他喝不喝粥，他說不喝。

「喝了才會長得快喔。」阿母說，「去泡牛奶粉。」

她去泡了牛奶粉，溫度剛好。

然後吃飯，阿爸昨夜喝得爛醉，不會起床吃了。

吃完，她洗了碗和筷子。沒吃完的炒豆子和番薯簽粥，用桌罩蓋在灶頂，中午再熱一熱吃。

「我去剝蝦。」阿母包著個花巾頭，要出門，「妳弟仔顧好，不要去港邊。」

她背著弟仔出了大院門口晃著。

有捕蝦船出港拖網的日子，漁市阿桑前一天傍晚就會來招人去剝海大蝦。阿母先到碼頭等船入港，剝一個上午，有爛頭爛身的，還可以撿回來煮。

她看著走在濱海二街，沿著矮堤正要去國校上課的同學。這樣的日子，她就有半天不用去上課。

「阿玉！」一個查某囝仔向她喊著，「下午要來玩丟沙包喔。」

她向她揮揮手，背上的弟仔也朝人家揮揮手，還嚷著要下來。

有個女同學向漁市場旁賣炸粿和番薯煎的歐媽桑喊，「阿桑，馬公婆怎麼好幾天沒出來擺攤了？是出什麼代誌嗎？」

阿玉心想，好像是有幾天了，放學回家沒見到馬公婆出來擺雜什仔攤仔。人家這樣喊著，讓她也有點擔心起來，怕會聽到出什麼事嗎？

「沒代誌。她在搬厝，漁會要把那間厝收回去改建店面出租。」歐媽桑指了指說，「她只好搬一搬，又不能住一世人。」

等到同學們都走過了，她牽著弟仔向左邊走，繞過大院的磚牆，走到小巷仔口。

她看著那條巷仔，巷仔口很乾淨，裡頭空蕩蕩的，似乎特別安靜。早上要去碼頭和船仔路頭的人，都不會經過這裡，她想，這巷仔的底她沒走進過呢……

倒沒人叫她不可以往那裡去，但也不知道要走進去做什麼。反正不過就是兩間厝相隔的一長條地而已。往那裡看過去，可以看見經過大院的牆底就有個轉彎，不知道通往什麼地方。

弟仔也看著巷仔，手卻不安分地想掙脫。

「阿姊。」他看著她，她緊捉著。

她彷彿聽見巷仔裡傳來烏魚彼此擁擠，鱗片交錯的聲音。在洄游臺灣海峽的旅途中，鱗片沙沙沙地，有點像是廣播放送不清楚，彼此摩擦。

晨光那樣燦爛，在巷仔兩端，光線異常的白。她想，這巷仔將遠處的、海底的聲音吸來了。但巷仔本身並沒有什麼特別的吧，就跟哈瑪星其他尋常的巷仔一樣，囝仔喜歡穿來穿去的。只是與她所想的不一樣的，有時是在左邊，有時是從右邊，當一件古老事物經過這個通道時，或許將成為另一種，完全不一樣的東西，並且在巷仔中留了下來，再也不隨著日常時光的飛逝而消失。

阿玉聽見沙沙沙的聲音裡，夾雜著像是拖行鼎仔蓋敲擊地面的腳步聲，但巷仔仍是空蕩蕩的，然後，便沒有了聲音。

越過圳溝蓋時，少年人回頭看了一眼。沒看見姑姑，也沒人忽然現身騎木馬。

大院公用的水泥高臺便所蓋在院埕門口，像是間一步半寬的獨立小屋，遮隱在木造樓房屋簷的陰影裡，要爬上半棧樓高的階梯才能蹲大便。便所第一層用紅磚封起來，留了一個小門，裡面放的是個一人高的大屎桶，有個排糞的大孔用軟塞和油布塞起來。一打開軟塞，清屎的工人立刻接上一條附帶開關的大管，上面便所的另一個工人，用通屎的扇形扁頭長棍子，往馬桶底下直通通的粗大管仔裡一捅一攪，屎就會咕嚕咕嚕流出來，再以木桶分裝扛到外頭，倒進水肥車裡。

他走上便所，翻開布簾，熟悉的便所臭味鑽進鼻子，盤旋入腦。沒有窗，裡面只有一盞小黃燈，切開燈，便所的確非常髒，好像一百年沒人掃過。他看著黃灰色的水泥地和白磁蹲式馬桶，累積的糞便太久沒挖，已經湧近馬桶底的管口。而馬桶四周則卡滿斑斕交錯的尿漬與糞渣，在昏暗之中，透出黑底的黃光，嗜糖的黑色蟻隊的背部反射著粼粼微光。

他跟人家借了掃帚和畚箕，將天花板結的幾層蜘蛛網拉下，連同水泥地上的垃圾、草紙和蟑龜屍體掃乾淨，在階梯上堆成一堆。然後把木桶裡的鬃毛刷、小鐵片、秤錘跟肥皂拿出來，也放階梯上。院埕一側淺淺的水溝邊有根水泥柱，頂著屋簷，水泥柱裡埋著個水龍頭。水龍頭下是個像用腳掌多扒了兩次的水泥凹槽，一條小溝連接著凹槽和水溝。凹槽大約有兩個手掌十指交叉合起來那麼寬，被水沖刷得非常光滑。他去裝了水回來沖便所，整個水泥地沖了三次，污水溢出便所，確定地面完全濕透了，便拿肥皂抹一遍。

他跪著，用鬃毛刷一個手掌大一個手掌大地磨地板。水泥地那麼粗糙，許多切面都卡著污塵，泥水和糞尿混合的濃稠液體像會呼吸般黏附著，他賣力刷，多用點肥皂，大部分的污垢便能刷掉。如此重複幾遍，地面和馬桶外殼已發出清潔的感覺。肥皂是他自己用茶葉末跟樹油渣做的，很有效，他非常滿意。

大約花了一個小時，將地板徹底刷過一次，刷下來的污垢沖進馬桶。可是馬桶裡外的陳年糞尿就沒那麼簡單清除了，整只馬桶已變成黃黑色，各種垢漬層層疊疊，有的地方甚至積到了一個指節那麼高。最上頭還有點軟軟黏黏的，可以馬上用鬃毛刷刷掉，但最底下的三分之一非常堅硬，等一下非得用鐵片挖不成。

他站直身伸個懶腰，有人走過來抬頭說：「有比較乾淨嗎？」順手從耳朵掏了根煙遞給他，「前兩天下大雨頂頭也做水災，屎尿三不五時溢出來，上便所的時候就在腳邊漂來漂去。走在下面，還會整個從天頂淋了下來……」

他鞠了鞠躬，客氣說：「不了，我不抽。」走下階梯洗洗手臉，喝自來水，在水溝邊稍微坐著休息，眼睛卻眨也不眨地盯著前方。

每一件雜什仔都得帶走，馬公婆拾起幾個紅土花盆，用塑膠繩串好綑緊。花了約兩個小時，她整理好滿滿一輛嬰兒車的雜什仔，外頭包上一件黑油油的雨衣，一階一階拖下樓梯。漁會為她找到的新厝在濱線鐵路支線的深處，是個僅聽過模糊地址，但她未曾去過的地方。

她謹慎推著嬰兒車走八十八巷右轉延平街，到底時左轉濱海一街走上一段，再右彎前往文龍宮的一條小路接上濱線鐵路。這條過去高雄漁業組合以黑臺仔車運送哈瑪星漁貨至中北部的鐵枝路，如今已經荒廢，兩旁掩蓋著低垂濃密的枝葉，鐵軌上堆積雜物與淡藍色的帆布，轉轍器白漆剝落、編號模糊。當年自車頂掉落的大量魚鮮滋養了肥沃的土壤，蔓生糾纏的草藤仍發散著強烈的魚腥味，連野貓都搞不清楚是葷是素亂咬一通。

起初，她沿著一段還算清晰完整的濱線鐵路走了一時，但是沒多久濱線鐵路便開始被散佈的人工建物、鐵枝路號誌器、火車車廂與樹林岩石給割裂成一區區人煙稀少、星月野荒、無官府看管的渾沌碎塊。

左邊是一處臺泥礦區站，四周圍了高高低低的竹籬笆，車站本身也是竹子與木頭，加上一點水泥混合做成的。臨著鐵枝路的水泥工廠煙囪、廠房、宿舍、鐵架都塗上了鮮豔醒目的顏色，還有各式各樣的化工名稱和廣告標語，以及一座將草皮或七里香裁剪成公司標誌的小花圃。地政事務所的土地測量隊已在那裡的工寮住了一年，祕密調查整座山及周邊地籍資料。一個月有幾次官方允許家屬會面，一群小得跟兔子一樣的囝仔會到這裡來看他們的爸爸，一家人在滿是水泥灰的路上散散步、聊聊天，小孩會把畫板和彩色筆帶來，畫些色調不合的濃豔工廠風景給爸爸們看。到處都灰濛濛的，空氣想也知道非常壞，害得每一家人都得了過敏性鼻炎。

礦區的後面是壽山國中的教職員宿舍，她記起幸運信裡有例子：一位就住在這兒的數學老師姓高，在幾年前的除夕當天收到了一封幸運信，他一看到便將信撕得粉碎，還特別走到隔兩條街遠的寄信給他的學生厝內，一個賣汽水糖果餅乾的雜貨仔店，在媽媽面前把囝仔罵了一頓。當天晚上，原本患了輕微感冒的他喝了無效的糖漿之後，居然轉為嚴重的咳嗽，結果一口痰從肺裡上來卡住氣管便死了。

她忽然覺得有些累了，她本該午睡的，便在一個大型水泥涵管前停下，從嬰兒車裡抽了匹防水布鋪在涵管裡，人爬進去，盡力蜷縮自己適合防水布的大小。她闔上眼，哈瑪星四周遠近燈光也隨著美軍軍機來襲的防空警報一一熄滅。

這城鎮的細節在她身體的各處孔洞、管路、肌面與毛髮之間一一甦醒穿梭蔓生。某年年初以來，美軍軍機每日都來轟炸，用高爆彈毀滅了高雄驛、市役所和郵便局。妻子在京都開設花藝道場的會社員在窗邊抱她，他讚美她穿著白襪仔的腳掌是那麼柔滑，幾乎使千山的鶯聲絕跡。

她的臉頰紅得像櫻瓣，但憂鬱卻如空氣在屋內流走，也流過髮梳篩落的間隙。

她甚至跟民防組的人學會了聽聲辨認軍機的型號；這次有P—38、P—24、B—29三款轟炸機，還有P—51野馬式戰鬥機。她朝窗外晴空望去，雲的表面連接著一格一格的黑瓦厝頂，直到外海延展的水際線，她聽見了尖銳刺耳的空襲警報。她多希望這不過是興奮的耳鳴，但下一瞬間美軍軍機的引擎聲已近得可以隨手敲落。

會社員鬆開她，衝出屋子趕回會社報到。她看見整座港口沐浴在一片燒夷彈的火海之中，但其實那裡老早就被炸成塞滿沉艦的死港，數月累積的屍體壓垮了水產加工株式會社專用的木柴碼頭，高壓力的黏稠火焰持續燒化了新濱碼頭，再次燒越已被敉平的高雄驛，只留下了南號誌樓，燒越山形屋、一丁目的銀行區、山下商行、福田洋服店、文明堂印鋪、右田病院、渡邊商行，一路往湊町市場燒過去。會社員鬆開她之後，她的身體癱在窗邊無法動彈。幾條街外大火激漲，一間間厝如玉米爆開瓦片木樑飛散，將一整排的電桿掃上天空。海雁像是彼此呼喚相約，自東方斜行掠過低矮的屋簷，紛紛於西仔灣內的沙洲降下，啄食細長的錢筒仔魚和如銀元的狗坑仔。

很快地，高熱四面逼近，連她居住的屋脊頭頂的懸魚與鴟尾也開始顫慄，但她癱在窗邊無法動彈，臉紅得像櫻瓣，汗水泡濕了底褲。街上的民防組員拚命轉動警笛，穿著左胸繡上各自姓名的國民服的人們，像忍受突來的西北雨一樣忍受著P－51機槍彈的潑灑，一隊隊嚴守秩序寡言向防空洞跑去。她略略吃了一驚，她看見她每日插花奉祀的大神也張開了大袍，從濱線鐵路的幽靜小徑轉來，假裝散步似尾隨隊伍行進。那些自水產加工株式會社專用的木柴碼頭跌落回海中的屍體，部分浮游至大汕頭沙洲登岸，往後則運到旗後烏松公共墓地火化埋葬。

會社員鬆開她，她的身體癱在窗邊無法動彈，穿著左胸繡上各自姓名的國民服的人們在太小的防空洞內按姓名筆畫緊緊依靠著，呼吸像被髮梳篩落過的淡薄空氣，她想等他回來還能再抱她，她想弄出點啾啾唧唧的鶯聲氣氣他，直到一千公斤的高爆彈將防空洞炸成半徑十公尺方圓、五公尺深的大洞，是不是有好好排隊也變得不重要了。

一度她困惑自己位於過去、現在或未來，她從不覺得未來有多少可以期待，過去縱使遺忘也無關緊要。這大概是美軍軍機大轟炸發揮了效果，B—25編隊從北斗星而下，俯視銀光燦爛的高雄川流域，飛越壽山頂峰的高射砲，乘風勢轉向落彈至濱線鐵路。燒夷彈剎那間將一般人遵守的普通時間給燒熔成無法復原的灼熱漿汁，高爆彈則深入委身於陳年事物之中的老派時間，把它們連同黑瓦古樹人情一同摧毀埋葬，所以對她來說如今時間僅是可有可無的裝飾品或幾行無奈的墓誌銘。

她聽見轟炸機群遠離飛去的聲音，便從涵管的另一端爬出來，眼前遮擋著一堵兩公尺高八公尺寬的灰牆，她朝左走瞥見牆後是一片似乎尚未探勘的新鮮荒野，在遍地的狺叫聲中，她看見一群耐不住性子的移民正無畏焚燒一切可見的木林草石，準備建造新穎的水泥公寓，並配上如透明花房般的大片玻璃與華麗卷草雕飾牆面。小睡之間她對即將發生的未來並不明確，只是牆後鎮日火光高漲，烈焰炙人，令她不敢逼視。她心中升起不安感，便試著往右邊走去。

阿玉聽見窗邊傳來鏘鏘噹噹的聲音，一醒來便將睡意完全丟掉了，眼睛睜得像兩粒銅鈴，頭殼底像是個清脆堅硬的鑼仔鼓，連一絲絲鑽進木頭窗縫隙的風吹，也能讓她的頭殼底嗡嗡叫個不止。何況那聲音的確非常靠近，就在窗邊的小巷仔，由遠而近地經過只有一牆之隔的她的頭頂。這時，她彷彿聽見了，不，跟過去幾夜有點不相同的，她確信在風吹與鏘鏘噹噹的聲音之外，還聽見了有人在喊叫的聲音。

她不知道現在是幾點了，但怎麼說也是夜半時分，怎麼會有人還在喊呢？她想會不會是剛上岸的海腳仔喝酒醉在吵架，但並不是的。那遠遠如麥管吸來的聲音如此規律而沉穩，並不是吵架聲，只是伴隨著鏘鏘噹噹的響聲，有人喊著：「收銅、收鐵、收嬰仔……」

尾音拉得老長。

那聲音遠遠如麥管吸來，並沒有那麼清楚，她聽見：「收銅、收鐵、收嬰仔……」

尾音拉得老長。

但她想她聽得不是那麼清楚，有可能是「收銅、收鐵、收錫仔」。

尾音拉得老長。

「收銅、收鐵、收錫仔……」

或許是尾音拉得老長的關係，或許是那個人帶了太咬嘴的外省腔的關係，那聲「錫仔」聽起來就跟「嬰仔」差不多。

但她想她聽得很清楚，在那未間斷的鏘鏘噹噹的聲音中，有人喊著：「收銅、收鐵、收嬰仔……」

「阿姊……」弟仔急促而虛弱的喘氣聲，委婉飄進她的耳裡。只那麼一點點，連鑼仔鼓也敲不響。

弟仔總蓋上最厚的被子，但太厚太熱他又會踢被。一踢被，冬天的寒風一灌，就會發作氣喘。

被子早掀開了一半，弟仔臉色凍得發青，襯著月光跟布袋戲偶白面書生的臉色一樣。弟仔到底是喘了多久了？她居然沒發現，就放任他在那兒喘息掙扎著。

她今天怎麼就這麼沒頭神，心魂都被窗邊的聲音給勾走了。她想，她本來就該注意到的，平常即便睡熟了，就算弟仔一翻身，她也能知道。

阿玉趕緊下床，去叫醒阿母。

阿母快步走進房間摟起弟仔。

「阿姊，阿姊。」弟仔呼叫著。

「乖喔。」阿母拿金絲膏揉著弟仔的胸口，「乖喔，慢款喘，慢款喘。」

「阿姊，阿姊……」

「妳是睡死了嗎？妳弟仔喘多久了也不知道，趕快去煮蛇油渣啦！」阿母刻意壓低了聲音罵她，「如果吵醒妳老爸，妳就知死了！」

她到客廳的通櫥拿黑金糖和蛇油渣，本來應該要一碗黑糖水加上一撮蛇油渣，滾水煮開了才行，但是現今用煮的來不及了，就勉強用沖的。通櫥上有罐保溫瓶，裡面半熱的熱水打開來沖，攪散了黑糖水和蛇油渣。

先放在弟仔的鼻孔下讓他吸著熱氣，看著比較不喘時，就給他喝個一小口。

弟仔的呼吸穩和下來，眼睛閉上了。阿母輕輕放下他，阿玉站得遠遠的，不敢靠近床鋪。

「自己手摀著嘴，不要給我出聲。」阿母下床捏著她另一邊的臉頰，「妳弟仔要是出什麼代誌，妳要拿什麼賠！

「妳給我跪在眠床邊，看妳自己要跪多久。」阿母放手，走了。

她跪著，側靠著床，手扶在膝頭上，她想她這一晚怎麼敢再爬上床睡了。

她感覺到床鋪在抖動，弟仔轉身往她爬來。

「阿姊。」弟仔說，「妳不起來睏？」

「嗯。」她搖搖頭，「你緊睏。」

「我想要阿姊陪我睏。」

「阿姊要跪。」

「那我跟阿姊一起跪。」

「你緊睏。」她說，「不然你躺好，我跟你講個典故。」

「好。」弟仔把頭躺在床沿，就靠著她的臉。

「囝仔人若無好好睏，烏魚會來把你掠走喔。」

「喔。」

「所以，聽完之後，要乖乖睏喔。」

「好，阿姊。」弟仔說，「謝謝。」

在冬夜，烏魚群洄游經過高雄外海時，會特別上哈瑪星來。他們會長出腳變成人魚，鱗片則化為一身金玉珠簾般的裳物，一走起路來，就發出沙沙沙又叮叮噹噹的聲音。

他們上岸來哈瑪星尋找他們的囝仔。

哈瑪星人掠了烏魚，掏了太多的烏魚子，所以他們來找囝仔。如果找不到，就掠我們的囝仔回去做囝仔。這算起來很公平吧？

我們吃掉他們的囝仔，他們就掠人類的囝仔回去做囝仔，這不是很公平嗎？

烏魚會在有月光照耀的窗邊來回走，因為那些珠簾的聲音很好聽，只要囝仔沒有好好睏，聽到這個聲音跑到窗邊偷看，烏魚的眼睛又大又圓，像是金星一般發光，會馬上照見囝仔的眼睛。

囝仔的眼睛只要一被照到，心魂就會馬上被勾引過去。烏魚會將勾引來的心魂，一粒粒串起來，串在金玉珠簾上面。心魂是什麼樣子的你知道嗎？其實就像魚卵一樣，一粒粒的，有一種臭腥味。

烏魚把囝仔的心魂串在金玉珠簾上面，一直沙沙沙又叮叮噹噹走到壽山神社鳥居那邊才折回來。一個晚上要走好幾趟，一整夜就可以收集很多心魂。

囝仔失去了心魂不會死，也不會有什麼感覺，但是從此之後就會變成一個不一樣的人。你可能以為自己是一樣的，但大人可以看得出來囝仔是不是沒有心魂了。

沒有心魂的囝仔會讓人家很討厭，不管怎麼樣就是會做一些讓大人很討厭的事情，像是打破碗啦、上學遲到啦、說白賊啦、黑白哭啦、不吃飯啦、不擦屁股啦、偷拿東西啦。大人一發現這個囝仔已經沒有心魂了，就會把他趕出去。

最恐怖的是，沒有心魂的囝仔，會去吃別人囝仔的心魂，特別是吃自己兄弟姊妹的心魂，所以一定要趕出門去。

你看，外面是不是有很多流浪漢，還是乞丐無厝可歸，那都是小時候就被大人發現沒有心魂，才會被趕出去的囝仔。所以以後都要乖乖睏，半夜不要起床，不要亂想亂夢亂看亂聽，萬一心魂被烏魚勾引走了，阿爸阿母一定會把你趕出去。

「阿姊，對不起。」弟仔說，「昨晚我沒聽完妳講的典故就睏去了，妳今天暗暝再講給我聽，好不好？」

「好。」阿玉想，應該不會吧，阿爸阿母應該不會把弟仔趕出去的。

阿爸阿母會讓弟仔來吃她的心魂吧。

弟仔的手這次倒是握得緊，她牽著他走進小巷仔裡。午後似乎有點要下雨的樣子，小巷仔像是喉管一樣，漸漸吸附了潮濕的氣息。

小巷仔那樣的狹窄，比逆著白晰日光時看起來還要狹窄一些些，即使一個像她的囝仔人也無法正面而行。

「阿姊，我們進來這裡做啥？」

「沒啥。看看。」

阿母今天不知道為什麼過了中午還不回來，海大蝦有這麼多，一個早上剝不完？這樣她就連下午也沒辦法去上學。

她走在前面，側著身，緊牽著弟仔的手，沿巷仔向前走。她一開始走得慢，不怎麼習慣小巷仔的寬度，後來走得稍微快一點，弟仔有些跟不上，手拉得長了，腳步跌了跌。

「阿姊！」

「怎麼了？」

「沒。」弟仔說，「鞋仔掉了。」

她蹲下來幫他穿好鞋，自己赤腳就沒這麻煩。

「好了。」

「阿姊，謝謝。」

阿玉站起來，就在大院的底，小巷仔轉彎的地方。前方，接上了一條相同氣息與樣貌的窄巷仔，她繼續拉著弟仔往前走不久，那窄巷的盡頭正衝著兩間兩棧樓厝的斑駁對角。

她探頭往兩側看，右邊堵住了一人高的紅磚牆，往左邊看，有扇沒有門板的方門卡佔了巷仔，門的一半似乎可以側身貼著門框走進去的樣子，另一半則掩藏在厝的對角之後。

門內飄出濃重的機油漬味道，她想，往這邊應該是代天宮前面的鼓波街和延平路中間，那一區荒廢掉的日本人鐵工場、四輪車機械廠和工人宿舍。

如果是那區工場沒錯的話，那她知道裡面的機器在光復之後沒多久，都已經被外省兵仔給拆走了。阿爸說他們來拆的時候也不管人家有的工廠早有臺灣人做股東接手，「看得到的全捲走。用大軍卡和拖板車來載，外省仔攏嘛用搶的。」阿爸說，「哭得咧，哭啥！那一個一個都是土匪又不是不知道。」

「阿姊。」弟仔說，「我會驚。」

阿玉握握他的手，然後鬆開手讓他一個人孤單站著。

他設法要拉她的衣角，但是一下子並沒拉成，便一個人站著。

不過是午後一時，大片天色已陰暗低垂，唯獨有一縷光線像在尋找這世界的空隙，於蜿蜒巷弄與如破碎豬骨髓般的廠舍纏繞著。

她往那窄門一踏，一手搭住門框，一手搭住厝角。

她看見他一抹黑影似緩慢從地上站起來，然後歪歪站在那裡，但其他什麼也看不清，就只有眼睛像發光般正對著她。她覺得自己的心魂就要被吸到裡頭去了。

他毫不猶豫邁步向門這裡走來，她驚得往後一退，伸手胡亂捉住弟仔的衣袖，轉身跑開。

弟仔像一塊破布般被甩了撞牆。

「阿姊，是怎麼了？」弟仔喊，「痛！」

然後阿玉聽見那窗邊傳來的鏘鏘噹噹的聲音。

她停住腳步，將弟仔摟進懷裡，遮住他的眼睛。

她轉頭看見他，全身上下披掛著各式各樣的壞銅舊錫、鼎仔、鏠仔、腳踏車鍊仔、腳踏車蓋、鼎仔蓋、螺絲，鋸斷的鐵欄杆、銅鑼，一片片紙牌大小綴成的金屬甲裙，頭頂還罩著鐵網仔。手裡捉了一個紅白電線外露的馬達，而在這些壞銅舊錫裡面的身體，上半身赤裸著，下半身則只有一件污黑的四角白內褲。

「阿姊，阿姊！」弟仔哭叫著。

那人的眼睛，即使在鐵網仔裡仍亮得懾人，他向他們姊弟倆走來，全身發出鏘鏘噹噹的聲音，那聲音格外清脆，即使在有點濡濕的巷仔中被吸附住了，但仍像在她的腦袋中刻意敲響。

「別……驚。」她抖著聲跟弟仔說。

那人又往前走了幾步，便停住了。然後轉身走回門內，鏘鏘噹噹的聲音隨之返回，一剎那間，聲音像線頭挽直般停止，消失在只有微光殘繞的破碎廠舍之中。

當他直視著前方大院的房舍、天棚屋簷與室外裸露的灶腳時，少年人想起姑姑家前方的那片木麻黃林，四四方方的，大約有兩個半兩百公尺跑道的小學操場那樣大，周圍散落了幾間住家和濱線鐵路上的高雄驛。越過鐵枝路，對面是道堤岸，有間海防隊的營房，再過去是新濱碼頭。

他跑進林子，瞄了一眼，空蕩蕩的什麼東西也沒有，就只是一般的防風林，木麻黃交錯排列，到處充滿乾燥毛邊的味道和灰塵，被南方的陽光一曬，好像地表連接空氣都要龜裂開來。除了砂紙摩擦木頭的風聲之外，林子非常安靜，既沒有蟲鳴，也沒有鳥叫，彷彿是一只反覆乾煎的空鍋子。

遠一點的樹上，有些黑黑的影子，他走近一看，全是死貓。真是難以想像啊，死貓數量出奇的多，好像大家白天刻意去中古攤市的角落收集，到了傍晚時分就人手一隻高高低低掛上。

大部分的死貓並不是赤裸裸吊著，而是裝在各式各樣的袋子裡，有的是普通的紅綠條紋繩編袋，有的是上面印著老餅店名字的油紙袋，也有用菜葉子跟麻繩包起來的。無論何種，只要晨間的太陽悶曬過，就會變得沉甸甸的，油水血水滲出袋子，一整團跟麻油雞一樣。不過，如果只是脖子上綁條繩子掛著的話，倒是會很快風乾，皮毛沒精神地貼在身上。

嘴巴差不多都是打開的，像是剛喝了第一口檸檬汁，兩頰揪得緊緊的，眼睛擠在一起，亮出尖銳的雙排牙齒。他嚇了一跳，急忙衝到堤岸上，上面一個小攤笑嘻嘻問他買不買尖角螺。他點點頭，用出門前媽媽給的錢買了一角，小攤摺了只林投葉小籃裝著。

他邊吸螺肉，邊往營房瞧，那兒有群小孩在牆邊玩枝仔冰筷。每人各出幾支四處撿來的枝仔冰筷，擺在牆腳排一排，然後站得遠遠的，輪流用一支枝仔冰筷丟。怎麼丟都行，丟倒幾根就能取回幾根，但一根都沒擊倒的，得補上丟出去的那一根。可是他想，收集那麼多的枝仔冰筷是要做什麼呢？瞧了瞧地上，原來是拿來編竹筏和橡皮筋小槍。

那些竹筏有的只是一排棍子和棉繩紮好而已，有的已編了兩層甲板，上頭還立著長長短短的桅杆繩索和布帆旗子，好像第一船渠裡頭停著的機帆船。

牆在右邊的盡頭向前轉彎並繼續延展下去，與對側的橄欖林形成了一條石砌階梯的寧靜巷道，沐浴在帶點海洋藍色的透明陽光之中，但她看不清楚巷道的底有些什麼。馬公婆曾經聽來往的鐵道員說過，通往高雄港的濱線鐵路支線上有一棟美麗的兩棧樓空厝，可是她忘了確實的地點。

「啊！是啊，是有這麼一棟厝，以前可能是合成美油行紳士洪登標的別莊，不過，地點在哪一時想不起來咧……」那空厝位於一條石砌階梯的寧靜巷道的底，二樓有扇白色的百葉窗，然後有一群貓盤踞在窗臺上，用石頭丟也不走。

「對呀，這麼說沒錯，貓不知道為什麼總喜歡賴在窗臺上。」

一樓也有一扇對開的白色木窗，窗下有張長形的藍板凳，「這麼說就想起來了，板凳邊總是擺了個矮矮的黑土陶壺，四月時裡面都會釀泡附近摘採的桑椹做酒。」

她的視線自厝的一角越過，海面與天空交界之處如此湛藍晴朗，墨綠色的郵船準時出現在水平線上，像是慢動作似一寸一寸抵達港口，她幾乎能聞見灶腳內傳來橄欖烘蛋的香味。

「別莊那邊的風景真美啊，聽說古早時代從日本來的蒸汽帆船都會靠那邊停，一片片風帆桅纜相接，隨風溫柔飄送。」老鐵道員說，「有的愛上日本船員的哈瑪星姑娘，每天都會去那邊等船進港。人家形容她們的思念實在有夠憨，親像是落在遙遠大海頂頭的雷雨，一世人啊沒人知影……」

壽山旅館頭家的女兒李梅玉便是在這裡目送報關行的少東馬世明去菲律賓當軍伕，這對恩愛的小情侶不難預料日益擴大的戰爭將拆散他們，但就在馬世明離開的那天，心情沮喪的李梅玉痛恨地揉掉一封她以為是厄運通報的幸運信，隔月便傳來馬世明在呂宋島陣亡的消息。防衛團送來一束他的頭髮，李梅玉瘋了，鎮日在這裡徘徊不去面對高雄港喃喃自語，頭髮亂得像雜草且生滿了虱子。後來給父母送進壽山千光寺，才算是有了穩固的後半世人。這是因為父母平常有積陰德蔭子孫的關係。

她在這兒停了一些時間，想起戰爭結束後會社員搭船返回日本時，她並沒能送他。假如她知道遣返船期的話，或許也會在此佇留。

但並非所有的哈瑪星姑娘都像李梅玉這麼憨，這些注定要與漂泊海員戀愛的姑娘，最終會選擇花錢依賴雜什仔郎的昂貴奇想靈感過下去。她曾去過這些雜什仔郎舉辦的市集，他們坐船從廈門來，在旗後港上岸投宿客棧，再搭渡船來哨船頭。他們背上的貨架裡總裝著比人們所能想像更多的東西，有鍋碗盤碟也有胭脂水粉，憑著這些東西，他們可以為哈瑪星姑娘湊出一個她們需要的理想伴侶。

馬公婆知道這純粹是一種暫時空虛的流動印象，但無論在哪個時代，誰都需要這樣的印象不斷重現吧？

雜什仔郎們耐心傾聽她訴說會社員的個性、喜好與細微的心情，於是第一個雜什仔郎給了她會社員慣用的髮油，以及一套猜想他必然愛穿的灰色條紋英式內衣褲，接著另一個雜什仔郎挑了一件潔白直挺的襯衫、一條藏青色英國毛料西裝褲、一對鑲了綠水晶的袖釦和一雙正統小牛皮鞋，一個雜什仔郎則賣她機械錶與一條蘇格蘭格紋領帶。他愛吃的天婦羅差不多快炸好了，然而等待的同時，有人勸她將買了的威士忌換成葡萄酒，並叫她替會社員玩了一次猜甘蔗節的長短，有點不懷好心地偷偷改變了他不苟言笑的模樣。

「這樣便差不多是他的全部了吧……」她想只要能買齊有關會社員的一切，那又何必花費日夜期盼他的心力呢？

然而，這些年來她幾幾乎未曾想起他了，或許有什麼片刻曾經記憶起，不過她總是忙於日常平靜的生活，對於他的事便不再放在心上。但就是有那樣憶起的時刻，也使得遙遠異國的會社員忽然有了片羽閃光的感應：「我是否忘記了件什麼事呢？」

這是第一次接下來的工作，雖然只能算一禮拜一次的工錢，但大約得弄個兩三天才能完全弄完。少年人走上便所，拿了小鐵片和橢圓的秤錘，膝蓋抵住馬桶跪坐著。馬桶外殼的糞尿通常堆積比較鬆軟，很好清理，裡頭的就不行了。他把小鐵片緊緊嵌住糞渣的邊緣，秤錘輕敲頂端，一點一點將糞便敲下來。糞渣黏實的程度令人驚訝，費了半個多小時，也不過清開一個手掌的範圍。

他有點近視，臉必須貼近馬桶內，才能看清漬渣的形狀，判斷哪裡容易下手。他專注的樣子，就像修理精巧的手錶，這本來就是一個需要細心與耐心需要得不得了的工作。

卡卡卡卡是秤錘敲鐵片的聲音，嗤嗤嗤嗤是鐵片摩擦馬桶陶瓷表面的聲音，聽久就有節奏感了，有點像是沙沙的管風琴聲搭配響板快打。隨著糞漬的堅硬程度，他會變化敲擊角度和力量，但是敲太大力可是會敲壞馬桶，那就得賠錢了。

所以再怎麼說一定是輕手輕腳的，於是那敲擊的聲音持續著。其實，只是單純的糞渣或尿漬都不難清理，但是兩者一混在一起，就像橡膠糊一樣，死死纏黏在一起。尿汁原本是會沖掉糞便的，但是沒沖掉的，就會呈現碎屑狀的流動痕跡。因為非常薄，一點厚度也沒有，不僅刷子刷不掉，用鐵片敲也沒著力點，刮不掉。它會滲入陶瓷的細縫裡，像遺傳的胎記似沒法清除。

做到這個地步，他也無能為力了，只能抹上一層濃濃的肥皂水，等隔天再來盡人事洗一次。最後當然一定沒辦法完全弄乾淨，如果有人趴下來仔細看的話，肉眼可以看見黑黃縱橫交錯的瓷磚細紋，就像哥窯瓷器滲色的冰裂紋。不過，幸好不會真有人趴下來看，他覺得這樣該算是功德圓滿了。

她聽見窗邊傳來鏘鏘噹噹的聲音。

阿母已經在家了。

弟仔回家之後，哮喘發作，因為回去的路上一直放聲大哭，吸了太多的寒氣。

「走去哪裡？」阿母見了弟仔的樣子，鐵青著臉色問，「誰叫妳帶弟仔出去的？」

「沒。」阿玉說，「在外頭而已。」

阿母問弟仔怎麼了，他止住了不哭，但一句話也不說，眼白朝上盯著阿母。

「驚到了……」阿母小聲地說，便摟住他，用金絲膏揉他的胸口，「惜惜，惜惜喔。」

被叫去煮蛇油渣黑糖水，等弟仔那口氣緩過來，眼睛也回神之後，她就被阿母用椅仔板痛打了一頓。屁股到小腿肚一條條腫得跟鐵枝路一樣，胃水從膀胱底吐了出來，也就沒法吃晚飯。

「等妳阿爸回來，妳就知死了。」

阿爸今天不知道為什麼，去了山形屋買了雙新襪仔要給她穿。晚餐時聽阿母講完下午的事情，他什麼也沒說，也沒打算打她，就叫她去通櫥拿了剪刀，當她的面把襪仔剪破。襪仔翻了肚，跟一片剖爛掉的虱目魚肚一樣，就是輕了些。

被阿母痛打的時候沒哭，沒法吃飯的時候沒哭，她跪在床板前在膝蓋頭揉著那雙破襪仔時，哭了。

因為怕吵醒了弟仔，她牙齒根咬著，瞪著眼雙唇密合悶著哭，眼淚滑過下巴，流入頸子，濕掉了她小小的胸部。有些大粒淚珠不順著臉流，一低頭直直滴到膝蓋頭上，她就把襪仔舉得又高又遠的，她想可別沾濕了襪仔。

阿玉想這雙襪仔多麼好看，又白又軟又順又滑的，怎麼這麼可惜了。要是明天能上課的時候穿就好了，放在書包裡，到了學校再和鞋仔一起拿出來穿上。

「阿爸為什麼不打我呢？」她想，「他要是打了我就不會剪襪仔了吧？」

現在覺得，被阿母打的地方也沒那麼痛了。

但又為什麼是今天呢？為什麼阿爸今天要去買襪仔給我呢？啊！她想起來了。她想起前幾天她跟阿母說了，自己的襪仔磨得線底都散了，所以阿爸今天才買了新襪仔給她。她真是沒頭神啊！

她將襪仔舉得又高又遠的，直直地看著，怕被眼淚給弄濕了。她想要是明天穿上了，跳起繩來一定很好看的。她可會跳繩了，她既會玩沙包，又會跳繩，腳上穿著新襪仔打拍子輕靈交叉點地，還會抬頭挺胸一邊數童歌。只要穿上新的白襪仔，一定有人會來問她說：「哇，妳穿了新襪仔耶。」她就會有點不好意思，又高興地說：「是我阿爸買給我的，我阿爸去山形屋買耶喔！」

手舉得久了抖了累了，緩緩垂回膝蓋頭，仍未停歇的眼淚很快濡濕了手中的新襪仔和褲頭。她看著床頂的弟仔，今天他累得很快睡著了，沒記得要她講昨晚未講完的烏魚典故。

弟仔和平常並沒有不同，一臉熟睡的模樣，呼吸均勻平緩，被子蓋得好好的，一點也不漏風，今晚應該不會發哮喘。

她聽見窗邊傳來鏘鏘噹噹的聲音。

不久，便又聽見其中夾雜著自巷仔遠端傳來一聲聲「收銅、收鐵、收嬰仔」的喊叫。她想，這應該是沒錯了的，並不是外省仔腔口或是尾音拉太長，而真的是「收嬰仔」，不是「收錫仔」。

阿玉摟著白襪仔沒睡著，自然地想起了大姊。

那年吃過年夜飯之後，她想，大姊今年是不是又不能回家過年了呢？

大姊去鹽埕埔做事之後，前兩年就沒能回來過年。阿母說，她現在去做事的人家是開大酒家得州樓的，過年時間特別忙碌，怎麼可能放她回家來？

鹽埕埔是不是離哈瑪星很遠呢？阿玉想，大姊不能回來一下子再回去嗎？過完年，自己就要九歲了，前幾天阿爸終於說了：「好啦好啦，明年送妳去讀冊啦！」所以她要去讀國校了，她想趕快跟大姊說，她可以穿她的白衫和卡其裙了。大姊答應過她，只要她能去讀國校，那一套大姊小心寶貝，以前她連摸都不能摸的國校制服就要讓她穿。當年大姊要去念國校時，阿爸幫她買了那套衫裙。雖然是岸壁同事的查某囝仔穿過兩年了，卻還是非常新，大姊說，拿在手裡幾乎還能聞到剛出品時的漿糊味道。

大姊只念到三年級，就留在厝裡幫忙帶阿母招來看顧的囝仔，再也沒穿過那套衫裙。她把白衫收疊於卡其裙內，然後在卡其裙口袋塞了半粒臭丸仔，再用油紙把整套衫裙包好收藏在通櫥底。三不五時，她會拿出來看看摸摸，阿玉記得大姊目光留戀的面色，就像那是永遠的新裳，而她總是在期待某個日子來臨了，就能再次大大方方地穿上。

但是大姊去鹽埕埔做事之後，那套衫裙便沒有再拿出來過了，不知道會不會給裳仔蟲吃掉了？阿母說如果囝仔不乖，還是嫌裳物不好看不穿的話，裳仔蟲半夜就會從通櫥隔板裡爬出來，一口一口吃掉囝仔的裳物，讓囝仔以後沒裳可穿。阿玉當然不會嫌那套衫裙不好看，但是可沒有把握自己是不是夠乖了，乖到裳仔蟲不去吃那套已經算是自己的衫裙了，如果要吃的話，希望牠們去吃別套裳物就好了。

所以雖然離真的要去上學還有一段日子，還是想問問大姊，能不能先將制服拿出來看看，是不是穿在自己身上太大了，或者被裳仔蟲吃掉了哪些地方，可以請阿母先幫她補一補。阿母的手那麼巧，還有那臺做嫁妝來的裁縫車，什麼都能補的，如果大姊能回來的話，阿玉想問問她，雖然離她要去上學還有一段日子，可是能不能先讓她穿穿看呢？大姊從小就比她胖了些，或許要請阿母先改一下呢，只要先改好了，她也就安心了。

阿爸出門去找人賭天九牌，阿母在大院的桂樹下和厝邊聊天，阿玉手裡捏著阿爸給她的一角圓紅包坐在餐桌邊。再過一時，半夜十二點時，高雄港內所有的船隻，不管是貨船、軍艦、渡輪還是鐵殼仔漁船，就會一起鳴笛，足足會有一分鐘那麼久，尖銳而持續不斷的高音是貨船，嗚嗚如牛哞的是軍艦，鐵殼仔和渡輪則像是對談，彼此高低節奏呼應。而一開始鳴笛的瞬間，大院和哈瑪星其他的地方，也會同時響起一連串此起彼落的竹炮響聲，一時，合鳴著從壽山那邊傳來的沉重回音，彷彿橫掃震散了街路頂的一片煙灰瀰漫，炸裂冷皎清亮、透著遙遠距離如瓷盤般的薄骨夜空。

所有聲響剛歇，大姊大概是耳朵被炸得什麼也聽不見了，一邊大聲罵著什麼，一邊赤腳跑進家裡來。

「妳怎麼這麼憨呢？這麼憨怎麼去讀國校！去了不是會被人家欺負死嗎？」大姊大聲地說，「全厝裡就只有那一套國校制服，不給妳穿是要給鬼穿喔！」

「因為妳以前都不讓我摸啊……」

阿爸沒回來，阿母先去睡了，大姊洗完身軀就來和阿玉坐在厝門前的樓梯。她把衫裙遞給阿玉，阿玉摟進懷裡不敢攤開來，湊著門頂的小黃燈，先是巡了一遍卡其裙外觀，然後把白衫從卡其裙裡輕輕緩緩抽出來，疊在膝頭上。她小心翻了翻整齊服貼的衣角，左左右右歪著頭瞧，就怕袖子或衣襬垂到地面沾了土粉。

「妳是在巡什麼啦？」大姊不耐煩了，「我又沒有藏錢在裡面……」

「我想看一下有沒有裳仔蟲咬過……」

「啊不是有放臭丸仔！唉，妳這個查某囝仔這麼憨，看是要怎麼去讀國校……」大姊不知道從哪裡拿出一瓶那姆內，「這罐給妳喝啦，不過已經不會冰了。」

大姊用菜刀柄敲開彈珠，那姆內發出清涼的氣泡碎裂聲音。

阿玉握在手裡不敢喝，「這很貴吧……」

「妳喝啦，我頭家一個使用人都有送一瓶，反正是人客叫了沒喝的，剩很多瓶，我在那裡常喝。」

「喔。」

「我們那邊還有喝可爾必斯。」大姊說，「那才算貴吧。」

「可、爾、必、斯是什麼？」

「就是日本進口的飲料，罐仔很像是大支的豆油罐仔，看起來濁濁黃黃，喝起來酸酸甜甜，香香的，有水果味。」大姊說，「不過多喝兩嘴就覺得厭了，越喝越嘴乾。」

「喔。」阿玉問，「那鹽埕埔今天有祝鬧熱嗎？」

「祝熱鬧啊！今天還是很多店面都開到七、八點才收耶，很多人客會先去逛大溝頂買布啦、訂旗袍啦，還是去新樂街的銀樓挑金飾、五福路買皮鞋，或者是去大勇路選錶仔啦，等過年時要送要用的都買齊了之後，才來酒家吃飯咧。對了，今年阿爸有沒有包紅包給妳？」

「有啊，有一角圓。」阿玉拍了拍懷裡。

「要存起來喔，以後去上學，就可以在學校買糖甘仔吃。」大姊說，「妳快喝啦！怎麼講不聽咧，等一下氣就全部跑完了。」

「學校裡也有糖甘仔喔？」

「有啊，有福利社。裡面有糖仔餅啦，還有麵包。」

「好好，阿姊妳怎麼有閒轉來？」

「我頭家說讓我們幾個十四、五歲的姑娘仔轉來厝半天，等一下去睏起來，下午要轉去幫忙煮初一的晚飯。」

「鹽埕埔走轉來很遠嗎？」

「是沒啦，不過到四枝垂之前有一片攏是田路，又沒有燈火，我怕摔到田裡去，有一段路只好把鞋仔脫掉用爬的。」大姊說，「害我脫赤腳弄得那麼苔膏……」

「阿姊，多謝妳給我穿這套衫裙……」

大姊轉頭看著阿玉，她的膝頭摟著衫裙，被肘拐壓得有些縐了，雙手還緊握著一口也沒喝的那姆內。她像麻糬般軟掉的身軀靠著大姊，頭垂到白衫的頂頭睡著了。

阿玉一睜開眼，發現通鋪上空空蕩蕩的，只有那套衫裙在臉邊，她摸了摸平整的裳物，應該是大姊幫她疊得這麼好的。她爬下床看見阿母在掃地，「大姊去哪裡了？」

「去船渠撿柴了。」阿母沒什麼表情地說。

「喔。」她轉頭看了看餐桌，沒有粥在上頭，也就不敢說要吃早飯。

她去換了件粗布褲，走出大院前門，左轉濱海二街，路的對面便是第一船渠。

大姊孤伶伶赤腳站在船渠白皙皙的堤岸上，又長又直的堤岸，從大院這一邊的渡船場開始，只有一點點小彎一直延續到那一邊西仔灣的隧道入口。

船渠裡擠滿了夜航歸來的拖網漁船，半棧樓高的寬闊船尾一律向著堤岸這一側，桅杆、天線、旗旛以及纜繩漁網、浮筒、起重機具、集魚燈則密密麻麻織成了半片豔彩天空。阿玉看著大姊的背影，她想其實大姊現在也沒比自己高多少呢，那套衫裙或許還穿得下呢。

她背著差不多一半身高大小的竹簍仔，手中捉著一根更長的竹夾仔，正彎著身軀往船渠裡探頭。阿玉爬上堤岸站在大姊的身邊，跟著往船渠裡看，海水已漲到了離堤岸頂一段腳肚的高度，在巨大船舷之下與輪胎護岸之間狹窄掣肘的浮油海面，漂流著破裂拋棄的船體木片和腐爛日久的碼頭柱仔。

「阿姊，我來幫妳撿。」

「不用啦，妳站旁邊一點，等一下摔下去。」大姊挺直身軀看了看她，「妳有沒有吃早飯？」

她搖搖頭。

「妳真的很憨耶，誰叫妳睏這麼晚。」大姊掏出一塊咬了一半的柿餅，「給妳吃。」

阿玉雙手捉著柿餅，也不吃，看著大姊赤裸的稚嫩腳趾頭扳住堤岸邊沿，一手扶著長滿墨綠色寄生甲殼的割人船舷，身軀忍不住發抖往前拉直脊椎，另一隻手則伸長竹夾仔去夾木片。夾上手來，甩一甩，放進背後的竹簍裡，但油漬漬的海水仍然滲進了她的裳物，泡濕了整個背臀。

「還要撿多久？」阿玉問，「等一下妳能不能陪我穿衫裙，如果太大件，要拜託阿母改。」

「我昨晚有穿都還穿得下，我看妳穿一定是太大件了。」阿玉聽大姊這麼一說，心中有點生氣，「原來妳趁我睡著有偷穿啊，那已經是算我的裳了，妳怎麼可以偷穿……好吧，這是最後一次喔，以後改成我的，妳就不能偷穿了喔。」

大姊挽手到背後，從竹簍仔底部掂了掂重量，再晃一晃身軀讓簍仔內的木片鬆開些，「再撿兩片就好，餅妳緊吃一吃啦。」她走向稍遠處的堤岸，那兒有個水泥階梯能往船渠底走。每走一段堤岸，就有一處能走入船渠的階梯，讓人可以踮腳跳上舢舨仔。阿玉低頭吃著柿餅，翻白眼看著大姊走下階梯，只剩一粒頭和竹簍仔頂露出堤岸。忽然間，她聽見了對岸傳來大聲急切的呼叫，阿玉抬起頭，看見船渠邊翠綠的天狗岩上，有個大人自蜿蜒小徑衝下山來……「摔下去了！摔下去了！快啦！快啦！」

她像麻糬似坐在堤岸上想，這到底是怎麼回事啊……大姊那時在想什麼呢？在堤岸的階梯上，大姊大概是看見了船渠末端還有好幾片的木片，她走下最後一組階梯，照樣伸長竹夾仔去搆。

但這次距離實在太遠了，一艘剛開動的機帆船的旋流引它們漂得更遠。手扶著堤岸割人的混凝土壁，指頭裂了、脊椎都快拉斷了還是夾不到。

「大概是幻覺吧？當然是幻覺囉！」大姊想，她有那麼一瞬間覺得腳下的那片海水可能跟洋菜凍差不多，假如輕輕踩上去的話，也許可以走個一兩步，那就可以搆到木片了。

那麼一瞬間，大姊是否在心裡挪了點位置慎重考慮了，要不要試著踩一步看看呢？後來，大姊的臉朝著天空，眼睛張開著，視線好像穿透了那些混亂糾纏的桅杆、天線、旗旛以及纜繩漁網、浮筒、起重機具、集魚燈，仰看著風雨後晴朗無塵的天空與近處翠綠的小山蜿蜒小徑，心想吃完午飯，下午要回去得州樓幫忙煮初一的晚飯。

阿玉想自己只不過是低頭吃個柿餅而已，「是大姊叫我緊吃一吃的。」還有，自己只是問了一下，「還要撿多久？等一下妳能不能陪我穿那套衫裙，如果太大件，要拜託阿母改。」難道是因為要趕快撿完柴回家陪自己穿裳，大姊才會變成這樣嗎？

「妳怎麼這麼憨啊！什麼都不會想，妳這樣怎麼去讀國校！」

大姊卡在兩艘拖網漁船的中間，面顱邊漂浮著木片，有時便會打上她的臉。其實大姊離船渠階梯只有一隻大人手臂的距離，但是只要大人一伸手拉她，或者拿勾子往她一勾過去，她就會往下沉，不見了蹤影。等到手和勾子一縮回來，她又會自動浮上水面。

一群厝邊和海腳仔船頂岸邊弄了半天，實在是沒辦法可想。

「這叫水留屍。」後來才趕到的代天宮師父一看，嘆了口氣說，「看查某囝仔古錐，水鬼捉住了就不放人，妳這個囝仔苦了……」

阿爸還沒回家來，「那是要怎麼辦啦……」阿母已經哭破了嗓子，勉強咳出這句話。

「要先招魂招看看，你們誰轉去廟裡拿竹仔、墨水、筆、白紙條……」師父說，「妳去準備一件妳查某囝仔最近穿過的裳來。」

「最近穿過的裳……」阿母想了想哭著說，「厝內沒有啦，她的裳物都在鹽埕埔那邊了啦……」

「那就緊叫人去鹽埕埔拿啊！」有人這麼說。

「裳要最近穿過有人氣、香氣，魂才會找得到……人一拉起來，就馬上把招魂的裳穿上去，魂就不會跑掉了。」師父說，「換上壽衣之後，裳物再燒掉。」

「但是三輪車這樣來回，加上還要找得州樓的人講，不就要一個多小時……」

「水流在退潮了耶，我看來不及了。」

「可能會捲出去港外喔！」

「那是要怎麼辦，那是要怎麼辦啦！」阿母突然回過神來大叫，「阿玉、阿玉，妳在哪裡……」

師父穿著道袍站在堤岸上，身邊一個徒弟拿著未紮完的招魂旛：一根兩公尺長的帶葉竹竿，葉子下方繫掛著一張寫了大姊生卒月日的白紙條，「就差一件裳了。」

阿母在堤岸下，伸手將那套衫裙交給師父。

「這套查某囝仔最近有穿？」師父順手將衫裙抖開隨便翻看，揉得縐縐的，又交給了徒弟。

阿母轉頭看著阿玉，臉色哀求一定要給她肯定答案，「妳阿姊有穿吧……」

她點點頭，「有穿。」

「師父，有穿有穿……」阿母說。

「我昨晚有穿都還穿得下，我看妳穿一定是太大件了。」大姊說。

「嗯，要有穿才有效喔！」師父說，「這要綁緊不能飛走，裳飛走，魂跟著飛走就很難招回來了……」徒弟用棉繩穿過白衫領口的釦子洞，像是讓誰心口裂了尖叫一聲似猛力扯緊，原本挺整的衣領就扭成一團和白紙條掛在一起，然後又把卡其裙的裙頭胡亂粗勇地綁在白衫衣襬下方。

「好了，現在要開始了喔！你們要爬上來堤岸，看著查某囝仔的面喊，先喊一遍她的名字，再喊一遍『快轉來喔』。」

等阿母一爬上堤岸，「拿來！」師父雙手接過招魂旛高高直直舉起。

「阿玉，妳也要起來啊，爬起來這裡叫啊！」阿母低頭哭著罵她，「妳怎都不會哭，妳是怎麼了，那是妳大姊耶，妳起來大聲叫妳阿姊快轉來啊！」

師父朝天空高舉著招魂旛念念有辭，此時，一陣自高雄港外吹來的上升海風，將竹竿上那套衫裙的袖襬吹了開來，像是有人穿好了的樣子，那麼的新，連漿糊味也清楚可聞。

阿玉在堤岸下，仰著頭看那套衫裙，襯著翠綠晴朗的打狗岩迎空飛揚……

「那已經是算我的裳了耶，妳怎麼可以偷穿……好吧，這是最後一次喔，以後改成我的，妳就不能偷穿了喔。」她在心裡這麼喊，眼淚也就隨風流了出來。

在幽靜典雅的巷弄裡悠悠閒晃的午後，會社員好像記起了一件緊急的小事？他停下腳步，瞧著桔梗花的花苞，緩緩運轉腦子……沐浴在這慢條斯理的田園風之中，哪有什麼事情可著急的呢？直到繞出小路，他望見無際晴空之下，沿著粼粼波光，綿延一色墨綠巒脊，滑向遠方的東京海灣……

「我記得曾經有那樣的一個女人啊！」他忽然記起，「經過二十年之後，她不知道如何了？」

但他從不願意再深入去想那個時代的事情，要是有人無意間提起那段歷史，周遭的親友必然會露出「別算我一份」的神情，但那是個眾人皆著癮的時代，貪嗜與好奇的欲望如伏埋於深淵的餓鬼。這原本可以是一則抒情而富含浪漫情懷的異域傳說：飄洋過海前來島上的會社員們寄居在新生的哈瑪星海埔地，濡濕而沉默將限時限量的愛情癮頭餵給不懼人情風雨的查某人。

但到了最後，無論是東京來的、四國來的或是九州來的會社員都離開了，隨著建立的太迅速太龐大、混雜太多種族的日本帝國，無可遏抑崩解下去。令人哀傷的，這卻是會社員與馬公婆唯一共有的喜好記憶，其他則是流動不止的空虛印象。

寧靜巷道的底左轉，也就是穿越新鮮的荒野直走，可以看見榮富當鋪的舊址。開當鋪的常趁人貧窮急用，借機盤剝重利，最會為富不仁，可是以前的榮富當鋪卻是好人好事的代表。榮富當鋪的頭家陳立性情正直，出入公平、估物甚寬、限期較遠，對於老年貧人，常破例免息，給人行方便，還勤寫幸運信寄送，所以當鋪營業興隆，成為哈瑪星難得不是因為漁業致富的有錢人。

有一年，鳳山的平埔番仔沿路出草到這邊來，很多有錢人都被劫掠殆盡，獨獨榮富當鋪沒有番仔上門，日本官府本來還以為當鋪跟番仔有勾結，才沒有被搶，後來捉到番仔才知道，原來有幾次番仔要去搶榮富當鋪，都看到屋上有無數身披金光盔甲的神像，因此不敢進門打劫。後來日本官府還頒贈給陳立一塊匾額，獎勵當鋪平日的善行。

當鋪舊址左側則是一處繁花盛開的公共庭園，裡頭仍殘留矗立著幾根希臘柱子，園內長滿來自各處異地的花朵，彼此以複雜難辨的細碎花語交換海訊，有耐心的比手畫腳也能自得其樂一陣子，沒耐心的，常常一言不合就打起來，打到連花粉都灑光了，如復古的阿兄哥舞會。

賣炸粿和番薯煎的歐媽桑的女兒常常散步來這兒，心情輕鬆仰坐在蒲公英毛毛的種子羽翼上，搖頭晃腦幫一群憨頭非洲菊介紹女朋友，但硬要將非洲菊跟檳榔配成一對對的，實在是太難為她了。不過檳榔們倒是很樂的樣子，其中一棵頭殼比較清醒的說了：「與其做這種吃力不討好的事，不如跟我離家私奔吧！」

賣炸粿和番薯煎的歐媽桑女兒換上了新年穿過一次的鵝黃色套裝，散步走到渡船場的公車牌坐車往鹽埕埔，二十多歲的她在鹽埕埔大勇路一家唱片行當店員。

唱片行是親大姑開的，親大姑自己不太管事，每天往外跑，她在堀江市場有兩家賣舶來品的委託行，那才是賺錢的好生意。前幾年託越戰的福氣，鹽埕埔特別熱鬧，從美軍福利社流出來轉入堀江裡的賊仔貨多得很：二手書啦、煙啦、機械錶啦、**Zippo** 打火機、泡泡浴、香水啦、旁氏冷霜、蘋果、奶粉、洋火腿、吹風機、Levi's 牛仔褲、皮帶釦，甚至是性感內衣，一些官夫人、加工廠和哈瑪星漁業公司的有錢太太，加上附近的吧女妓女買得可熱鬧了。後來，早早聽聞了美軍要離開臺灣的消息，幾個好姊妹透過熟識的軍官猛搶貨，囤貨飽足了，再賣一兩年也沒問題。只是像洋裝、首飾小件跟一般的內衣褲一向走得快，沒貨底，要靠幾個人輪流跑國外批回來，所以親大姑才沒心情放唱片行，店頭全交給了一對一、二十歲的女兒打理。

這店原本就只是自己愛聽《群星會》，順便給朋友們開個興趣的，現在，只要能綁住這對姑娘別到處亂花錢就該拜公媽謝天了。

年前，她偶然有機會和阿母到大溝頂添一點乾貨，新奇逛了一趟新樂街、鹽埕街和大新百貨，並且拜訪許久未見的親大姑。兩位妹妹知道她在家裡除了做家事、煮飯、照顧弟妹之外，沒什麼生活趣味，便邀她有空來唱片行幫忙。親大姑贊成得不得了，嘴上不談工資，就說一禮拜發一次零用錢，請她來管管沒定性的查某囝仔。但是當場阿母的臉色可難看了，好像給親戚以為自己窮到得讓女兒出來賺食。

她明白阿母的心思，可是忍不住青春年華的癮，幾天千拜託萬拜託的，好不容易求得人家假裝不在乎，一禮拜能去個一兩次。不過看了幾回店，表妹們反倒像是有了靠山，店的鑰匙一交給她，人就不見蹤影。自己看店不成問題，整理整理貨架仔，聽聽黑膠唱片，什麼冉肖玲、姚蘇蓉、閻荷婷、楊燕、崔苔菁、秦蜜、美黛、鄧麗君、藍妮、青山、謝雷、余天、楊小萍，她都能唱上幾句。沒多久人面熟識了點，也會邊看店招呼客人，邊教常來店裡無事聊天的阿嬸唱歌學轉音。反正閒得很，幾個阿嬸很快動起了給這位歌聲清亮、手腳勤快、人又漂亮得跟陶瓷娃娃一般的女孩講親戚的念頭。對象從賣魚賣菜、碼頭捆工到家具行小頭家兼十大青年都有，但到尾來沒一個成的。

最後，親大姑自己也來摻一腳，介紹了個當公務員的少年人。要說人長得體面或是有沒家產吧，這少年人比不上之前那幾個，老實說，根本是口袋裝磅子。還好，他公立高中讀畢業，人有點文采，當兵前就考過國家特考，鐵飯碗餓不死人。而且上頭有三個兄哥，一時半刻輪不到他來養老爸，沒經濟上的困擾。今天便要與他見面相親，地點約在唱片行對街的一家冰果室。

唱片行只開半天，下午阿母、親大姑，就連兩位表妹也打算鬥熱鬧陪著看。但其實阿母是不高興的，再怎麼說家具行小頭家要好多了，又是從小看大的厝邊囝仔，她偏偏嫌人家沒讀書。查某囝仔這麼傲（何況自己還只是國校畢業），講也講不入耳，怎麼嫁得出去呢？

阿玉放學到了家，把裝書本的包袱和黃色菊瓣紋小帽放在枕頭邊。她脫掉白色的學生衫和卡其色裙子，仔細檢查一遍，心裡期盼沒有地方不小心弄髒了，否則明天冉穿去上課，人家便會知道她沒裳物可以換洗。

學生衫下襬有一處有點摩擦累積的汗漬，但是能塞進裙子裡就還好。檢查完了，她小心摺好，也疊到包袱上頭。

她換上粗棉上衣和一條藍布七分褲，在阿母交代之前，先從床底下拉出兩個紙箱。

阿母從院埕牽著弟仔走進來，「順便帶弟仔去顧攤仔。」

「好。」阿玉說，「我在弄了。」

弟仔走過來黏在身邊，幫她拖紙箱子。她嫌弟仔沒什麼力氣，只是纏腳絆手的，就叫他去站在旁邊等。

紙箱裡是阿爸從收壞銅舊錫那邊批來的一堆老舊尪仔書，大概是租尪仔書店倒了之後論斤稱兩賣掉的，有些較新的書，早就被其他租尪仔書店給買走了，阿爸只挑了這些剩下的，也是稱斤論兩買回來。有一天從岸壁下工回來，他推著借來的一臺兩輪板車一次運了回來，嘩啦一聲全倒在廳堂一角，給了阿玉一個新的頭路，放學後在濱海二街莊明耀厝開的澡堂旁，緊臨著同學兼大院厝邊郭芳枝他們厝的水果攤和蜜茶攤，擺個租尪仔書的攤仔。

「無緣無故花這個錢，這個會賺嗎？」晚飯時，阿母有點埋怨說。

「奇怪！」阿爸筷子一摔，「都還沒開始做就在破衰小，加減賺不然怎麼夠妳母仔子吃！」

自從之前厝裡在苓雅寮開的木材行倒了，阿爸轉做碼頭工就一直失志到現在。

他念過小學識字懂得珠算，日本時代當過岸壁會社的會計，還是社會人野球隊的明星左外野手，算是知識分子仕紳階級，風光過一陣子的。結果日本人走了之後，卻只能做一個「若不出來做死全家，若是出來做死我一個」的碼頭工，而且年歲大，又常常喝酒不去上工，當然是賺得少，沒餓死已經是天公保祐了。

阿玉看著那堆散落在地上，二、三十本既髒又臭的尪仔書。她想，這些書跟她在學校看見同學帶來的尪仔書實在差太多了；封皮上原本濃厚豔麗的色彩已完全褪去，或刮出一道道狗爪紋路似的白線。有些根本沒了封皮，內頁也多有脫落；幾乎每一本書上都沾了與壞銅舊錫相互傳染的機器油漬、泛黃斑點和垃圾惡味。

「明天透早拿出去厝頂曬。」阿爸說，「晚上收下來，隔天再拿出曬。曬三天之後，妳們再整理好。」

隔天一早上學前，阿玉便先爬上厝頂，阿母在一張木梯上爬上爬下的，幾本幾本將書遞給她鋪開在厝頂上。傍晚天色完全暗掉之前，阿玉會再爬上厝頂，幾本幾本把書遞給阿母。阿母在木梯上爬上爬下，將書收回紙箱內。

曬過三天赤陽的書，尪仔書的臭味確實是有消退些，阿玉和阿母便開始一本本整理，盡可能去除掉油漬和斑點。沒有封皮的或封皮太破爛的，就用舊的月曆紙摺封皮包起來，上面請阿爸用工整的毛筆字寫上書名。完全沒辦法知道書名的，阿爸就自己發揮歌仔戲的念詞靈感加上地方特色取名字，像是「天下第一哈瑪星旋風俠」或「岸壁神犬大戰紅毛」這種名字的武俠尪仔書就有不少本，其實故事內容多半完全不相干。

有些書的內頁實在脫落得太厲害了，她們便將幾本書完全拆散，邊拆邊看，大略判斷一下哪些內容比較接近，然後把它們給重新拼成一本書，於是總有前面演的是日本大目仔公主的故事，後面卻接上武林怪客和魔人打鬥的情節。阿玉想，要是她租到這樣的尪仔書一定會非常生氣吧，連要跟同學炫耀一下，大概都不知道從何講起……

阿爸去裁了一片薄薄的四合板，放書的兩個小紙箱就當成桌腳。阿玉將書一本本鋪在四合板上，自己靠著牆坐在矮凳頂。

一開始的時候，她非常不好意思。

「看到囝仔還是同學走過，就要叫人來租。」阿母說，「要會喊。」

阿玉之前從來沒擺過攤仔，要她這樣叫人，她怎麼開得了口。何況自己又是當班長和模範生的人，現在居然要這樣叫人來看學校老師禁止看的尪仔書，老師要是知道了，那該怎麼辦？

所以剛開始擺攤仔的時候，她總是縮著身子低著頭，一語不發的。雖然被阿母罵了好幾次，她就是一臉臭的死樣子，死活不叫人。

她怕同學看到她，她會覺得非常見笑。自己家裡居然窮到這種地步，得擺上這種破爛尪仔書出來討生活。

連隔壁幫著家人賣蜜茶的郭芳枝也看不過去。芳枝這查某囝仔長得秀氣，可是家裡做生意做慣習了，嗓門也大得很，人的個性又比她爽朗多了，忍不住的時候就替她喊幾聲。

「妳是在歹勢什麼？喊兩句會少一塊肉嗎？」芳枝說。

「我又不是跟妳一樣，那麼會做生意！」阿玉說。

尪仔書這麼爛，阿玉又不會叫人，但是出乎阿玉和阿母的意料之外，租尪仔書攤的生意還算不錯。就算完全不管，還是會有囝仔自己蹲下來看半天。因為這樣，一段時間之後阿玉也就比較自在一些，不會緊繃著臭臉。雖然還是不會叫人，但已經會跟來瞄兩眼的囝仔介紹個幾句。

書不能給帶離開攤仔，所以在攤仔前面擺了三張矮凳讓囝仔人坐在那裡看。只要一擺開攤仔，到吃飯時間之前，那三張矮凳總是會有一兩個人來坐著，就這樣擺了快一年，這批壞銅舊錫的本錢居然賺了回來，真是令她們驚訝。而且從來沒有一個囝仔嫌過她的書太髒太舊，甚至沒有人問過一句為什麼有的書是大目仔公主和閃電怪客的結合。事實上，用舊月曆紙包好，寫上怪名字的書總是被租得最多，他們還不得不換了幾次封面。

阿玉也從來沒聽人來抱怨過，他們跟同學講的時候會被笑，有更多的時候，同學們還為了太好奇有這樣的尪仔書，來指名也要租同樣的書。或許這是因為會來她的攤仔看尪仔書的囝仔，都是些沒錢去尪仔書店看書的囝仔，有的也許在此之前連一本尪仔書也沒看過。即使有錢去尪仔書店的囝仔，都會蹲下來一起看著，特別是盯著那些舊月曆紙包的書。她心裡笑著，這些有錢人囝仔大概也沒看過《岸壁神犬大戰紅毛》這樣的尪仔書吧，也許一看才知道以前早就看過了也說不定。

他們坐在矮凳頂，專心讀著書，臉上晴雨變化，沉浸在尪仔的故事裡。手裡能拿上一本尪仔書，對他們來說已經是莫大的幸福快樂，誰還管得上日本大目仔公主最後為什麼沒嫁給王子，而是掉到中國武林裡廝殺，從此沒了蹤影。即使來這個攤仔看尪仔書，一本尪仔書也得花上一角，對這些囝仔來說得等上多久，才有可能拿到一角，不去花在兩塊糖甘仔或兩尺的甘蔗上，卻願意來這裡讀一本尪仔書。

在還沒付錢之前，擺在攤仔上的書是嚴禁翻閱的，連拿在手中也不行，這是阿爸交代過的。一拿在手中，就會忍不住翻，與其到時候再生氣，不如就規定連拿都不准拿。

囝仔只能像餓鬼般在這為數不多的書的奇異封皮上巡視，每一本尪仔書看起來都那麼吸引人。好不容易下定決心，就將一角圓交給阿玉。阿玉拿錢的時候，就會順便看看囝仔手上是不是乾淨的，尪仔書好不容易整理成這樣好，可不能給這一雙雙剛剛不知道摸過什麼的髒手弄髒了。

當然，幾乎沒一雙手是乾淨的，她會叫囝仔到旁邊莊明耀借給大家提水的水龍頭洗手。囝仔一邊洗手，一邊還會轉頭，眼睛捨不得片刻離開攤仔上那本已經租好的尪仔書，就怕被後來的人給拿走了。洗完手在身上裳物擦乾，趕緊伸手給阿玉檢查。阿玉一看乾淨了，就將書拿給囝仔。他們捧著書，捨不得翻開來，他們捧著書，就像捧著一碗剉冰盯著，捨不得挖上一口。光是封皮封底就能看上好一段時間，彷彿只要一翻開來，尪仔和自己的心魂就會散去，只要一翻開來，那一切的想像和期待就會灰飛煙滅，結束掉，好不容易啊……有那麼一角圓，能夠租一本尪仔書，可不能輕易翻開。

既然租了，阿玉就不會管他們一本要看上多久，那些囝仔能抱著一本尪仔書，坐上兩個小時，直到天色都要暗透都還不甘心回家，寧願一次又一次地從頭、從尾翻來翻去的。阿母雖然有交代，一本書不能讓囝仔看這麼久，但阿玉怎麼忍心叫他們放下手中的書呢？

阿玉將紙箱都拖出來擺著，從床邊拉出比她身高還要長上一截的四合板，在胸前捉著走過院埕，弟仔跟在後頭。

芳枝已經在旁邊賣蜜茶，「芳枝幫我顧一下。」她要回去搬尪仔書。

「怎麼這樣慢吞吞……」阿母在後頭幫她把紙箱搬來。

「我轉去拿凳仔。」

她回來時，阿母已經架好攤仔，她趕快把書鋪在上頭。

少年人找到阿桃姨，請她檢查。阿桃姨去看了之後說：「嗯嗯，你洗得還不錯啦。」他等著拿錢。

「那錢，你明天來洗完再給你吧。」

「謝謝，謝謝。」他走出大院，邊心算這幾日能賺到手的工錢，邊走小巷仔到港邊，沿著濱線鐵路回家。

這時天色忽然暗了下來，他記起那時看著木麻黃林子上方，早升的月亮血色暈染，四周黑雲密佈，不久，好像從月亮那兒滲出了一簾紅顏色，與黑雲逐漸融混如琥珀。空氣也變得沉悶凝重，讓他幾乎喘不過氣來，這是颱風驟雨將至的預兆，他扔下林投葉小籃和沒吸完的尖角螺，繞開林子，一路跑回姑姑家。姑姑正用紅泥小火爐煮膨糖，紅糖燒化了成膏狀，枝仔冰筷尖沾點發粉放下去攪一攪，輕輕往上一拉，糖膏吹氣似地鼓脹起來，像粒紅紅亮亮的岸燈掛在船渠末端。

在巷口，少年人看見阿玉拿著矮凳走出來。莊明耀的日本某見她來了，便將小弟仔抱出來讓她抱著。阿母說：「今天妳不用顧尪仔書攤，去幫阿姨顧囝仔就好。」

她抱著小弟仔在大院階梯前走來走去，阿姨端了杯檸檬水給她。她像珍寶似地仔細喝完。

「阿玉，謝謝妳。」一時阿姨抱過小弟仔，以日本腔的台語說：「妳有沒有空幫我洗裳呢？我跟我先生等一下有點代誌，得準備一下。」阿玉點點頭，阿姨領她穿過澡堂到後院去。

在房裡，她遇到同學，「一起來玩吧。」同學說，阿玉搖搖頭說：「不行啊，我得洗裳。」

「那洗完來玩吧。」

阿玉說好。

同學說：「我們來玩沙包吧。」

好啊。

同學拿出沙包，那是用碎花絲布的布頭仔做的。「我沒有呢。」阿玉說。

「沒關係啊，我的借妳，反正是妳縫的啊！」

她們丟著沙包，嘴裡喊上：「一一、一二、一三、一四、一五、一六、一七、一八，二一、二二……」

賣炸粿和番薯煎的歐媽桑女兒以為自己也將擁有嶄新的生活。她決定要搬離開厝了，那天她說了「我永遠不回來了」之後，阿爸便抿上嘴不再說話。

她並不是那種故意會對父母苛薄相向、好像青春年歲永遠過不完的人，但她無法壓抑越來越寂寞的感覺，那些似乎昨天才見到的同學朋友，幾乎都已經動用了各種的理由離開厝裡到各處去，範圍從大港埔、堀江、臺北到舊金山與北極。所以乍聽之下，這話不過是少年人愛賭氣似的強調說法，但是連偶然聽到的人都感到驚訝和悲傷，不明白為什麼她非這麼說不可。因為在哈瑪星這裡這麼說的話，是很有可能成真的。

結果女兒的腦袋裡突然一片空白，她自以為這就是與故鄉裂絕的最後時刻了，然而很快她對自己的意志模糊起來，彷彿被清晨大霧籠罩的城市，她不敢想像在那片觸目驚心的白的背後，是多麼空虛的景色，所以她想像自己將在明晚，於一家美國水手愛去的酒吧裡，溫柔傾聽伴侶的細小怨言，耳中甚至會聽見有人言之鑿鑿說：「她喝了血腥瑪麗，剝了花生殼。」

然後，她隨陌生的查埔人前往一家午夜璀璨舞廳，在如沙灘漫步潮浪舒緩的西洋迷幻樂音中，「她試著將身體放棄於寬大的絨毛沙發裡。」往後一定有好事者百分之百確定這麼說。清晨四點兩分（彷若千真萬確的時間），她將踏上人行道，操持高聲洋腔洋調的假面人與她錯身而過，彷彿是海岸電臺的頻道遭到噪音紛陳干擾。

這座海岸電臺的位置非常隱密，就藏在緊臨公共庭園外一間加了鋼板的碉堡裡，外頭則偽裝成園藝工具倉庫的樣子，但是戰爭末期被美軍戰機炸垮之後，就沒再重建使用，一直荒廢著。高雄港的一位看門老工友蔡浩男，便住在海岸電臺旁一處被歪斜矮牆環繞的四合大院，他是前高雄漁會理事長蔡文彬的遠親表弟，蔡浩男五十歲時患了一場大病，已經全身冰冷，一命嗚呼，正當家人悲哀啼哭忙著辦理喪事，忽然蔡浩男呀的一聲，從棺材裡跳起來。

蔡浩男復活以後對人家講死後的經歷說：「我在夢中看到兩個牛頭馬面來，真兇，我只好跟了他們就走。過了鼓波街向西，平白出現一間城隍廟，廟前有一棵大白果樹，四周圍排著許多桌仔凳仔。忽然聽到廟裡呼喚我的名字，牛頭馬面領我跪在庭腳，有一個看來是做官的人說：此人陽壽已盡，但是二十年前，救活了兩條命，應延壽一紀十二年。殿上的城隍老爺說：那麼放他回陽吧！牛頭馬面把我領到外面，我看不清楚地點是在哪裡，忽然來了一個頭大如石磨的人，猛力把我一推，推到一個大洞裡。我跌了一跤，睜開眼睛，發現睡在棺材中，嚇得跳了出來，出了滿身大汗病就好了。」

蔡浩男後來跟人家說：「當年美軍大轟炸的時候，我逃到中洲仔，看到一個老婦人，帶著一個查某囝仔，在路旁哭得很悲傷，聽說厝裡的查埔人都炸死了。我看她們很可憐，戰後就把她們帶回厝裡收容。後來遇到港務局的一位官員，說是她們的親戚，把她們領去收養有了生路。想不到我竟然這樣積了陰功，能延壽十二年。」

死人復活這種事聽來好像很不可思議，但是民國初年山東省聊城縣東南鄉崔家莊有一農夫崔天選就曾死而復活，還被安南瑤州府西南兩百里山洋縣人劉建中借屍還魂，這事有梅光羲山東高等法院院長可以證明，七、八年前臺北善導寺的王一鳴居士也曾講起他早年曾死後復活，詳述地府情況歷歷在目。

「阿玉，去姨婆那裡。」阿母來澡堂的後門叫她。

「喔……好。」

「再會。」同學故意大聲說，「妳姨婆最疼妳。」

「不可以亂講話！」阿姨輕聲對阿母說，「歹勢，這個查某囝仔就是這樣沒大沒小，又麻煩你們家阿玉了。」

「沒要緊啦，查某囝仔懂得多做事，以後才好嫁。」阿母說，「妳不要玩了，緊去。」

「好。」

阿玉站在姨婆厝門外，「姨婆，我來了。」

「進來。」姨婆說，「在客廳等一下。」

阿玉站在客廳，姨婆家的家具還真多。

對角有吃飯的桌仔、椅仔很齊全，桌頂擺著洗好的碗公盤仔和筷筒。一高一矮的兩個通櫥並排放在桌仔的左側，高的是對開門，塗了黑漆，矮的是拉門，原木色塗了亮光漆。矮的裡面放了碗公盤仔、鼎仔、杯仔、湯匙和一些乾貨、藥粉、草藥乾。高的裡面則塞了燭臺、香爐、玩具尪仔、塑膠物件和一些破五金。通櫥旁邊，是一個黑檀木的立鐘，下半部有個玻璃門，裡頭的鐘擺和頂頭的指針都是用黃銅打的，黃澄澄的，長著褐綠色銅斑。

她站的這一角，則佈置成一個小客廳。一個長長的檜木矮桌，底下塞滿了舊紙和布袋。三張低矮的藏青色單人座木頭沙發，配上一張姨婆總是坐在頂頭的太師椅。

黑色散發著陳舊古氣的椅仔，像是一坐上去便會將人整個吸進去的沉黑，只有兩側把手和腳踏的橫柱被磨得發白。那太師椅比其他的桌椅都高上一截，矮小的姨婆坐在頂頭，就跟坐在山頂看山腳一樣。

椅仔底下有個紅泥小火爐，冬天用來暖身軀的，從腳到屁股一路暖上來。晚上吃過晚飯，阿母就會叫阿玉過來問姨婆，這一晚是不是要生火。假如姨婆說好，阿玉就會去她大門前的灶腳撿一塊大火炭敲碎，用細柴和舊紙點火起爐。起好了，就放在她的屁股下。

姨婆自己的手絕對不會去沾火爐，所以阿玉要算好火炭的量，最好能在她九點睡覺前剛好燒完。晚上睡覺不點火爐，怕引起火災，但是姨婆最喜歡身軀暖暖去睡覺。

生好了這個小火爐，阿玉還要去幫她燒洗澡水。在灶腳燒好一大錫鍋的水，一杓一杓舀進一個水桶裡，一冷一熱兩桶提到房間後的浴間，其實只是兩個房間相隔的一條長形空地，一側是牆，另一側拉上一張簾仔。沒有排水管，只有在牆腳挖了個排水孔。浴間裡也擺了個尿桶，算是姨婆的便所，她少年時當少奶奶慣習了，從來不跟厝腳一起用公用便所。

「先去把尿桶倒一倒。」姨婆說，「洗完手再來找我。」

阿玉到浴間，尿壺裡有一小坨黑土色的屎，泡在黃澄澄的尿裡。她也做得慣習了，不覺得噁心，雙手拿著走上便所的樓梯，倒了進去。再去水龍頭那裡把尿桶沖乾淨，也順便洗手。

阿玉再回到姨婆房間時，姨婆已經站在客廳等她。她看了鐘，四點半。姨婆要去港都戲院看「素梅枝」的改良戲，三輪車應該是已經在門口等她了。

「厝裡面款款耶。」姨婆說，「水要記得去提。」

「好，我會記得。」

「嗯。」

姨婆一個禮拜，大約有三、四天會去看改良戲或是歌仔戲。有時候去壽山戲院，有時候去港都戲院。她要出門看戲的日子，就會去跟阿母說。她從不直接叫阿玉來，總是透過阿母去叫。

其實，她也不會直接說：「叫阿玉來幫我整理厝底。」姨婆會走過院埕，到阿玉家的門口探一下。假如發現阿母在家，她就會故意從門口走過去。

阿母看她這麼一走，心裡也就知道她想要幹什麼。她就趕緊，什麼手中的工作都得放下來，走到門口來說一句：「歐媽桑，要去看戲嗎？」

「對啊。」姨婆會假裝不在意地說，「在沒閒喔……」

「沒啦，厝裡面到處款款耶。」阿母說，「對啦，我順便叫阿玉過妳那邊款一款，好不好？不然查某囝仔閒閒，嘛不是辦法。要多做點代誌才會能幹。」

「喔，妳說這樣也對了。」姨婆說，「好啦，阿玉要是有閒，妳才叫她來。」

姨婆出門後，阿玉先幫她提水。姨婆嫌水倒在瓦缸裡，放超過兩天就不會清涼，又會生細菌，這種水她絕對不用，不用來洗澡更不會用來煮飯，所以阿玉要先把水缸裡面的水全都舀出來倒光。姨婆兩天用的水不多，差不多只會用個兩桶水，卻總要裝滿一缸水，說是這樣才會表示財源飽足。倒完所有的水了，就要重新裝滿，但是院埕的水龍頭水一絲絲的，要裝完一缸水不知道要到民國幾年，所以阿玉寧願走遠點，到外面莊明耀他家的水龍頭提水，速度才會快。

空桶提去沒問題，但回來時，也只得連拖帶拉將水桶給提回來。姨婆很嚴，甚至連裝水的水桶都不能染到土粉，但是第一趟第二趟，阿玉還能提得高高的，不讓水桶去碰到進大院門的樓梯和門檻。再多提幾趟，力氣放盡了，外面的土腳勉強可以不去拖到，但是樓梯和門檻就沒辦法，一定要一層擱一下，才能舉得過來。阿玉記得，水桶用完要用抹布擦一遍，再倒放在水缸上頭。

她把最後一桶倒不進瓦缸的水放在門口，便要開始打掃。大院裡的人，從來沒有人進去過姨婆的房間。姨婆會讓人家進客廳說事情、送東西，但從不讓任何人進她的房間，她說：「腳不知道踩過什麼狗屎人屎，進來弄髒我的房間，我睏也睏不入眠，臭就臭死。」她只讓阿玉進來。

阿玉先將整個厝內掃過一遍，再拿抹布泡水扭乾，把一件一件家具的表面土灰擦乾淨。姨婆房間幾個放裳物的通櫥也要擦，這幾個通櫥她倒是沒打開來過，不知道裡面放什麼。

竹板床要整理要擦，棉被如果有綯掉的，就要撫平，再灑上花露水。姨婆睡的是木枕頭，要特別用清水泡花露水擦過，墊頭的花布有兩張可以替換，替換下來的，就洗好披在窗口。

不過最重要的是那一臺裁縫車，一定要將車身包鐵片的部分擦得晶亮，上頭有個金色葫蘆標日本家紋和淺井牌的日文字樣。其他木頭和鍛鐵的部分一點土粉也不能有。裁縫車的小抽屜裡有機油，三不五時要四處輪軸關節滴一滴，隨時保持可以順暢踩動。

裁縫車是姨婆的嫁妝，當年只是嫁氣派的，姨婆從來也沒用過這臺裁縫車做過半件裳物。這幾年她的裳物，都是自己去剪布回來，然後叫阿母替她做的。

阿母從來沒有向姨婆收過錢，不管做得多趕數量有多少。厝租都不知道欠姨婆多久了，怎麼可能跟她收錢？

姨婆每一次都會故意說：「多少錢要講喔，不要給人家傳出去，講我做人會虧人家，不付錢。有錢收，才贏沒命收啦！厝租是厝租，該出的錢我還是會出啦。」

但是等到阿母把裳物拿給她的時候，「歐媽桑，妳看一下。」

「嗯嗯。」姨婆看了看，什麼也沒再說，就將裳物拿回房間裡。

裁縫車就這樣光采亮潔地擺著，都過了三、四十年了，還是像新運來的一樣。阿玉會知道姨婆特別重視這臺裁縫車，是因為她每次看戲回來，嘴裡雖然不說，但一定是先檢查過裁縫車才吃飯。

阿玉給裁縫車上了油，就要踩一踩踏板，讓油順一順。上頭既沒裝針也沒線頭，她就喜歡赤腳踩著那裁縫車的踏板，聽著像是火車在鐵枝路行進的聲音，旁邊的滾軸，卡達卡達、卡達卡達地響，越踩越快，越踩越快，她的兩隻腳快速交替踩著，直到整臺裁縫車都猛力震動起來，雙腳已漂浮著，或許窗戶打開，整臺裁縫車都會飛出去呢！那聲音節奏越來越急促，幾乎就連成了一片，像是要往前方滑越過去，在如洗衣板起伏的河邊小徑顛簸。彷彿她不是在一個固定的座位上踩踏，而是駕駛了一輛鐵枝路的輕便車，一路奔向遙遠的盡頭。

阿玉不知道該往哪兒去，盡頭又是什麼，隨著速度的增加，她的腦子也早就沒法子想什麼了。她逐漸興奮起來，好像是在與另一個踩著裁縫車的人競爭。她的眼前飛過了濱線鐵路的景色，一邊是熟悉的哈瑪星街頭景致，另一邊則是岸壁港口，各式船隻聚集。

她踩過了高雄驛，驛頭空地群聚的三輪車伕們驚訝地看著她飛奔過去，然後她衝到了四枝垂。

但是，再過去是什麼呢？阿玉從來沒越過四枝垂這個大平交道，她根本不知道，這臺裁縫車再踩過去會有什麼。於是她的腳遲疑了一下，錯過了那清脆簡明的一個拍子，這踏板的速度實在太快了，將她的兩隻腳掌給撞飛，膝蓋撞上了頂頭的鐵架。

每一次，總是停在四枝垂前面，她想著之前從哈瑪星這邊望過去四枝垂，也就是一片水田，有圳路和幾間農舍。一條新開的大路通過兩側的水田，直直往鹽埕埔去。

但是她無法想像，那條路的盡頭會是什麼樣子。

為什麼姨婆這麼疼惜這臺裁縫車呢？雖然裁縫車是很貴的東西沒錯，但是姨婆家貴的、好的東西實在是不少，隨便一床她晾在外頭的繡花棉被、繡花鞋還有絲絨外套都被人家偷過，這臺裁縫車是老東西了，說是有什麼特別價值，應該是沒有，就只是比較沒用過新一些而已。要說裁縫車的話，阿玉厝裡也有一臺，年歲或許跟姨婆這臺差不多吧，也是阿媽的嫁妝，有錢人都會配裁縫車給查某兒仔做嫁妝的。

難道姨婆跟她一樣嗎？沒事也愛踩著這裁縫車，聽那卡達卡達的聲音？不過她想自己是想太多了，姨婆三不五時就會去看戲，才不會像她這麼沒見過世面。她也沒聽說過，姨婆的房間會傳出來踩裁縫車的聲音，是自己愛黑白想了。

灶腳裡面要是有碗公盤仔或沒洗的鼎仔，也要洗乾淨才行。洗完了先用布擦一遍，再放在灶腳的碗籃裡晾乾，來得及的話，就要在姨婆回來之前，收進矮通櫥裡頭。高的通櫥頂端，她光是踮腳擦不到的地方就要搬來椅仔，踩上去擦。這並不算什麼累人的事，雖然姨婆回來，會用指頭到處抹來抹去的，巡巡看她是不是有擦乾淨，但是姨婆厝裡就她一個人，也沒什麼人會出入，大部分的家具一個月可能也用不到一次，所以只要兩三天擦一次，可以很輕鬆做完。

接著是去煮飯。姨婆喜歡叫她煮白粥，要煮什麼菜，姨婆會留在灶腳。姨婆自己不去買菜的，她嫌市場又臭又髒又亂。需要買菜的那天，她會一早站在門口，選一個她看得上眼的人，有時是芳枝阿母，有時是阿玉阿母，有時候是童乩某。當她看見她們提著菜籃出門時，就會把兩角圓一遞，叫人家幫她買個一角的菜回來，另外一角，算是給買的人的走路工。

「買一角菜回來，一角妳就收起來。不要出去傳我很吝嗇，仗著自己是厝主，就糟蹋人，我可是受當不起喔。」

「免啦免啦，就是順便買，哪還有給歐媽桑收錢的道理。」大家都會這樣說，必定把一角圓退給她。有時趁著她沒注意，想要腳手敏捷地偷偷溜過去，但是一被發現就會被念：「有人就是會閃啦，錢要給人賺，人也是可以不用賺。大家都有錢啦。錢不要拿，就出去傳我都會苦毒厝腳啦，看這是什麼世間啦。錢都拿在手裡嚕，不然人是不是要跪下來拜託人家收。明明我們的腳沒辦法走，也沒人要可憐一下，連順便幫我們這種可憐人買一點菜也不肯，也會閃啦。又不是要她去扛一斗米回來是不是，故意就是要把我們給餓死啦。我再活也沒多久了，連一個飽鬼也不讓我們做啦，看這是什麼世界。錢要給人，人家不要，那像我們這種要錢的、要厝租的，卻沒人來交啦。你們若有好心人就來看喔，這世間是不是顛倒反了。」

姨婆喜歡吃炒小白菜加雞蛋，有時炒肉絲，再煎一片虱目魚肚，還有醬瓜和醃酸菜。阿玉忍耐著，她多想吃上一口這些東西。虱目魚肚吃了會被發現，但是其他的菜料就算她吃上個兩口，並不會被發現吧。她忍耐著，但從來沒有一次真的敢吃上一口……好吧，也許半口雞蛋和兩條肉絲她確實是吃過的。

飯菜煮好了就放上桌，用桌罩罩著，沒用到的碗公盤仔收入通櫥。這時差不多是七點，再過一刻鐘三輪車就會送姨婆回來。

七點一到，電一來電火自動亮起，阿玉就坐在飯桌旁，等著姨婆回來檢查，等她檢查過了，才能回家吃飯。她聞著飯菜的香味，真不想要離開啊。假如，光聞香味就能飽肚子那該有多好。她不用吃也沒關係，用聞的可以飽的話就好了。

她聽見三輪車煞車的聲音，趕快在門邊站好。

「還在等啊。」姨婆一進門只說了這句，手指頭在家具通櫥上到處摸著，繞進房間又走出來，「怎麼不先回去，我又沒叫妳等。留在這裡，是要等吃嗎？」

「沒……」她不知怎麼回答，「想說看妳回來再走。」

「水缸的水有沒有加？」

「有，加滿啊。」

「枕頭巾有沒有換？」

「換好啊，洗好的那一條放在窗邊。」

「嗯，妳來坐下。」姨婆走到飯桌旁。

阿玉有點不知所措，怯生生走過來坐在飯桌邊。

「嗯。」姨婆也坐下來，她看了看桌罩裡的菜，又看了看阿玉忽然說，「要不要吃？」

她盯著姨婆，一臉驚恐地搖頭。

「妳煮的妳吃沒關係。」姨婆輕聲說，「我不會跟妳阿母講。」

姨婆掀開桌罩，從筷筒拿了雙筷子給她，「來，妳吃。」

她沒敢拿筷子，趕緊站起來，「姨婆妳趁燒吃，粥在灶上。我要趕快回去了，不然我阿母會罵，再見。」

「是我叫妳吃的。」姨婆說，「她不敢罵妳。她如果敢罵妳，她就該死。」

阿玉什麼也不敢說，就呆呆站著。

姨婆看她那樣，也不說話，轉身拿碗走到灶上添了粥。

阿玉還是呆站著，姨婆開始吃了起來。

就這麼站了一時，姨婆也不理她。阿玉一聲不響，轉頭跑出房間，跑回家去了。

從寧靜巷道的底直走，不遠處一條與濱線鐵路平行的小河邊，是個哈瑪星獨有節日慶典舉行的地方。馬公婆知道這個慶典原本並不存在，只是過去日本海員用來引誘哈瑪星姑娘與他們約會的詭計。他們知道她們喜歡蜿蜒親切的小河景色，所以他們向市役所申請訂定了「彎彎小河節」。好不容易通過了這個連日本人都覺得莫名其妙的節日，由旗後遷來湊町的真砂和洋雜貨店還給了筆小小的贊助，海員們也就著手進行慶典活動。他們在河上偽裝了一座陳年的日式木頭便橋，將河邊人家的大門一律塗成了紅顏色，並在門口掛上傳統的鯉魚飄。同時請來小吃娛樂屋臺到這兒擺攤，甚至用免費的金太郎糖買通了一批學歌舞伎的囝仔，叫他們在慶典中裝出討人喜愛的模樣。

日本海員甚至為這節日編了一則應景的傳說，據說從前的哈瑪星姑娘保有一些古老美麗的習慣，像是向星星許願這一類的事；當她們對不明感動的戀情感到恐慌時，便會去跟吳耀庭這種雜什仔郎買粒星星回家供著，一邊許下願望，一邊緊盯光滑的表面是否產生異象。但是雜什仔郎賣的星星多半營養不良，長期跟一堆雜什仔擠在一起心情也不好，要說許願準確度的話，實在說不準，頂多只能充當查某囝仔們的遊戲。

畢竟還是要天然野生的星星，才有明顯的許願效果吧，所以少數知道這條小河祕密的哈瑪星姑娘，便會在夜半十二時到這兒來。那時，有些前半夜隨陌生星座繞轉太久而迷途的星星，將自夜空降落到這條小河之內憩息，形成了銀河的地面分部，隨著河水流動緩慢迴旋。哈瑪星姑娘們拿出小小的手持網蹲在岸邊輕聲捕撈，避免水光波瀲驚嚇了敏感羞怯的星星躲入石縫中。她們也彼此約束一次只撈一粒，可不希望星星們口耳相傳以後不來了。

賣炸粿和番薯煎的歐媽桑女兒與喧鬧人群錯身而過，她的心裡對未來有無限的美好想像，如同盡力尋找屬於自我色彩的光，在摩登服飾裡朗誦新版的詩集，於韻腳錯落的分行底紋抽取割手的白光，她從巷仔口布幕上反覆播放的臺語電影閃爍映像裡，揉出一些安靜的褐光。多少有過一兩次戀愛結束前的最後一支舞碼，總隱匿著回聲響亮的藍光可以捕捉，而哀傷的開場一定少不了將天幕一刀兩斷的黝光，她也順勢提煉了幾道。偶然，她會在隨意散置的街邊事物上撿到無名的光，這光顏色不定、氣質不明，但用來綑紮打結卻非常好用。她將以這些光來裝潢心中遠離哈瑪星的嶄新房舍，等待眾多的夢想自遠方發軔，紛紛趕抵此地。

經過木麻黃林時，少年人看見一群海防阿兵哥正在清理昨夜被颱風肆虐過後的斷枝落葉。不是什麼了不起的林子，空空蕩蕩的什麼也沒，除了讓阿兵哥們掃落葉、散散步抽抽煙之外，實在搞不太清楚種這片林子的功能是什麼。難道躲在裡面炸彈就炸不死嗎？而且據說還會有害人很頭痛的事。有多頭痛呢？學長只是告訴菜鳥們說：「只要颱風天來了就知道……」會有多頭痛呢？反正頂多就是掃葉子掃到每個布袋都爆掉吧。

前一天，他們用麻繩跟木樁把一些比較細弱的樹綁好，只要不倒下來砸死人就萬事太平了。但這次的颱風真的太強，無論大小樹全給吹慘了，灰土土倒了一地，落葉蓋得不見地面。最麻煩的是，有棵最高又粗的木麻黃給攔腰吹斷，上頭那截直接飛到三棵沒倒的木麻黃上，死命卡住。

幾個阿兵哥奉命爬上樹，把好幾條粗大的白色纜繩綁在斷木上，其他人在下頭拚命拉，發出跟拔河一樣「一二殺、一二殺、一二殺」的呼聲。

「這麼做會壓死人吧！」他在心裡吶喊。

「喂！你閃邊點吧。」班長對他喊，「壓死沒賠的噢！」

他朝旁邊退開幾步，一腳好像踢到什麼沉重的東西。他撥開樹葉，原來是一隻死鳥。牠全身濕漉漉的，眼睛緊閉，雙翅像是正要振臂歡叫似半張開來。

他蹲下，隨手取了枝煙粗的斷枝，搖了搖牠的臉，然後往鼓鼓的肚子刺下去。肚子噗地破了個洞，黑紅融混，帶著小小硬塊的汁液不止地冒出，直到肚子扁掉才停。

不一時，他又發現另一隻死鳥，這隻鳥的脖子斷掉了，頭跟身體連著皮拖了二十公分長，中間還纏著枝葉。旁邊，一隻鳥的翅膀和雙腳不知哪去了。

從第三隻開始，他在心裡默數現身了多少隻死鳥……安詳、痛苦、憂愁、不知所措、擔心、寂寞、驚奇、我在哪裡？這是怎麼回事？還有什麼事情沒做啊……一直數到第三十七隻，他不想數了，覺得夠了吧。各類死狀悽慘五馬分屍的死鳥滿佈整個木麻黃林。他彷彿置身於長輩口中大陸家鄉的戰場壕溝，腳底隨便一踩都是鳥屍，即便一陣微風吹過，掉到他頭上的也全是死鳥。

「可是我從沒在這林中聽過鳥叫聲啊？」他想。

風雨停歇，除了那群阿兵哥的吵雜之外，林子是多麼清爽安靜，散發樹木獨特的香氣。

他聽見那位班長叫道：「媽的！繩子斷了！」

班長又派人爬上去綁好繩子，然後喊口令，所有阿兵哥一起猛拉。剎那間，像突來的太陽雨，眼睛一黑，數也數不清的死鳥遮蔽了天色，沙拉拉地潑落到每個人的頭上。

同時轟的一聲，斷木垮了下來。

漁會為馬公婆安排的新厝就離四合大院不遠，往新濱碼頭的方向左轉，緊臨著濱線鐵路一間一樓的平房，原本是日本時代鐵道員宿舍的倉庫，改裝成還算寬敞的住家與小庭院。她將嬰兒車裡的東西倒在客廳裡，席地休息，把昨天在自助餐買的白飯和一袋免費的附湯混著吃，附湯裡還剩不少的金針、筍絲和排骨，真是太好了。

自助餐的頭家娘叫余玲英是外省仔，從高雄市嫁來哈瑪星，讀過師範學院當過老師，少年時有年冬天被陰卡到，會不時喃喃自語或是夜半夢遠，神智不清，只好辭掉學校的工作。請妙善堂的萬清居士去看說：「除念佛迴向外，別無生機，當速照辦。」余玲英確實有照辦，神智也慢慢清醒，但是後來她對萬清居士說，她在病中夢到一個男人自稱洪圖對她說：「前生我們都是米商，我錢賺得比你多，你就謀財殺我命，我因其他惡業入冥界墮在鬼道中受苦，而你轉生人道已二十七、八年，這款怨恨太深，就算念佛號幫我往生超度我也不甘願，一定要破壞你的婚姻，以洩我的憤恨。」後來余玲英的婚姻果然非常不順利，離婚一次，一次丈夫意外身亡，萬清居士憐憫，於中元節親為洪圖誦經超度，並且寄送內有告鬼文的幸運信，終於請鬼離開她的身邊，余玲英也順利嫁來哈瑪星，同時發願做妙善堂的義工。

此刻是下午五點半，馬公婆想現在走回日本厝，趁天色全暗了之前應該來得及再搬一趟。這是她搬的第四趟了，她要搬的東西還有那麼多，她得再花好幾天把所有的雜什仔搬過來，但是賣炸粿和番薯煎的歐媽桑女兒卻只要一卡皮箱就可以搬完了。

她走出門外，覺得舌頭非常乾燥，齒壁痛到快龜裂開來。面前是一片沿著濱線鐵路生長的高大芒草，隨風搖動彷彿刮花了模糊的天色。整個哈瑪星籠罩在一襲如蟻群躡行的緘默之中，幾乎像是誰要一開口說話，便會被突然出現的某人割裂喉嚨般戛然靜止。

濱線女兒

那年，姨婆醒來的時候，發現身邊空無一人。這是她每日必定要有的午睡，可是今天未免也睡得太熟了。她想，或許大院裡這麼安靜，是讓她熟睡不起的緣故。

她看了牆上的黑檀木掛鐘，指著三點鐘又一刻，她記起這一日是禮拜六。她和尪婿、囝仔阿富吃過了中飯，便覺得睏了。

雖然大東亞戰爭緊張，米糧、糖鹽油都已經列入戰時體制的管制，但是像他們這樣的有錢人，生活還是好過，要吃一頓飽飯不是困難的事。流入黑市的食物還算充裕，當然了，那些沒錢的人要三頓都有魚有肉是困難點，但若跟日本人做生意的，還是在會社工作的，基本上衣食都沒問題。何況這裡是哈瑪星，全高雄最富裕的地方，有聽過被噎死的，倒從來沒聽過給餓死的。

再怎麼說，漁行能請的人還是有夠多。臺灣人發展得快，有自己的船，汽油的分配緊一些，也就船出少一點，不是什麼問題，富源行的船還不是越來越多。遠洋漁業一直去到菲律賓的漁場雖然被美軍控制住了，沒辦法再去那麼遠，不過，旗後外海的黑甕串和烏魚，可不會因為戰爭就不來了。烏魚船照常出海捉魚，外地的海腳仔和琉球海員還是一直來哈瑪星。

自己的尪婿就是在富源行做會計，富源行算是日本人資金、臺灣人掌頭的整船行，再怎麼說也是非常穩當。

尪婿在日本讀水產學校畢業，回旗後時，原本開酒樓的父母已經過身，上一代和這一代的財產也被叔伯給瓜分乾淨，只給他留下一筆小錢。

「娶一個某，租一間厝有夠了啦。」尪婿的叔伯這麼跟他說。

從小就去日本讀書的尪婿，什麼做人處事的方式都不懂，也不會跟叔伯吵架，只好被迫拿著那筆錢，在哈瑪星租了一個房間，自己過生活。還好日本水產學校畢業的頭銜還是有效，去富源行應徵順利，年紀輕輕就當上了二頭會計。在哈瑪星算是青春有成的少年人，二十出頭又遇上了整船業發展的好時機，沒多久就存了不少錢。

所以，當時兩個人被安排相親的時候，雖然比起她家來算是沒錢，但父母非常看得起這個少年人。她自己也覺得這少年人風度不錯，門當戶對是說不上，但是這樣一來少年人就會聽她的話，不敢娶小姨，另外一方面他能幫助自己家裡發展，也是不錯。

兩個人歡歡喜喜結了婚，尪婿和上流的日本人相處久了，也染上紳士的習氣派頭，愛穿西裝愛吃煙斗。何況，當年是由富源行的二頭家夫婦做男方的父母名媒正娶的，算是有富源行的背書，尪婿可不是那種會感到自己沒路用的招贅仔。

剛結婚的那幾年，她便懷了好幾次的囝仔，但卻一個也沒留下來。哈瑪星人流傳說，她是在年輕的時候打死了一隻懷孕的母貓，所以才會這樣。

「不要聽人們亂講，你們一定會有自己的囝仔的。」父母畢竟是有見過世面的有錢人，總是這樣安慰她。

自己的尪婿也忍耐著，她想，至少是忍耐著吧。他還是那麼風度翩翩，每一次囝仔死掉後，總是好聲好氣安慰她。她知道尪婿是很想要有個查埔囝仔的，他當然無法忘懷叔伯欺負他的事，總是覺得，非得有個查埔囝仔在身邊，才會安心。

「有一個查埔囝仔，以後我們的財產才會有依靠，不會被親戚給割分掉。」

終於，結婚六年之後，他們有了個查埔囝仔，養到現在已經八歲了，非常可愛，身軀也沒異狀。終於能熬過第一年，好不容易啊，熬過第一年的時候，他們辦了十幾桌請人客，之前的囝仔，一個也沒養過第一年。如今，自己的尪婿有了精神寄託，雖然後來一個囝仔也沒再生，但是幸好啊，她總在心裡想著，有一個查埔囝仔可以依靠了。

過了幾年，她的父母相繼過身，分家之後他們一家住進了大院裡頭。這算是父母特別交代要分給她的財產，多出來的房間就租給人家收厝租。

雖然搬來之後，一家人的生活很快樂，但她心裡總有點自卑。再怎麼說這樣還是有點家道中落的感覺，不然她不會來這片大院和厝腳住在一起。以前，他們後頭厝的厝和土地多到不行，這片大院本來就是專門用來租人的。現在分了家，好的厝契和土地分給兄哥弟弟，這種大院自然是分給了她。

所以，她去收人家的厝租時，總是非常不好意思。她想，自己一個厝主居然和厝腳住在一起，自己又不愁吃不愁穿，雖然在哈瑪星排不上有錢人，但是除了這片四合大院之外，還有好幾塊土地租人耕作和一間鼓山國校旁邊的日本厝也有出租收錢，戰爭再怎麼延續，也不可能沒一碗飯可以吃。去跟人家收那些少少的厝租實在是很沒意思。乾脆，有人願意來交就交吧，不願意交也就算了。

唯一讓她感到煩惱的，就是美軍的空襲。哈瑪星的街仔路已經被炸得面目全非，幸好，這片四合大院沒被炸到。但是她想，自己也不是天真的人，美軍軍機又不長眼睛，炸彈又不會轉彎，要是直接撞進四合大院也沒辦法。

其實，她最煩惱的卻不是厝被炸了，厝炸了，也不是沒有錢可以修，她最害怕的是疏開。一旦被疏開到鄉下地方，再回到哈瑪星，厝也不知道會給誰佔去了。再怎麼樣說，厝和土地還是自己的，寧願留在哈瑪星被轟炸，也不願疏開。之前有一次疏開，他們一家人去了潮州，在那裡有個老厝住了一段時間，等到回來的時候，大院裡居然已經有了新的住客，說是原本的厝被炸了，聽說大院裡有認識的人便來投靠。雖然自己的房間還在，但像這樣的人趕也趕不走了，只能讓他們這樣住下來。可是她擔心，萬一以後疏開回來，恐怕會連自己的房間也會被佔走。

姨婆先是拿了木盆，走出房門。

姨婆每一天都要洗裳物，她絕對不穿前一天沒洗過的裳物。

她走過大院長形的院埕，到了另一側淺淺的水溝邊。

正在水泥柱下裝水的芳枝見她來了，立刻關上水龍頭，趕緊提著水桶快步跑回厝門口。

她對自己的沒頭神感到氣惱，為什麼自己偏偏這時候去裝什麼水。難道還不知道這個時候，就是姨婆會來用水的時候嗎？

芳枝的水桶才裝了三分之一滿，連嘩啦一聲都不夠，一下子便倒進門口的大水缸裡。她不敢回頭，蓋上木蓋，水桶往上頭一擱，就開門進厝裡頭。

姨婆將木盆擺在水龍頭下。她打開水龍頭，水非常困難地一絲絲地垂滴下來，這幾年來不知道是怎麼回事，院埕這個唯一的自來水水量變得很少，好像總是處在乾涸之中。她讓水如此流著，轉身回去房間。

過了一時，她再度走出厝門，手裡抱著幾件花花的髒裳物。她走過大院長形的院埕，和正提著菜籃要出門的阿桃姨碰在一起。阿桃姨稍微停下了腳步，她原本是假裝匆促出門的，不得不停下來，對姨婆一鞠躬，她說：「歐媽桑，妳早，洗裳啊……」

姨婆什麼話也不說繼續走到水龍頭前，將裳物丟進木盆裡。木盆裡的水只有淺淺的，大約一個指頭高而已，裳物丟進去之後，馬上便將水給吸乾掉了。

水從水龍頭嘴裡一絲絲滴下來，滴在裳物上。

阿桃姨痛恨自己怎麼這麼沒頭神，怎麼忘記從門縫裡偷看一下，看看姨婆是不是要出房門了，結果好不容易提個菜籃出來，就給遇上了。

就在姨婆要繼續走到水龍頭時，阿桃姨像是給綑縛咒定住似站在原地。姨婆看著水一絲絲滴下來，滴上裳物時，阿桃姨有片刻想要偷偷移動她的腳步。

她不知道該怎麼辦才好，像是被捕獸夾給逮住了，只要一開始掙扎，便會非常的痛苦，然而總不能就這樣站著。

姨婆一聲不響盯著水流，阿桃姨覺得那水大概永遠也滴不完吧，那樣久。每一滴水，就像是要花上一輩子的時間滴落。

她知道，姨婆現在應該要轉身回去厝裡，拿她的洗衣板和棒棰。但姨婆一動也不動，就是在等待她。阿桃姨想，她沒有任何機會可以逃掉了。除非等到水滿了，也許姨婆才會轉身回去厝裡，那時她才能離開去買菜，但是她想姨婆現在這樣就是在等著她動吧，否則她不會這樣等待著。

她可以轉身走回厝裡，但是這跟選擇走出門，直接去買東西的結果並不會有兩樣。阿桃姨想今天真是衰啊，怎麼會輪到自己頭上呢？假如剛剛有別人先遇上了姨婆的話，自己說不定早就逃過一劫了。

阿桃姨在心裡嘆了口氣，她紅著臉向姨婆點了點頭，手緊捉住菜籃往大門走。姨婆仍然盯著水龍頭不動，手叉著肥重寬大的腰，乳房緊緊縮著，像是對曬壞掉的瓠仔乾，幾乎讓人家以為她成了個石頭。

當阿桃姨踏開第一步，姨婆笑出來說：「有人厝租沒交沒關係啦，菜籃也是照樣拿著出去買菜，也不怕給人吐口水吐痰……這人若不知道見笑喔，難怪嫁一個尪不敢睏同一個房間。查埔人也是可憐啦，不知道是給什麼瘋查某傳染的什麼病喔，結果還被人家趕出去。我要是那個查埔人，要死也要拖那查某一起死，不然不敢回家只能睏在外面，可憐喔，鋪一件草席仔，又不是在睏死人。也是難怪啦，連囝仔都不敢理他，做某的也不理他，實在是跟死了沒兩款。不過想想啊，這種人還是要去討小姨，那就不知道這個做某仔是有多失德，人家小姨顧尪顧命命，我看是查某人在外頭討客兄，才會將什麼髒病傳染給自己的尪婿。枉然啦，以前賺的都不算啦，查某人的心肝就像黑心草芒啦，爛到底，外表也是看不出來啦。」

阿桃姨紅著臉，臉上笑著，回頭跟姨婆說：「歐媽桑，謝謝。」

姨婆沒回答，她像是從時光隧道的另一側回來，身軀動了起來，轉身回去自己的房間。

阿桃姨打開大院的門，走了出去。

等到姨婆又再打開厝門，手裡拿著洗衣板和肥皂時，院埕就跟剛剛發佈空襲警報的午後一樣，非常寧靜。彷彿所有的人都離開了院埕，到大院外，濱海二街的草埔仔那個半圓形如墓仔埔的防空壕裡，躲起來了。

姨婆走過大院長形的院埕，她抬頭看著天空，那破碎、未曾補起的天棚，中間的一個破洞正是美軍空襲時，炸彈穿透落在院埕上的證明。

那個午後，最早便只有她一個人看見了，那粒凝重鈍遲的墨綠色炸彈凍結了整座大院的未來時光。

姨婆走出臥房，走到客廳。客廳裡也是空蕩蕩的，一個人也沒有。

尪婿和囝仔都不在，連請來看頭看尾的阿桑也不知道去哪裡。她覺得有點奇怪，禮拜六下午總是哈瑪星的午覺時光，確實會安靜一些，但未免也太過安靜，安靜到連人也消失掉了。

吃完午飯後，她記得阿桑正要收拾桌仔，她覺得累了，午後那麼舒服，就自己走到房間打算午睡。她問尪婿說：「等一下一起來睏一下午覺。」她想，尪婿下午應該是不用去富源行，可以和她一起睡一下。如果他沒有事情的話，他是會跟她一起睡一下的。

她喜歡和尪婿一起睡午覺，覺得那午後共床的時光好像是偷來的。那個頑皮的囝仔也會去睡午覺，不會總霸著自己的尪婿，就像此刻一樣，父子倆還是一邊吃飯一邊說話打鬧。她總是笑著說：「父不像父，子不像子。」有時候好像尪仔某兩個人的角色顛倒過來了，她當然疼這個難得的囝仔，但她好像比較像嚴父，囝仔不太愛跟她親近。

尪婿忙著和囝仔打鬧，只是嗯了一聲，沒再與她說話。她到房間的床頂躺下，拉上了遮陽的布簾，房間裡有種清淡的光亮感，帶著一點點的陰影。有點微微烘熱的感覺，但是她搧了葵扇，就清涼了許多，不覺得躁熱。海洋的風吹到岸上來，帶點鹹味，透風良好的大院，好像擁有自己的風可以吹。

在她仍醒著的時候，她又喚了尪婿一次，要他趕快來自己的身邊。她想要在睡前，在這個偷來的時光耗掉之前，與他摟一摟，說說家裡的事。今天早晨發生了一些有趣的事，大院裡的事，她想跟他說個兩句。在飯桌上，她沒能插嘴他說富源行的事，也沒能插上他和囝仔的打鬧遊戲，在這個偷來的時光，她希望能輕聲細語跟他說幾句話。無邪地說幾句話，她臉紅紅的，她想總不能午覺的時候太親熱吧。

但是尪婿沒有回話，只聽見他們父子倆還在玩的聲音。

她最後聽見一陣阿桑收完飯桌，走出房門到灶腳去的聲音之後，她便沉沉睡去。然後她醒來，什麼人也沒有。

她叫喚了幾聲，她不只喚了尪婿，也喚了囝仔，沒有人回答她。

「尪耶。」

「阿子耶。」

「阿桑。」

客廳裡所有的東西都在原處，清清爽爽的。

她打開客廳大門，走到院埕裡。她先看了時鐘，也已經是三點多鐘了，總該有人起床了吧，或囝仔的吵鬧聲音，這畢竟是個大院，怎麼可能一點聲音也沒有。

她打開門一看，大院的中央落著強烈的陽光，原本遮蓋整個大院的天棚破了一個大洞，一粒炸彈就掉在院埕的中央。炸彈沒有爆炸，只是將院埕水泥和紅土混作的地面撞出了一個一尺半的凹洞。只是一粒小炸彈，除了打破天棚的洞和地上的洞之外，什麼也沒傷害到。

墨綠色炸彈，頑固地立在那裡，既不滾也沒有任何聲音，或許就是這粒又沉又重的炸彈，將所有聲音都吸進它的身軀裡頭，而且完全用鋼鐵封閉起來。

她不敢置信地看著這粒炸彈，為什麼炸彈落下來，卻沒將她驚醒……不對，她忽然回過頭神來一想，為什麼有空襲卻沒發空襲警報……

她心裡有個不祥的想法，也許是她睡得太熟了，所以沒有聽到空襲警報也說不定，但是……難道沒有人聽見嗎？

她想一定有人聽見的，那那些人呢？難道他們都聽見了防空警報，都去躲防空壕了，卻沒人把她叫醒。她為了自己這樣想而苦笑起來：「我在想什麼呢？怎麼有可能是這樣……一定是美軍空襲來得太突然了，所以沒有發警報。但是，如果沒有發警報，怎麼會所有人都不見了呢？」

她坐在門口的矮凳，沉默盯著那粒炸彈。她想不透為什麼，這大院的人完全消失掉了……不，也許該這麼說，她覺得他們都還在，只是不知道去了哪裡。他們都還在的，消失掉的是她。只有她一個人，從他們那裡消失掉了。

現在，大院裡只有她一個人。

她側耳傾聽大院外，是否能聽到什麼聲音，但她聽不到。她沒有力氣走到大門外，去看看外面是否還有人在……

* * *

「王麗珍從大新百貨的電梯頂跌下來了！」

阿玉一聽到阿母和芳枝阿母在門口細聲說這句話時，差點沒從門內連走帶飛、連滾帶爬地摔到門外。

「聽說摔得流血流湯咧……」

「不只噢，聽說摔得手折腳斷噢。」

「代誌有這嚴重喔？」

「對啊，那個真正有這厲害噢？」

「這個吳耀庭也真正厲害！」

「是啊，囝仔時還只是擔個藤簍在哨船頭賣雜什的，現在事業竟然做這麼大。」

好像在講什麼祕密，兩個人的頭都快碰到一起，手還在嘴邊揮來揮去的，就怕光用嘴巴講太小聲，對方會聽不清楚，得指揮一下對方看看唇語才行，在這種緊要時刻，正是一點不能分神。但老實說，聲音實在是夠大的了，不用怕大院其他人不來問她們在講什麼。

不管怎麼說，這可是哈瑪星的大代誌，就算用廣播放送也不過分！

「王麗珍到底是按怎？」趁阿母吞口水、芳枝阿母喘大氣時，阿玉囁嚅地插了一句問。

啪的一聲，阿母往她頭頂後搧了個火大巴掌。

「妳這個查某囝仔，王麗珍是妳叫的喔！」

阿玉被這一掌轟了往前顛了好幾步，順勢跑到大院外門口。

「一個查某囝仔沒一個款。」阿母大叫，「緊轉來顧尪仔書攤跟妳弟仔啦！」

「查某囝仔太巧了，就是會這樣。」芳枝阿母笑了說。

她賭氣跑到濱海二街上，想找個同學講這件事，可是卻一時想不到要找誰。她最好的朋友是芳枝，但今天才為了不小心把她阿母新縫的書包落到桌腳而吵架，「都跟她一直回失禮了，還是這麼恰。」她想，「查某囝仔恰北北，不知道是在比人恰什麼。」

還有一點點想去找貞仔講，但是貞仔又住在北門砲臺後山那麼遠，走路到那裡大概人家都吃飯飽囉，一肚子火都熄了。

不然去代天宮廟口好了，應該會遇到同學可以講。

「阿玉！」一看是阿賓在喊，「妳是要去哪裡？」

她跟阿賓有點怪怪的，但阿賓可能不這麼覺得。

阿賓上學期剛剛才從旗後搬來，個子差不多跟她一樣高，人生得斯文斯文的，頭髮也是查埔囝仔裡難得會梳整齊的。他跟他阿母一樣，每天憨憨裝笑臉，好像每天都很快樂的樣子，家裡開的甘仔店兼麵攤很受街頂廢鐵加工廠和船務公司員工歡迎，生意一開頭做就不錯。他阿爸人很難得見到，聽說穿西裝在大港埔親戚的店做事情。不知道是什麼店？

最厲害的是，阿賓的功課非常好。阿賓來她班上之前，她一直是第一名，很難得才會當第二名。但是阿賓一來，就一直考第一名，從此之後她只能做第二名。

「旗後囝仔哪有這麼會讀冊的？」就連學校老師和附近大人都覺得不可思議，旗後那種小地方的囝仔，哪裡比得過哈瑪星人？

功課好沒對手又不驕傲，每天笑嘻嘻的很得老師疼，又得同學愛。本來這學期老師就有意思選他做模範生的，但同學們大概還是有一種不能讓旗後囝仔當模範生的氣勢，所以舉手表決時勉強十六票對十五票，讓班長連任模範生，也就是她，又當了模範生。

阿賓還是笑嘻嘻，下課就去踢銅罐仔，連選阿玉做模範生的查某囝仔也去跟他玩。

「國賓，沒關係，下一次再換你做。」阿玉聽見老師走去跟他這麼說，恨不得衝到他們面前說：「我不稀罕，拿去做，拿去做！」

考試考不贏阿賓，久了她也就認輸了。但在心底她還是很稀罕做模範生的，所以就跟他有點怪怪的，但阿賓可能不這麼覺得。

「我要去廟口。」阿玉說。

阿賓放下手裡正在洗的白菜跑過來。

「我跟妳講一件代誌……」

「什麼？」

「隔壁班的王老師從大新的電梯頂跌下來了！」阿賓不知道為什麼非常興奮。

「我早就知道了啦。」她沒想到阿賓也知道這事了，只好故意裝得很不在意地說，「誰不知道王麗珍從大新的電梯頂跌下來了！」

「喔，妳真敢！王麗珍是妳叫的喔！」阿賓笑嘻嘻的。

全哈瑪星有生眼睛發眉毛的人都認識王麗珍。王麗珍，鼓山國校老師，差不多三十初歲。阿爸王富源是從澎湖來的，二十幾歲死了老婆，傷心欲絕，沒離開澎湖活不下去，只好渡海來哈瑪星討生活。來哈瑪星之後，做過岸壁捆工，又做過三輪車伕，但因為不是北門郡人，所以被欺負得很慘。後來心一橫，有機會就跟著日本遠洋漁船去印尼、菲律賓、新加坡放綑釣黑甕串。

王富源雖然是澎湖人，但卻是種土豆的，根本沒有討過一天海，一上船當然是什麼都不會只能做苦力。但畢竟是澎湖人沒問題啦，一年、兩年、三年、四年、六年、八年，居然升到做大副，連日本海員都要給他管。

日本船東也覺得這個臺灣少年仔（其實已經三十幾了）實在不錯，就要招他入贅做女婿。日本女兒雖然瘸了一隻腳，但是生得實在有夠美了，而且又可以繼承整船家業，若是正統日本人一定不用想就答應了。但是王富源發揮澎湖人的氣魄，他說：「若是你看我有出息，就把查某兒仔清清楚楚嫁給我。今天我若入贅，以後我怎麼面對我祖公。」

從那一刻起，王富源就開始發達整船業。他還是入贅繼承了日本家業當船東，但比起他的日本丈人要厲害多了，日本臺灣兩邊跑，擴張了原有的中型船隊。到了現今，他已經有十四艘漁船：狄塞爾式機動木殼船有五艘、一五〇噸以上的鐵殼船有四艘，以及三艘二五〇噸、兩艘四五〇噸的日本新裝鋼質鮪延繩釣遠洋漁船，榮中一號和二號。據說從柯外科那裡割盲腸出來，壓著右腰身體彎彎拖著腳步在街頭走的海腳仔，五個就有兩個是他僐的人，在哈瑪星沒排第二，也有第三。當年大東亞戰爭失敗，日本丈人要被遣送回日本時，還感激地對他說：「我女兒和孫女真是有御福氣的人啊。」

王麗珍本人則從小就被送到日本京都讀書，師範學校畢業後回哈瑪星鼓山國校教書。臉長得就跟日本女兒節的陶瓷祈福人偶一樣，漂亮得不像真人。剛回來時，青春美貌，當她穿著上海洋式西服褲裝、騎著全哈瑪星只有三臺的機踏車在路上跑時，大家都忍著呼吸盯著看，不敢喘大氣目送她騎過去，差不多，就有這樣的程度。

「要你管。」阿玉說，「我還知道她摔得流血流湯又手折腳斷。」其實她直接叫「王麗珍」，並不是不尊敬她，只是跟哈瑪星一般大人一樣，把她當作一個名人來叫，像是「吳耀庭」啦、「莊明耀」啦、「蔡文彬」啦，而沒有把她當作隔壁班的老師。

「是喔，從電梯跌下來會有這麼嚴重啊……」阿賓說，「阿玉，妳有去過大新嗎？」

「沒有，不然你有嗎？」

「我也沒有。」阿賓笑嘻嘻說，「不過我有聽來我家吃麵的船務員說過，說大新比五棧樓仔百貨還要大間喔，賣的東西還要多種，一樓全部都是妳們查某囝仔最愛的脂胭化妝品喔，還有賣祝軟像棉仔的阿凸仔牛奶冰。二樓有很多衣服，五樓頂還有兒童樂園，他們說有一種會一直繞圈一直繞圈的電動火車可以坐，不是學校那種只能用手腳去搖的。」

這些東西乍聽起來確實是很吸引人，但是她平常聽阿爸形容日本東京百貨公司的時候（當然阿爸是聽以前他們株式會社的日本人說的），也已聽過不少了。雖然她連五棧樓仔都沒有去過，不過那種聽阿爸得意表現自己見多識廣，隨意幫別人添加劇情的東京百貨公司遊記的興奮心情，就好像被大水沖倒一樣，非常確實感受到原來是這麼回事。

「真會講。」阿母會這樣刺，「不然，日本百貨公司是會飛喔。」

「對，就是會飛！」阿爸就這樣頂，「人家厝頂有裝螺旋槳。」

「大新裡面一定有流籠吧。」阿玉想炫耀一下自己知道百貨公司裡都會裝流籠。

「噢，阿玉妳真是巧，還知道裡面有裝流籠咧。若不是他們講，我都不知道流籠是什麼咧！」

但是「電梯」是什麼啦，阿爸怎麼從來沒講過電梯是什麼呢？難道日本百貨公司也沒有電梯嗎？

「而且，我也不知道電梯是什麼耶。」阿賓搖搖頭，「也許妳應該知道了，那些船務員跟我說，這是全臺灣第一臺會自己動的樓梯耶！說是鐵做的，一節一節會自己動，人只要站上去一節，就會斜斜升上去。我想那怎麼有可能啦，用鐵做的樓梯有多重，還有好多節，一塊一塊的鐵怎麼可能自己動，是要多少人去拉？」

「你很憨咧……」她假裝很了解說，「既然是電梯，當然是用電去拉的，怎麼會是用人去拉啦！」

「對啦，阿玉妳實在很巧，對對，也許用電就拉得動鐵。但是為什麼要用鐵做，是因為比較勇嗎？聽說連把手都會一寸一寸移動，我想不通，把手為什麼要動咧？這樣不就扶不穩？大新有五棧樓那麼高耶，站在樓梯頂面扶不穩，又不像流籠有門，親像是用飛的飛上去，難怪王老師會掉下來。」阿賓雙手先比出個樓梯，再比出兩塊方形鐵塊的樣子，一上一下在她的面前晃著，「而且妳看，這麼多塊鐵要怎麼一節一節往上拉，一塊往上就會頂到頂面那一塊，所以不是會全部都卡在一起嗎？我實在是想不通……而且最頂面那一塊樓梯，是要跑到哪裡去？」

「對啊，一口氣飛上去五棧樓，光聽就覺得很恐怖，難怪王麗珍摔下來，會摔得這麼慘。」她心裡想，而且不得不承認阿賓頭腦果然很好，能夠當第一名，說得真是有道理。沒錯，照他這樣講，什麼「電梯」根本動不了啊！

芳枝的蜜茶攤仔是個木櫃，裡面裝了碎冰冰著開水，頂頭則放了瓶褐色瓶子的蜂蜜和幾個寬口直腹的玻璃杯倒蓋著。有人要買的話，芳枝就會拿出一枝鐵湯匙，拿起蜂蜜瓶子往湯匙裡倒上半匙。

芳枝的手法非常熟練，瓶口離湯匙有十公分高，斜斜讓蜂蜜流出來，祕訣是蜂蜜流到四分之一匙時，她就把瓶子一旋，瓶身頓地一沉，瓶口再瞬間一提，那一道蜂蜜就跟線頭一樣乾淨俐落地切斷，瓶口光滑，蜂蜜倒流，半滴也不會滴出來，也不用抹布去擦，完全不浪費。每一次有人來買，阿玉就愛看芳枝表演這一招，簡直到了神妙的地步。

一杯兩角圓，要熱的，一旁有個火爐煨著熱水；要冷的話，就用一點點熱水攪開，再往杯裡倒入冰水和一匙碎冰。

阿玉吹涼湯匙裡的番薯粥拚牛奶湯，餵兩口給弟仔吃，她想：如果能去大新看一下就好了。電梯到底是什麼呢？好想要弄清楚才行，不然會睡不著覺吧⋯⋯

弟仔實在很不乖，吃兩嘴吐一嘴，「緊吃下去，來，乖喔。」

但是要怎麼去呢？

「妳是在想什麼？」芳枝喊她，「妳看妳弟仔又吐出來了。」

「沒有啦。」阿玉說，「今天很歹勢⋯⋯把妳的書包弄髒了。」

她知道大新百貨在鹽埕埔，但是確實地點在哪裡根本不知道。就算問大人，人家也不一定會跟她說，或許大人自己也不知道大新在哪裡。至少，阿爸阿母都沒去過，都已經開幕好幾個月了咧，她連一個去過大新的人都沒遇過。

還有，她想自己會不會想太多了，不要說鹽埕埔她從來沒去過，光是要出哈瑪星去所有地方一定要經過的「四枝垂」，她都沒有到過那附近，也不知道在哪裡。

「四枝垂」在哈瑪星大人口中的用法是：

「阿母，妳要去哪裡？」囝仔人問。

「囝仔人不要管啦，要去四枝垂外頭。」

「喔。」所以，所謂的四枝垂外頭，就是遠到囝仔人問了也弄不懂在哪裡的地方。

還有另外一種用法是：

「阿母，我想要喝冰水。」

「別吵，再吵送你去四枝垂。」

「喔。」

所以，四枝垂一方面可能是很遠，另一方面可能是很恐怖的地方，假如囝仔人被送到那裡去，也不知道會發生什麼事情。她忽然想起和大姊說的話……

「鹽埕埔走轉來很遠嗎？」

「是沒啦，不過到四枝垂之前有一片攏是田路，又沒有燈火，我怕摔到田裡去，有一段路只好把鞋仔脫掉用爬的。」大姊說，「害我脫赤腳弄得那麼苔膏……」

「我今天早上有在水龍頭那邊遇到那個瘋婆，把我嚇死了，水沒裝完就快溜。」芳枝說。

「你們家有在準時交厝租，她應該是沒罵妳吧。」

「可能是吧，她沒罵我，後來有罵阿桃姨。」

「對啊，我記得上次拜媽祖，你們家準備那麼多水果，她還有誇獎妳阿母會做人咧。」

「人家這就是有誠意，不只是人疼，媽祖也是有疼入心。不像有些人，什麼豆菜葉仔炒一炒也敢拿出來拜，難道不會笑破人家的嘴。難怪啦，查埔人整天就只會喝酒賭博，說什麼以前翡翠宮那邊土地有幾甲，就算給你金山銀山也是輸了了啦，通櫥也是拿去當一當啦，難怪啦，哪會看得起我們這裡要求他們交一下沒幾元的厝租。這個就是天理昭彰、循環報應啦，人若是沒有敬神，神哪會幫助人？一輩子只好窮到死好啦。」

「哈哈，妳真的很會學姨婆咧，那個就是在罵我厝。」阿玉說

「哼，妳還叫她姨婆，那個瘋查某……瘋婆啦。」

「我就改不過來啦，每一次我阿母都叫我叫她姨婆，說她是厝邊姨婆，所以要叫姨婆，沒法度。」

「是喔，但是……」芳枝說，「妳要小心喔。」

「小心什麼？」

「那個瘋婆會不會想要把妳領養起來做查某兒仔。」

「妳不要在那邊亂說啦！」

「很有可能喔，我看她很呷意妳。」

「哪有啦！」

「誰叫妳常常去幫她款厝裡面。」

「我又不愛去，是我阿母愛叫我去。」

「不管啦，誰叫妳那麼會整理。那個瘋婆，從來也沒人對她那麼好，會幫她做那麼多事吧。」

「如果沒有整理好，一定會被她罵的啊。」

「人家幫她做代誌，都嘛是應付應付，哪有像妳做得那麼認真。」

「應付應付，姨婆看得出來啦。」

「看出來又怎麼樣，就是給她罵而已啊。」

「我就是不喜歡被她罵……」

「妳就是愛面子，好學生就是都愛面子，沒有被人家罵過是不是？」

「我阿爸阿母也是會罵人啊。」

「她要罵就給她罵，反正我都當她是瘋婆，就是罵瘋話。當作沒聽到就好了，又不會掉一塊肉。」

「妳真行。」

「我看喔，沒一定過兩天，她會跟妳阿母講，叫妳給她養。我看妳阿母才不敢拒絕。她要是有查埔囝仔，一定會娶妳做媳婦，像妳家務這種什麼都會的，一定很好虐待……」

「妳不要亂講啦。」

「我不是亂講喔，我聽說她以前有領養一個查埔囝仔喔，十幾歲就幫他娶一個某。」

「妳是從哪裡聽來這麼多東西？」

「妳免管啦，我厝內人那麼多，隨時都有人在講。」芳枝繼續說，「那個媳婦娶來，就一直被她虐待喔，實在是受不了，囝仔又很怕這個瘋婆，顧不了自己的某。講起來，那個兒仔也是貪瘋婆的財產而已，所以才不會違逆她，整天都是在等她死。死了以後財產就會歸他，反正自己是領養的，一旦不順她的意，一定會被趕出去，這樣什麼就都沒了。這個某，也是瘋婆說要娶的一個庄腳姑娘，他也就娶了，算是瘋婆花錢買來的窮查某囝仔。

「媳婦偷偷寫信回家，講自己很可憐，叫她阿母來看她。她阿母一來，想說看看自己的查某兒仔，親家應該會給大人一個面子，手下留點情。結果沒有喔，聽說瘋婆居然叫人來打這個阿母喔。」

「這個不知道見笑的查某人，自己養出這種破麻女兒，竟然還敢來登堂入室，來跟我講些有的沒的，是把我當作什麼人啊！」據說姨婆是這麼喊的，「把她的裳撕掉，給她赤身露體！給人家看看，這個查某人有多麼未見笑！」

「還真的有不少人聽瘋婆的話，出來打她，撕她的裳物。居然還有賺食查某也有臉出來打罵。那個阿母，就這樣赤身露體在街路頂逃跑，滾來滾去的，還有人前前後後追著打！」

「妳也太會講了吧，好像妳自己看到的。」

「這是真的啦，聽說講的人是以前住這裡的厝腳，他是親目睭看到的。總之，後來那個賺食查某下場也是很慘，本來已經存錢不做了，但是錢被查埔人騙光之後被賣到日本繼續去做妓女，後來發瘋跳輕津海峽自殺。瘋婆的兒仔也是慘，後來開拼裝車出車禍死掉。只是摔到水田裡面而已喔，就爬不起來給圳水給淹死了。那個就是報應，圳水只有半隻手那麼高耶，竟然面朝天空嘴開開淹死了。同車的人沒代誌，但是要跳下去救都來不及，沒有一分鐘就死了。這一下子，那個媳婦才敢逃走，聽說沒回庄腳厝裡，不知道去哪裡了。連瘋婆也找不到她。」

「我看妳是廣播劇聽太多了。」阿玉說，「妳好像是在背劇本。」

「我說妳就不信，不然妳回去問妳阿母！她一定也聽過。」

「我才不要像妳這麼厚話咧……」

「我要租這本。」

「好，一角。手去那邊洗一洗。」

「對了，今天怎麼沒看到那個白大哥出來賣茶葉？他不是每天都來？」

在阿玉的攤仔對面，總有個外省少年人，一年四季都穿著整齊的西裝，推著一輛腳踏車，上面載了個鋁箱在賣茶葉，車頭頂也總是掛上一把長柄的黑色雨傘，這麼一想，好像從來沒看他騎車來過。

那少年人長得乾淨好看，頭髮用髮油梳得很整齊，雖然一句臺語也不會說，可是人總是很客氣，腳踏車一停下來就會跟她們兩個微笑招呼。

「妳們好。」然後把腳踏車架起來。

接著把黑雨傘打開，後座架上有個焊定的長鐵框，雨傘就插在頂頭，像是在給鋁箱遮太陽。

他姓白，問他的時候，他就這麼說，「妳們叫我白大哥就好。」

「那裡面賣什麼呢？」

他打開來給她們看，是一包包紙袋裝的茶葉。

常常一整個下午也沒人來跟他買，但白大哥還是每天同一時間，比阿玉稍晚一點，就會來這裡。偶然有人來買，頂多就是問兩句要買什麼茶葉，便拿給人家。來買的，都是外省人，腔口聽也聽不懂。從來沒看過任何認識的人來跟他買，最多就是看看而已。白大哥站得很挺，只要有人走過去，不管買不買，他都點頭說：「您好。」

「嗯……」芳枝眼睛四邊飄了飄，「那個，妳要細聲一點……」

「是怎麼樣？」

「他被捉走了。」

「被捉走了？」

「聽說他是匪諜。」

「匪諜？」

「妳細聲一點。聽說是我們學校老師去報的。」芳枝偷偷轉頭看了看一旁賣水果的阿母，文湊過來說，「聽說有一天，有一位老師聽人家說這裡在賣茶葉，所以就來買買看。結果白大哥把鋁箱一打開拿茶葉，那個老師以前是情報人員退下來的，一看鋁皮裡面是包什麼，妳知道嗎？」

「那種鋁箱，裡面不都是包木頭？」

「不是啦，」芳枝一臉奸詐的樣子，「裡面是鉛片喔。」

「鉛片？」阿玉說，「鉛片是要幹什麼的？」

「嗯嗯，原來茶箱裡面頂頭放茶葉，下面一層是一臺發報機，整箱用鉛片包起來，才不會被偵測到。我阿爸說，妳要是收聽大陸的廣播，就會被偵測到，因為政府都有派偵測車出來在巡。」

「真的還假的？」

「白大哥那臺發報機，就是用來收大陸那邊的情報，然後，也將臺灣這邊的情報發過去大陸。」

「真的嗎？」

「是真的，我阿爸在廟口聽學校老師說的，說那個老師一看茶箱裡面包鉛片就知道了，所以去報警察。警察偷偷跟蹤去他家，果然發現很多共匪的書和高雄港、軍艦的相片。」

「是喔。」

「我跟妳說，其實他那支雨傘的柄裡面有裝相機，他早上會去高雄港繞拍相片，傍晚來我們這裡賣茶葉。其實，有的茶葉裡面都有包底片做記號，那些來買的人都是匪諜。算是在我們這裡交換情報。」

她停了一時繼續說，「那支雨傘可厲害了，我阿爸說的，柄裡面藏相機，頂頭和傘骨是發報機的天線，不然妳想，為什麼不管什麼天氣，有沒有下雨還是出不出太陽，他都會把傘撐開來。」

阿玉想了想，的確是非常奇怪，「但是完全看不出來。」阿玉說，「妳記得他還請我們吃過糖甘仔，人這麼好。」

「誰知道匪諜都是在想什麼？」芳枝說，「聽說他有娶某了耶。」

「查某囝仔又在黑白講了！」芳枝阿母罵她，「等一下妳就給人捉去關。」

「不講就不講！」

「喂，妳有沒有想要去大新？」阿玉趕快換話題，「聽說王麗珍從大新的電梯頂摔下來了……」

「我也有聽說了。」芳枝說，「要去大新做什麼？」

「我想要去看電梯是什麼耶。」

「好啊、好啊，我也想去看。」

「但是去鹽埕埔的路這麼遠，而且我又不知道大新在哪裡耶。」

阿玉心裡偷想了很久，想到唯一的辦法是偷騎阿爸的腳踏車。每次阿爸說要去四枝垂，都是騎腳踏車去的。當然，等到阿爸發現她偷騎他的腳踏車，一定會把她的腿打斷的。她以前確實偷騎過一次，還好沒被發現，但是，要去鹽埕埔的路這麼遠，她實在沒把握騎去那裡要多久，很有可能一騎去，就沒時間騎回來。而且她也不知道大新是開到幾點，該不會一騎去那裡，結果人家關門了呢？

那腳踏車可是阿爸的寶貝啊！怎麼可能偷騎那麼久呢？

其實又不是他買的，這幾年家裡哪買得起腳踏車，還不是從日本人那邊偷過來的。阿爸自己說，是會社的日本課長給他的，但是那個日本課長在大空襲的時候，早就被燒死了，怎麼會給他呢？一定是趁去他家清理的時候，給人家偷騎走的。

那時候外省仔從大陸帶來的腳踏車叫三槍牌，又叫二十八型，手把是彎的。日本人那臺，叫豐田牌，車身又重又穩，黑色的橫桿上有個鐵牌仔烙著「豐田牌」三個紅色大字，前方車頭有浮雕菖蒲圖案，像是家徽形式的鐵片，手把是平的，包著牛皮，腳踏板上有金色的塑膠反光片。

臺灣仿製日本人腳踏車的叫二十六型，手把沒有牛皮，都是用舊輪胎皮包覆，腳踏板的反光片變成了只是用紅漆漆上去，再點上幾個飽滿濃厚的橘點而已。車頭也掛著鐵牌仔，最受歡迎的叫順昌牌，不過它的鐵片非常薄，商標字和圖案都是用小油漆筆塗畫的。

能夠擁有一輛豐田牌的腳踏車不是件容易的事啊！特別像阿爸這種愛炫耀自己曾經是會社員的人來說，這輛腳踏車可是身分地位的象徵。阿爸每次都說：「光看這個鐵牌仔，就知道日本人有多進步，臺灣人要多久才趕得上。」

豐田牌腳踏車的確是很好的腳踏車，連日本人也不是人人都買得起。岸壁會社、路道株式會社和漁業組合的日本主管要被遣返回去的時候，有這種腳踏車的，也都惜命命想帶回去，但是由於每個人都限制了攜帶的行李數量：查埔人可以帶一卡皮箱和包袱仔一個，查某只能帶一個包袱仔，有兩個囝仔以上才能再多一個包袱仔，不要說腳踏車了，外省仔要是不爽，連多帶一個鼎都不讓你帶。所以，當日本人知道戰爭失敗要被遣返時，開始賣東西，但豐田牌腳踏車實在捨不得賣啊！沒賣的，有的就像託孤一樣託給了親近的臺灣人，不過有的大官或是有錢人，還是想透過關係，找盡辦法要把腳踏車帶上遣返船。

第一艘遣返船國華號來的時候，據說有外省兵收了賄賂，打算放行給一些豐田牌腳踏車上船，不知道為什麼臨上船前又說不行了。因為第一批遣返的都是大商人或大官，豐田牌腳踏車可多了，外省兵一看到腳踏車那麼棒，從來沒看過，紛紛都反悔了，想要把腳踏車留下來。結果本來收下的錢不還給人家，還只想用幾元大陸錢跟人家買，日本人才不要咧！

買不到，又把規矩拿出來，說是不能帶上船，最後實在沒辦法，日本人害怕被外省兵槍殺掉，又不甘心把腳踏車給他們，於是紛紛把腳踏車推下港口去，真是壯觀。阿爸每次說到這裡就一邊流露出日本人真有氣魄，另一方面又很惋惜那些豐田牌腳踏車的表情。於是國華號旁邊漂流著許多超過件數的皮箱、竹簍、包袱，另外就是無數的豐田牌腳踏車沉進港底，卡死成一堆一堆的，幾乎堵塞了國華號出港的航路。

「唉，妳這個人讀冊就很巧，平常時的代誌怎麼那麼憨？」芳枝說，「我們可以坐三輪車去啊，既不用走路，又不用問路，一定到得了！」

「但是車錢要從哪裡來？」阿玉說，「我一仙五角都沒有喔。」

「妳家不是有西洋牛奶粉和黑金糖。」芳枝快樂得要飛起來，「我們來賣糖紙片。他家開冰店的那個死囝仔，他阿爸不是一次會給他五元、十元的，掉了也不撿嗎？最近也是流行賣這個東西，他們家有果醬、色素、糖粉、做四果冰水的原料，混水用紙泡一泡，自己好像也當個小頭家，弄個小木箱把東西擺在頂頭，在家裡門口賣著，花樣至少有五、六種喔。但是妳家的牛奶粉和黑金糖一定都沒人吃過，如果拿出來泡糖紙片，一定會賺死的。」

「我會被打到死。」阿玉緊張地壓低聲音，「如果被我阿母發現的話……」

「我知。」芳枝說，「打到腳腿都斷了，我看。」

當大院的人們打開大門，陸陸續續回來時，姨婆正坐在客廳的太師椅頂，側著臉好像在盯著一個高高的通櫥。

厝門是開著的，所以走入院埕的人都看得到她。有些人好像要走過去跟她打招呼，或是說句什麼話，但最終並沒有人這麼做。大家和身邊的人細細碎碎說話，她聽見有人說：「她好像沒代誌。」

「沒代誌就好……」

「怎麼一個人沒去躲……」

大院的人看見那粒炸彈，圍著說話，一下子便不再把焦點放在她的身上。

「好家在，沒爆炸。」

「是啊，居然炸得這麼準！」

「如果爆炸，厝就碎爛爛。」

「這粒沒有很大粒。」

「趕緊去叫人來處理。」

圍觀的人騷動著，有人總算跑出去叫日本兵來處理。炸彈掉在院埕中雖然是大事，但是沒爆炸的炸彈倒也不是第一次看過，很多厝都挨過這種啞巴彈。沒一時大家就散開，各自回家。

尪婿抱著囝仔和阿桑一起進了門，阿桑隨手將門關上。

「沒代誌吧。」尪婿撫著她的背說。

她一時之間不曉得怎麼回答。

「你們去躲防空壕？」

「對啊，我以為阿桑會叫妳起來，所以先帶囝仔去躲了。」

阿桑說：「我以為先生有叫妳，妳知道妳在房間時，我罕得進去，所以……」

「去躲的時候，人這麼多，差不多有三分之一的哈瑪星人都來躲這個防空壕，沒看到妳，我以為妳就跟人家擠在一起。」尪婿說。

「失禮，太太，是我不好。」阿桑說。

「也不算阿桑不好啦，我也有疏失。後來有人在問，怎麼沒看見妳？我才知道，原來妳沒起床。」

她不敢相信自己的耳朵，尪婿和阿桑就好像在講她只是在五棧樓仔百貨走失而已……

「好家在，妳沒代誌，我也是很煩惱不知道要怎麼辦。但是防空壕已經用棉被堵起來了，我也出不來。所以沒辦法衝出來找妳。歹勢……」

「歹勢……」她心裡一直迴盪著這兩個字，這是講歹勢就可以的事情嗎？

她沒有回話，聽著尪婿囉哩叭嗦說著當時實在太混亂了，他實在不能確定她到底是不是在防空壕裡，

「實在是太擠了……連一步路都沒法走。」

她看見一回來就在討茶喝的囝仔已經喝完茶了。

囝仔走過來拉拉尪婿的手，尪婿放下他搭在她背上的手，轉頭摟著囝仔。

「阿爸，我肚子餓了。」

「好好，阿桑，去煮飯。」他說，「煮得豐沛一些，給囝仔吃好一點。」

「會不會怕啊？」

「有一點點。」

「免驚免驚，阿爸會好好保護你，不會讓你離開身邊。」尪婿說，「還好外頭那個炸彈沒爆炸，也沒有直接撞到厝。人沒代誌就好。不過天棚就要請人來重做了……明天我就去找師傅。」

她看見尪婿和囝仔又開始玩起來，囝仔很快把剛剛的空襲忘記了。

其實除了這粒炸彈之外，根本沒任何炸彈落下來。原來是日本轟炸機在閃美國軍機時，自己的炸彈不小心落下來。美國軍機飛過去攻擊鳳山軍營，並沒有攻擊哈瑪星。

她手一拉，將囝仔摟過來身邊說：「空襲有恐怖嗎？」

「有啊，祝恐怖，很多人在叫在跑。」

「那有沒有想到阿母？」

「有啊。」

「妳是問囝仔這個幹麼啦。」尪婿說，「來，阿富來阿爸這裡。」

她不依從，還是摟著囝仔不放。

「囝仔又不懂事。」

「我跟囝仔講講話，跟他懂不懂事有什麼關係？」她平靜地說，「那，要跑防空壕時，怎麼沒來叫阿母？」

「嗯……」囝仔想了幾秒，「因為阿母在睡午覺。」

「睡午覺也是要叫啊。」

「嗯，我忘記了。」囝仔說，「阿爸也說他忘記了。」

她覺得眼前一片黑暗，好像空襲警報的開始與結束之間，是一段空白，而她被這些人給拋棄掉了。一時之間，她好像忘了這幾年是怎麼活過來的，未來要怎麼活過去。或許即使沒有了她，他們還是能夠繼續生活下去。

阿玉在大院門口先張望著，她害怕現在直接走進去會被阿母發現。果然，阿母又是在大院的桂樹底下跟阿桃姨聊天。她在門外等了一時，但這樣也不是辦法，假如被進進出出的厝邊發現的話，還是會被捉住，她乾脆走進去算了。

「去顧弟仔。」阿母說，「尪仔書攤去擺一擺。」

阿玉換好衣服，用花布把弟仔背在身上。她怨自己剛剛怎麼沒想到，只要她顧好了弟仔，阿母就不太管她。

她在心裡早已決定好要拿哪些東西，包括兩個杯仔、一小匙西洋牛奶粉和一小匙黑金糖，而放所有東西的通櫥就在自己厝門口一眼可以看到的地方。趁著阿母和阿桃姨給大桂樹遮住了，她背著弟仔蹲下來，跟青蛙一樣用爬的爬向通櫥，迅速捉出每件東西。她的動作那麼靈活，以至於都忘記她背了弟仔在背上，好像沒感覺一般。簡直跟廟口的乞丐表演特技一樣，手裡拿著兩個裝滿水的碗，踮著腳在三腳凳頂跳舞。

然後她在門口張望一下，確認阿母完全沒注意到這邊，便從門口旁邊躡腳躡影一溜，溜到隔壁姨婆又把一塊院埕隔出來等著租人、像是紙糊的空房間裡。裡頭有一個向著小巷仔、把磚牆挖開來還沒裝上窗框的方洞，貞仔和芳枝在窗外等著她。她把杯仔、牛奶粉和黑金糖遞給她們，然後她再背著弟仔爬出窗去。弟仔很配合沒有發出任何聲音……這個好命子到現在幾點了還在睡覺。

多謝了芳枝和貞仔的宣傳，一小群囝仔已經在巷仔裡安靜蹲著等她了，有大院裡的囝仔，也有同學，連阿賓也來了。這些人都沒嘗過西洋牛奶粉的味道，其中只有一個喝過黑金糖。

「日本黑金糖喝起來甜甜苦苦，還不錯喝，是有混中藥，來治氣喘的。」喝過的那囝仔很驕傲地發表了自己的感言。

「我有聽說西洋牛奶粉實在是難喝，又油又腥。」另一個囝仔不甘示弱這麼說，「我表姊說有一次她阿爸好心泡了一小杯給她喝，她一喝下去含在嘴裡覺得：哇！怎麼那麼臭腥！一直含著不敢嚥下去。等到大人沒注意，她偷偷跑到外面要把牛奶給吐掉，正當要吐的時候，她想就這樣吐出來會被發現的，所以又挖了個洞才把它吐出來，也把沒有喝完的全部倒進去，不然被發現倒掉這麼貴的東西，一定會被打死的……」

「可是這東西如果不好喝，西洋人怎麼會愛喝這種？」

「我聽走船說，喝這個頭殼會比較聰明喔，不知是真的假的？」

「奇怪咧，這麼會講，不然你們厝內有得吃嗎？」芳枝指著那些七嘴八舌的囝仔低聲罵，「又還沒吃，嘴舌連沾都還沒沾到就在嫌東嫌西，現在嫌難吃不會不要來喔！」

囝仔們一挨罵就嘟嘴不說話了，阿玉想芳枝果然會做生意啊……

芳枝準備好一壺等會兒要用來沖蜜茶的熱水，她把牛奶粉和黑金糖各沖開兩杯，貞仔拿出幾張日曆紙撕成一疊兩公分寬十公分長的紙條。

「誰要買？」

囝仔們彼此看了看，「多少錢？」有人問。

「一張一角。」

這可不是便宜的零嘴啊！一角已經可以買兩粒糖甘仔或甘蔗兩尺長。

有人先交了一角，說是要牛奶粉。

阿玉將紙條尾端浸到牛奶粉的杯裡，日曆紙馬上吸得飽飽的。那囝仔小心翼翼拿過紙，先放在鼻子邊聞一聞，然後將紙提得高高的，脖子伸得長長的，舌頭伸得更長，盼著那飽含的汁液能夠滴幾滴到舌尖上，可是一滴也沒滴下來，只好把紙尾含一點點在唇邊，舌頭在裡頭壓著，抿了抿。

這幾天，阿玉和芳枝已經用水試驗過好幾次，差不多能控制這樣飽滿、湯汁卻不滴下來的程度。她看著那囝仔覺得有點可憐，想想可以多吸點糖水的，但又想起芳枝說的：「做生意，哪有可憐人客的……」

「有好吃嗎？」有人問。

「嗯嗯嗯，粉粉……」那囝仔噘了個鳥嘴。

差不多每個囝仔都買了一張，有人買了兩張的，也有兄弟倆只有一角買一張的。

「沒有賣半張的喔。」芳枝說。

大家都學第一個囝仔的吃法，等到一絲絲抿、將整張紙條都抿得差不多沒味了，就把紙片吸進嘴裡嚼個爛，一嚼最後的甜味滲進滿嘴口水，「真是甜啊！」畢竟是花了一角圓買的啊，所有人都把嚼爛的日曆紙吞進肚子裡。

但是最後沒賣完，牛奶粉還剩下三分之一杯，黑金糖還有半杯。

「還有人要買嗎？」

囝仔們彼此看了看，「沒錢了。」有人說，「下次妳們可以賣味素紙還是醋紙，便宜一點。」

阿玉賺了一元一，芳枝和貞仔各存了三角、兩角。

「我有一元。」阿賓笑嘻嘻掏出五個銅色的兩角錢，「我還沒買。」

「假大扮！」阿玉心裡吃了一驚，「你怎麼有這麼多錢？」

「我過年存的。」

「錢拿來。」芳枝說，「兩杯都給你。」

阿賓將錢交給她，接過兩個杯仔，什麼話也沒說，一手一杯呼呼兩聲全喝光了，害得其他囝仔連羨慕一下下的時間也沒有。

「真臭腥！」他苦笑說。

「但是兩元六不夠啦！」阿玉說。

「不夠？」

「我阿母坐三輪車去鹽埕埔要兩元四。」

「那兩元六不是有夠嗎？」

「坐車去免坐車回來？」

「免啦，我們是不知道路所以才坐車去，回路知道路了，就走路回來就好了。」芳枝說。

「鹽埕埔很遠咧！怎麼可能走路回得來？」

「不然妳身上還有錢嗎？」

「沒有，我也不能再偷挖了，不然會被發現牛奶粉少太多。」

「一臺三輪車可以坐多少人？」

「有規定嗎？」

「應該是沒，我跟我阿母、大姨一起去內圍，四個人一起坐，還有我大弟。」

「嗯……這樣應該是算兩個半大人。」

「我們三個合起來，應該算一個大人，也許還會算便宜一點。」

「嗯嗯，我怕走不回來耶。」

「我們拜六中午就去，很快踅一下之後馬上轉來，用走路的，兩點鐘走得回來吧？」芳枝說，「就騙妳阿母說是跟同學去廟口玩。」

「嗯嗯。好啊。」

「我跟妳說喔……」芳枝從蜜茶攤仔湊過來說，「住我們隔壁的那個討海的 OKINAWA 桑昨晚回來了。」

「何時？」

「可能是半暝，我睡到一半被他吵醒。」

「他某有在嗎？」

「沒啊，好久沒看到了。」

「他是在吵什麼？」

「不知道是在念什麼，應該是在念日本話，然後越念越大聲。可能是有喝酒，後來起酒瘋。」

「沒摔東西吧？要是有摔，應該是有人會出來罵吧。」

「沒啦，後來就是一直在哭。」

「哭什麼？」

「講日本話，我哪知道在哭什麼？不過查某人沒在厝，兩個囝仔放在厝內沒哭也不行。」

「也對啦，聽我阿母說他某是去臺南了。」

「那兩個囝仔也是在哭，」芳枝說，「我看過那兩個囝仔的身軀，整個身軀都是一條一條黑青，看起來不是藤條甩的，非常粗，可能是用椅腳打的。」

「我想也是，一整天都會聽到他們兩個在姨婆的房間裡面哭，真恐怖。」

「那兩個囝仔看有多可憐，又沒有大人在厝裡照顧，我看他們每天都是各捧著一碗粥在吃而已。」

「我有聽過姨婆在罵……」

「是啊。」芳枝尖聲學姨婆的罵法，「真好喔，查埔人去討海賺錢，她也是出門賺啦，不過是討客兄在賺啦。賺到臺南去，我看也可以順便賺去OKINAWA。人家戲班小生登臺做得好好，人家有某有子，硬是要跟人家去臺南公演，見笑死喔。兩個囝仔就這樣丟給我帶，好擱在我是好心，不然誰要帶呢？人竟然有這做的啦，自己在外面討客兄，囝仔丟給別人帶，一元五角也沒留，我們就還要省腸儉肚，煮飯給囝仔吃。我們這種好心的阿婆，就是會給人欺負啦。」

「哈，妳學得真是有夠像，但是聲沒那麼尖啦。」

「哈哈，對啦，大的那個囝仔好像是得肝病了，目睭黃黃黃，又瘦成那樣，整天吃一碗粥也吃不完。」芳枝說，「我阿母說的，應該是再活也沒多久了。」

「姨婆這樣打，誰人受得了？」

「我聽說她以前有打死過人喔！有一個厝邊為她牽線，從大寮農家領養來了一個八歲的查某囝仔。她原本對這個提議沒什麼興趣，但是厝邊一再說那農家一家就生了七、八個囝仔，實在是沒辦法養下去，拜託她做一點好心。何況這囝仔已經八歲了，可以幫她操勞家務，她一個千金小姐，總是要有人來侍候，就當作買一個女婢來就好了。她如果不領養，囝仔只好賣去鹽埕埔的茶店仔。」

「我也有聽我阿母講過，叫月霞的。」

「嗯嗯，我聽說，那是吊起來打的耶。用草繩吊在她現在那個房間的橫樑頂，再用皮帶抽。」

「好可憐。在她家，一定是整天做代誌做得要死要命的，還這麼打。」

「有多過分妳知道嗎，聽說只要月霞坐土腳，沒坐椅仔，還是褲裙是沾到土粉，就會被打得很慘。」

「哈哈。」阿玉笑了出來，「要是換做是妳，一定早就被她打死了。」

「我還有聽說，有一次她被打得逃家，整個晚上躲在巷仔口的垃圾筒邊，躲了一整夜，整個身軀被蟲咬得沒一處完整的。透早還不是又被捉轉來，打得昏死過去。」

「奇怪，難道她的父母都沒聽到風聲嗎？」

「講是有聽到風聲，想要來帶回家。可是瘋婆手一伸說：好啊，錢還來人就帶轉去。所以，月霞的父母只好回去，跟月霞說是要回去湊錢，叫她安心再等兩天，就會來帶她回家，但是直到她死，她的父母再沒有出現了。最後連屍體也沒來領。瘋婆跟當時介紹的厝邊說：可以啊，領屍體回去，我可以打折給他們。」

「所以就是這樣把月霞打死了喔……」

「對啊。就死在她的房間裡面。聽來處理的醫生跟人家說，月霞瘦到剩一把骨頭，整個身軀沒一處沒傷痕的，連腳底也是一條一條的。醫生看了氣得要死，就去叫警察來處理。但是人都死了哪有什麼辦法，那個瘋婆又不會說是自己打的，又沒人敢作證，最後也是沒代誌。」

「這是妳阿母看見的嗎？」

「沒啦，是她聽人家講的。我們搬來雖然比較早，但從那時候就都沒看過她有囝仔在身邊了。」

「是喔。」

「阿玉！」她聽見阿母從院埕門口那邊喊她，聲音中有著止不住的顫抖，「妳緊給我回來！」

「我在顧攤啊。」

「叫芳枝看一下，妳給我緊回來。」

「芳枝……」

「奇怪，是出什麼代誌？」

「我也不知道，妳幫我顧一下。」

「好，妳快轉去吧。」

她走出攤仔外頭，看見阿母的身影已縮進院埕裡面了。

姨婆從此不再午睡了。

那一天，她也許是哈瑪星第一個聽到空襲警報的人，也許在民防團的人開始扭轉蜂鳴器之前，她就聽到了聲音。

戰爭到了這個階段，日本空軍早已經完全潰散，只剩下壽山半山腰有幾桿防空砲有氣無力打著。高雄港口裡面的軍事設施早都被打爛了，美國軍機愛幾點來就幾點來，這次空襲來的時候，又是大白天的午後，她看著父子倆忙著將事先準備好的裳物、乾糧和水罐包在包袱裡，跟阿桑一起出去。看他們手忙腳亂的，但是臉神卻沒有一點緊張，好像只是要出門趕一趟旅行的火車，害怕遲到趕不上而已。

「阿母，這次我們沒有忘記叫妳。」囝仔說，「快一點喔……」

但是，她以為很早便聽到的空襲警報，事實上卻是遲了。美軍戰鬥機群比警報來得還要快，在他們快要出門之時就開始轟炸了。一粒近距炸彈雖然沒有丟進大院裡面，可是正好丟在他們後面的巷仔裡，原本應該是要炸那些兩棧樓的工人宿舍和鐵工場，鐵工場的機器被炸得飛上空中，往下掉時又被底下的氣流一捲，橫掃衝破他們大院的圍牆，把一長條房間扯得稀爛，跟爛腸仔一樣。

她們一家已經是比較早衝出來的，大院裡面一定還有很多人沒跑出來，這下子一定死了很多人。不過她一點也不傷心，厝租算什麼呢？他們的死是一種報應吧！她在心裡這樣想。

她倒是很傷心這厝，躲過上一次但是這一次畢竟沒躲過，還好厝壞了修理就好，錢也不是問題。上次天棚尪婿說要找師傅來修，一直沒找人來修，連這次一次都修好也沒關係。僅有一個回頭而已，她看見大院的一半陷在大火與一片哀嚎之中，然後她便毫無憐惜領先走入防空壕之內。

「厝主在哪裡呢？」那天是否有人這麼問過呢？

她自己覺得納悶，是不是因為戰爭的殘忍，使得她已經不再對死人感到傷心？那些人回到大院來之後，居然沒有一個人來問她一句怎麼了，所有人只有短暫的興趣關心那粒未爆的炸彈，然後便四散回家，煮自己的飯、打自己的小孩，好像空襲警報的開始與結束之間，是一段無關乎她這個人的空白時光，她被這些人給拋棄掉了。

原本，她只是震驚於尪婿和囝仔居然那樣無情，將她遺棄在空襲之中，但是後來，她想在那個防空壕裡，大院裡的人有誰曾經問了一句：「厝主在哪裡？」

即使有人想起來，為什麼沒人來找她一次？那只是個毫無危險的午後，一段一直持續的晴朗空白，卻沒有一個人願意走出防空壕來找她一次。大院的人背叛了她，不只是她自己的家人，而是整個大院的人。

在她的後面跟著尪婿和囝仔，最後則是阿桑。她越過馬路，走下樓梯進了防空壕口之後轉身，尪婿正伸長手要將囝仔遞給她抱下去時，不小心跌了一跤，囝仔給摔在馬路上，與他分開來。

阿桑從後面趕緊跟上，要將囝仔抱起來。這時候，低飛的美軍克來曼戰鬥機正用機關砲掃射街頂的日本裝甲車和州廳、市役所厝頂的海軍陸戰隊陣地，機砲也就掃過了囝仔的身軀，掃過阿桑，把他們兩個一起打得粉碎。那種強力的機關砲，她親眼見過的，在往鄉下疏開的路上，可以一瞬間把一頭粗壯水牛掃得看不出原來的形狀，只剩下一地的細微碎肉。

阿桑和囝仔的碎肉泥和血、裳物像給龍捲風攪過拌勻一樣，完全混合在一起，像是一整桶嘩啦啦往她和尪婿的身軀和臉上潑過來，有些還灑入了她的口中，鹹鹹的。她聞到那血腥的味道，在昏倒摔入防空壕之前，她聽見尪婿的厲聲慘叫，或許他也中了槍，他狂喊囝仔的名字，並且反身撲向那一片血肉之中。

地上，其實只留下了隱隱約約的阿桑一半身軀，至於囝仔，只剩一粒紅吱吱的頭。

那幾個月，美軍的轟炸持續著。姨婆想不通，這附近不是已經炸過那麼多次了，再派這麼多的軍機來炸，也不會將高雄港炸乾吧？每日午後，都得躲一次防空壕，有時清晨六點多，差不多前後的時刻，也得躲上一次。雖然官府一直叫大家要疏開，但是已經沒人要聽了，寧願每天去躲防空壕。

要疏開的，也早就疏開走了。上一次的轟炸掃開了半邊的大院，死了十幾個人。在哈瑪星有親戚的，有人去叫來幫他們收屍，沒有的，她出了點錢請人來將屍體收走。

大院剩下的人，大部分是住在另一側的人，有些人被嚇到了，一口氣死了這麼多的人，而且都是親近的厝邊，所以就疏開到大寮和潮州那邊去了。只剩下一兩間，孤身在哈瑪星工作的人留下來，但大半的時間也不回來大院，不是在岸壁忙著修理碼頭還是機器，不然就是和其他少年仔在一起，看顧漁行和會社的財產。

大院裡只剩下他們一家人，所以她想一想，這個時機沒有過去，就算找師傅來修理大院，也沒什麼用處。反正會被炸到的機會那麼多，又沒人住，她想短時間之內應該是沒人會想來這裡租厝，乾脆這樣擺著吧。

但是，雖然說大院裡只剩他們一家人，不過也不算是一家人了吧。阿桑的屍體有她兒子來領回去，她和尪婿埋掉了囝仔。在這個戰亂的時候，還是有請葬儀社的人依照該有的儀禮，將囝仔剩下的骨肉收好入棺，埋在旗後的烏松。雖然不太適當，父母要葬這麼小的囝仔時，不應該有守靈家祭，甚至連送都不能送，但尪婿還是為囝仔辦了個小小的儀典，一半插著道教傳統的令旗和祭具，另一半的佈置又是用日本神道教的神器。

前天，尪婿已經請一個熟識的日本道士來看過厝內。囝仔的靈位上頭，寫了個代表神道教在家居士的日本漢字名，後頭放著他的相片。相片是囝仔七歲生日時，特別去相館拍的，背景是富士山的景片，但這個居士漢字名誰也沒來跟她商量過，就這麼命名了。

富源行那些疼愛他的叔叔伯伯都有來致意。一群穿著西裝、別著領結袖釦的紳士，在拜過囝仔之後，喝起酒來，好像很憂心地談論最近漁船的狀況和汽油管制分配。尪婿本來是全心顧著靈堂，不久也被那一群人給拉進去，談論起跟軍方討價還價的經過，即便幕後頭家是日本人，但是已經沒法子拿到優先的出海權。

酒是富源行的人自己帶來的，尪婿拿了酒杯分給大家。一邊喝酒，一邊喚了個厝邊小孩去切滷菜來當作晚餐。

沒人來問她，是否要煮飯。大家知道，她不會煮飯的，她從小是千金小姐，從來沒拿過一次的煎匙。有個查埔人好心探了頭，問她要不要一起來吃點什麼，她搖搖頭。

查埔人在聊天的時候，她就一個人坐在房間裡。

活下來的厝邊也有人來，但她並沒有通知她這邊的親戚來參加，只有請人去通知兄哥們這件消息。事實上，整個儀典她都沒出來參加，只有在有人走到房間問候她時，她才會站起來點點頭。其餘的時間，她只是坐著，臉上有什麼表情，她自己並不知道，但她的心裡，她確實是知道的……很平靜，她居然覺得有種重擔放下的感覺。她本來覺得這個囝仔帶給她多大的快樂，但是後來，卻成了某種連結她和整個家的存在，假如囝仔消失了，「我是否也失去了和這個家的聯繫？」不知不覺間，她變得想要知道這一點。

「我看真的是那樣……」

「妳看她一點也不傷心的樣子。」

「有啦，應該還是衹傷心啦。」

「妳講話這麼毒，人家又死了一個囝仔咧。」

「就是又死一個，都死四個了，所以沒有很傷心……」

「妳講這種話會下地獄。」

「呸呸呸。」

「這個囝仔真可憐。」

「一定是她以前殺了那隻懷孕母貓的關係。」

「不然，哪有這樣？本來還想這個囝仔養得活，結果還是沒一個活下來的。」

「這真的是報應啊。」

她簡直不敢相信自己的耳朵，這些人其中有幾個也在轟炸中死掉了自己的囝仔或是父母親戚，可是現在卻能隨意談論她死去的囝仔和殺貓事件。

「聽說是她小時候，看到路邊的野貓懷著身孕，覺得很趣味，所以就一直弄就弄死了。」

「懷孕的貓很兇啦，聽說她是用桿子一直打，叫人用網子捉起來後，再用草繩吊在曬衣架上，用皮帶抽死的。」

「沒喔……我聽說是用滾水燙的，說是喜歡聽貓慘叫的聲。那貓死前的慘叫，妳們有聽過嗎？就跟火車在煞車一樣，可以傳到大港埔去。」

「夭壽喔，這種代誌一個查某囝仔居然做得出來。」

「有可能只是好玩啦。」

「我聽說她是不小心的啦，只是貓仔在路邊巷仔生囝仔，她拿棍子給人家趕，貓仔一邊生一邊跑，結果衝出去大路時，被腳踏車給壓死了。」

「就算是這樣，也是玩得太過頭。」

「囝仔人就是手癢。」

「她那種千金小姐，誰知道會做什麼款的代誌，又沒人管得住她。」

「也是也是。」

就這樣，她們並不在乎，只有一道薄牆之隔，而且房門半掩著的另一個房間裡的她，會聽見她們正在說的話。她們彷彿歷歷在目訴說或轉述他人的說法，實在不得不令人相信她確實做過那樣的事。

囝仔的儀典結束之後，已經是晚上九點多，厝邊都回去了。尪婿送富源行的同事出門，但好像越送越遠，她聽見他們大聲說話的聲音，越來越遠，卻遲遲沒有聽見尪婿返回的聲音。

姨婆寒著一張臉，就站在她的厝門口。雙開的大門開開的。

阿玉看見阿母、芳枝阿母、童乩某、OKINAWA桑和阿桃姨都站在她厝門口臺階下，除了澎湖蔡不在之外，每一戶人家幾乎都派代表來了。還有一群大院裡的囝仔，難得安靜不動，像被無形的鍊子綑住，一個個臉色驚恐隨便捉住大人的衫角還是褲管，好像捉著就可以救命。

「我還需要講什麼嗎？平常時，我是怎麼對待你們的，你們又是怎麼對待我的？某去外面討客兄，囝仔丟給我帶；在外面倒債，走投無路才知道回來藏在這裡，就懂得轉來討親戚的情分。獅豹也知道吃人家一嘴肉，就要報恩，不可以殘殺主人雞犬，哼……啊你們咧，我不是在講誰啦，不過這裡面就是有人連牲畜也不如。平常時吃葷，就會嫌素不好吃，我們人要是貧賤就要清淡，就算沒裳可穿、沒東西可以吃，也不可以在那邊怨天怨地。怨還不要緊喔，厝租一世人沒交沒關係喔，竟然腳來手來，敢腳來手來不要緊，我啦裳物掛外面，順手給人牽走算我衰沒要緊，我一個阿婆憨嘛，相信人嘛，裳物再貴再好，相信就算曬外面，沒可能會被偷，畢竟是自己厝的院埕嘛，怎麼可能不相信，但是裳物沒曬外面，不然是要曬在房間內讓它發霉嗎？吊外面的就這樣被牽走沒關係，今天竟然敢拆我的鎖開我的厝門登堂入室，這是要幹什麼？是要我的命嗎？好啊，要我的命現在來拿啊，來啊。我一個阿婆，再活也沒多久了，要命來拿啊。」

姨婆這樣罵，底下的人全都靜靜不說話，但是卻看不出來，是不是聽進了什麼。

芳枝阿母一直在拉芳枝妹妹的手，母女倆不說話地鬧，臉上掛著笑，好像理也不想理姨婆。童乩某和阿桃姨倒是一臉認真的樣子，沉著面神。至於OKINAWA桑，阿玉想，他大概聽不太懂吧？他一手抱小的，另一手拉大的，那個大囝仔，兩隻腳瘦得跟竹篙一樣，抖著，眼睛黃濁濁的，就是一副肝病的模樣。

阿玉走到阿母的身邊，扯了扯她的袖管。阿母一回神，立刻拉她的手走到姨婆的面前。

「歐媽桑，阿玉來了。」阿母說。

「阿玉妳來。」姨婆說，「不要說我騙你們，黑的要染成白的，沒的要講成有的。阿玉妳來，妳進去我的房間看，看有什麼沒共款？」

阿玉眼睛盯著阿母，緩步走上臺階，但不知道是不是該走進厝裡，便立在姨婆旁一步的距離。阿母向她使眼神，瞪她。

「妳不要在那邊瞪，使目尾，眼睭大粒嗎？」姨婆轉頭細聲對阿玉說，「別怕，妳進去房間，妳去看，看有什麼沒共款。」

阿玉抖著聲音說：「看什麼？」她被這場面給嚇到了，「我不知道要看什麼啦……」阿玉有點想哭出聲。

「去看妳就知道。」姨婆推了她一下，阿玉只好往厝裡走。她害怕裡面到底是怎麼了，好像會有人藏身在裡面，等著突然嚇她一跳。她站在客廳中央回頭看，「走進去房間。」姨婆說，「妳看有什麼沒共款？」

她穿過客廳，走進姨婆的房間，迎面便是那張竹板床，她小心翼翼轉頭看了看，彷彿她的視線也會弄壞家具似輕柔緩慢。那裡有幾個通櫥，窗戶關得好好的，一條替換的枕頭巾還披在窗櫺上。

阿玉有點小跑地走到外面來，姨婆將她拉到身邊，「阿玉，妳跟大家講，有什麼沒共款？這是阿玉講的喔，不是我講的喔。阿玉昨天一整個下午才來幫我掃厝內煮飯，房間裡面有什麼變化，她最清楚。不要說我冤枉人。來，阿玉妳說，有什麼沒共款？」

「裁……裁縫車不見了。」阿玉細聲說，「昨天傍晚我幫姨婆掃厝內，還有看見。」

姨婆掃視臺階下的人，「你們都有聽見了，這不是我講的喔，是阿玉講的，裁縫車不見了，我可沒有在騙人喔。你們有的人知道我有一臺裁縫車，有人不知道，但是之前沒人看過對吧……」

芳枝阿母，還是童乩某會送東西給她吃，也都只進過客廳而已。雖然曾聽過她有一臺裁縫車，但的確沒人看過。

「你們之前沒有看過我的裁縫車，但是阿玉有看過，而且昨晚才看過。來，阿玉，妳再說一遍，裁縫車在不在房間內？」

阿玉突然覺得很煩，她好像是個傀儡尪仔，在臺上給姨婆操作著，要她說什麼就說什麼，但她仍然乖乖又說了一次：「沒，裁縫車不見了。」

「嗯嗯，乖，妳下去。」姨婆盡可能大聲喊，「對外窗仔全部關得好好的，只有前門被打開，而且鎖頭也被打開了。我才出去沒半點鐘，走去文龍宮拈一枝香而已，幫大家拜拜求保庇，回來卻變這樣。何況門不是沒鎖喔，裁縫車不是大院裡面的人偷的，還有什麼人可以偷，有人看見生分人走進大院嗎？沒吧。阿玉，妳在外面顧攤，有看到生分人進大院嗎？」

阿玉搖搖頭，「我不知道芳枝有沒有看到……」她的聲音小得只在腦海裡聽得見。

「你們看，看是怎麼報答我的？壞年冬出厚賊，而且又是出內賊。了然呀，我一個阿婆的東西，也有人要偷，三、四十年前的嫁妝，還有人要偷，乾脆叫人來把我殺一殺好了。沒關係，我知道我在這裡講得口中全沫水，也沒人會承認，我就去叫警察來，一間一間搜，搜到看誰要用命來還，看誰要給魔來纏。」

大家不敢說話，甚至連對看彼此也不敢。

「對啦！對啦！沒人會承認啦！誰偷了東西會承認！」芳枝阿母忽然叫起來，「歐媽桑，妳說得對啦，叫警察來對啦，我來去替妳叫！」說完她就拉著芳枝妹妹，笑兮兮打開大院門走出去。大家一時間給嚇到了，誰也沒說什麼就看著她走出去。

阿玉還聽見她對芳枝喊，「我去警察局，妳好好顧攤！」

「妳去警察局做什麼？」芳枝對喊。

「囝仔人別管啦。」

連姨婆也愣了一下才說，「好，我就在這裡站著等警察來。沒關係啊，你們散散去，看要去做什麼，隨便你們做，要藏東西緊去藏啊，趕快把東西藏一藏，就不要被警察搜到。」

但沒人敢離開院埕回自己厝內，大人到處去拉了椅子坐下來。連 OKINAWA 桑也知道不能回厝內，便坐在桂樹下，將兩個囝仔緊緊摟著。三人的臉色悲苦，就像在等待鐵殼船最終沉沒下去。

大人們猛喊，叫囝仔們不要亂動，乖乖坐在地上。不過大院的囝仔早已不耐煩了，不再保持安靜不動，開始滿院子追跑了起來。有人玩起了跳繩或丟枝仔冰筷。姨婆本來還站在房間門口，不過一下子累了，就走回厝內坐在太師椅上，眼睛朝著門外看。

阿玉想趕快離開院埕，去顧尪仔書攤也好，她是第一次這麼渴望去顧攤仔，就算要她喊人來租也沒關係。但是阿母將她拉住，讓她坐到地上。

等到姨婆一走進去厝內，大家原本還沉默了一時，但隨即紛紛說起話來。

阿母立刻問阿玉：「昨晚裁縫車真的有在？」

「有啦，我真正有看到。」

她們母女倆說話時，童乩某和阿桃姨圍了過來。

「是喔，我本來在想，這個阿婆是不是又在起什麼瘋了。」阿桃姨說。

「她老歸老，這種代誌還是很精啦！」阿母說。

「那現在要怎麼辦？」童乩某說，「我還要去飼豬咧。」

「只好等警察來囉。」

「會不會真的是大院裡的人偷的？」

「怎麼有可能啦，要是說小東西撿來撿去還有可能，裁縫車那麼大臺，沒兩個查埔人怎麼搬得走？」

「再說，誰有這個膽子去她家偷她的東西，又不是要找死。」

「澎湖蔡不在耶，會不會是他偷的？」

「咦，這麼說也許有可能，他以前是賣西瓜的，應該是很有力才對。說不一定像扛西瓜那樣，一個人就扛起來。」

「妳們兩個是在講什麼啦，他都五十幾歲又中風，頭殼都壞去了，發神經了，怎麼有可能去開鎖偷東西啦。」

「那沒一定喔，瘋仔力氣還特別大咧，而且他脾氣又大，全大院就他敢跟歐媽桑冤家。所以沒一定是他一氣之下，才去偷搬走的。」

「對啊對啊，而且他又單身孤家，偷了就走，也沒什麼牽掛。」

「我今天下午都沒看到他。」阿玉忽然插了句話。

「囝仔人有耳無嘴，不要出去黑白講喔。」阿桃姨說。

「不過，偷一臺三、四十年的裁縫車，壞銅舊錫是要換多少錢啦？」

「阿玉，那臺裁縫車有很新的形嗎？」

「很新，姨婆好像沒有用過的樣子。」

「是喔，若是以前做嫁妝日本製的沒用過，現在還是有值錢喔，一般收壞銅舊錫的可是收不起。」

「我看要直接賣黑市。」

「嗯，我看也是。」

「不過，歐媽桑說得也是對啦，她如果只是出去半點鐘，回來就看到鎖被打開，整臺車搬走，確實是會懷疑大院的人偷的。」童乩某說。

「嗯嗯，也是啦。」阿母說。

「喔，那照妳這麼說，我們在這裡的幾個人也是有可能，偷偷跟外面的人串通，偷偷搬走，這樣才最有可能，妳說對不對？」

「我可沒有這樣講喔。」

「她沒這個意思啦。」阿母說。

「妳的意思就是這樣啊。奇怪，不然妳是有在懷疑誰嗎？」

「我哪有懷疑誰，我根本沒這個意思。奇怪，不然妳是作賊心虛嗎？怕人家查到妳們厝裡面是不是？」

「這種話妳也敢說出口！」

「不要這樣吵啦，歐媽桑在看這邊了啦。」阿母說。

阿玉一聽阿母這麼說，她本來看著阿母，馬上把頭低下來，不敢抬頭。她害怕自己的眼光不小心對到姨婆的眼睛。

「對啦對啦，妳尪整天沒代誌做，連家門都不能讓他進，只能在外面流浪，全身長那些有的沒的，也沒人敢跟他說話，是不會偷啦。」童乩某說。

「幹，妳這個瘋查某！」阿桃姨突然一個巴掌搧過去，本來在當和事仔、勸她們別相罵的阿母也來不及阻止，童乩某已經中了這一掌，面皮叭啦響了一聲，整個人摔到地上去。

「破麻！人不做，要做豬在嚎！」阿桃姨又踹她一腳。

阿玉立刻從地上跳起來！

童乩某給這一掌一腳打得嗚嗚叫，臉上沾滿了土粉，爬了開去，然後站起來哇嗚嗚哭，打開大院門跑出去。

阿玉拍了拍褲底站定後，不小心瞥見了姨婆。她發現姨婆也正在看她，或是在看她們這邊，並露出冷冷的笑容。

那一天到了很晚，都過了應該要煮晚飯的時間，警察也沒有來。

阿玉看芳枝已經在收攤了，她也趕緊去收柦仔書攤。

「歐媽桑！」剛回來的芳枝阿母在院埕對姨婆喊，等於是喊給所有的人聽，「警察說今天沒閒過來，明天早上再說！」說完她就回家去了。

大院的查埔人下班回來，發現沒有東西可以吃，雖然心裡非常幹譙，但畢竟沒人敢去和姨婆吵架。

姨婆在厝內的太師椅坐著，等到七點電火亮了後，她走出房門。

「真是稀罕喔，到現在沒人煮飯喔。沒煮是要喝水止餓嗎？平常時不是都很會煮，很愛煮，五點就開始煮。可憐啦，誰叫有人就是要做失德代誌，才會去拖累到別人喔。千人共住好悲慘，萬人同穴真可憐，惡人難免大劫難啦，媽祖觀音目睭睜光光，都有在看啦。」

當然沒人應她。其實大家便在等待這個時刻，如果姨婆沒有出門去港都看戲，大概就是這時會出門去廟口吃鱔魚意麵和藥燉土虱。吃完還會喝熱的酸梅汁，一年四季都是這麼做，回來差不多八點半。

等到姨婆一踏出院埕，院埕裡的人便散掉了。厝外灶腳的爐灶紛紛升起火來，他們得趕在姨婆回來之前，煮完吃完飯，然後關門假裝睡覺。

童乩某這時跟著童乩回來，兩人直闖阿桃姨的家，彼此對罵，聲音大得整個院埕都聽得見。阿桃姨衝出來在灶腳拿了一個鼎，雙手緊捉猛揮著，還撞上了柱子，灑了三個人滿頭的土粉。

阿桃姨的飯沒法煮，童乩他們家的飯也沒得煮，兩家合起來七、八個囝仔不是在院埕裡追逐，不然就是在黑暗處嚎叫。今天出了這種事情，其他人好不容易可以生火煮飯，煩都煩死了，再看著這種混亂的場景，心火都上來了。查埔人回來沒飯吃的火氣特別大，有人獅吼了一聲：「幹你娘！轉去煮飯啦！是都不會餓嗎？等一下她轉來，你們就知死！」這句話非常有效，三個人一聽就像一瞬間被雷打到，都放下了手，雖然嘴裡還一邊幹譙，但腳已經往厝裡走。

直到第二天的傍晚，阿玉在顧攤時，一個警察才來。

警察來了，姨婆叫人去把大院的厝腳都叫到院埕來，只少了幾個囝仔，差不多是昨天的原班人馬，都在她的門外等。

在客廳的警察說要進姨婆的房間檢查，但是姨婆不讓他進去。

「我不進去，是要怎麼調查？」警察不耐煩地說。

「就是裁縫車被偷了啊！」

「妳講裁縫車被偷就裁縫車就被偷了啊！我講我有十萬元被偷了，就有十萬元可以給人家偷啊。」警察說，「妳不讓我進去看，我怎麼會知道。」

「不用不用，不用進去，我有人可以證明……」姨婆擋住房門叫，「阿玉，阿玉，叫阿玉來！」

阿玉走進客廳，「阿玉，妳跟警察大人說……」

「要說什麼？」阿玉想，萬一說錯什麼，會不會被捉去關啊！她的眼淚已經流了滿臉。

「不要哭，乖……」姨婆說，「妳慢慢說，跟警察大人說，妳昨天說的。」

「我，我沒看見裁縫車……」

「不是啦！」姨婆說，「妳有看見裁縫車啦！」

「妳們兩個是要說什麼啦？」警察說。

「我有看見裁縫車，這本來有一臺裁縫車……」阿玉說，「可是，昨天沒看見……」

「對啦，對啦。」姨婆還是擋在房間門口，「她前天來幫我打掃厝內還有看見，昨日暗頭仔就沒看見了。大人不用進去啦。」

警察懶得動她，轉身走出厝門，低聲幹了句「瘋婆！」，姨婆也跟著出來，「就是這些人，像我跟你講的，一定是這裡面的內賊偷搬走的。一個人搬不走，不是尪仔某一起搬，不然就是兩間厝的人一起搬的。警察大人你可以去搜他們的厝，一定會搜有的。我祝可憐啊，一個阿婆住在這個所在，沒位可去，有一天說不定會被他們謀財害命，警察大人你要救我啊。」

警察走下臺階問：「昨日暗頭仔有人看到什麼可疑人物進出嗎？」

大家都沒敢說什麼，這種事還是要查埔人出面好些。

「沒啦！如果有，昨天就跟歐媽桑說了。」芳枝阿母說，「我要去做生意了啦！」

警察掃視了大家一眼，稍微多看了OKINAWA桑一時，見他摟著兩個囝仔，沒說什麼。

「還有一個澎湖蔡沒來！」見到警察要走了，姨婆趕緊補了一句。

警察並沒有搜大家的厝裡就走了，「你們眾人有什麼發現，再跟我說啦。」他走過阿玉身邊時，喃喃自語著，「這個瘋婆真出名，難怪人家別人不偷，要偷妳厝，死好應該。」

「你們今天不用歡喜啦！」警察這麼走了，姨婆恨恨地說，「我會好好啊看你們的。」

自鼓山國校下課，阿玉和同學走臨海二路，右轉鼓波街回家。她們要一直走到海腳間仔那邊，才會互相道別。

剛放學時，一群查某囝仔不知道為什麼反常沉默走著，但是很快，從後頭追趕來的調皮查埔囝仔便嘻鬧起來，繞著她們這群查某囝仔捉弄著。阿玉不笑，大家倒也覺得沒什麼關係，反正她本來就是個比較嚴肅的人。

「阿玉，等一下來我家玩沙包好不好？」同學問。

她先點點頭，又搖搖頭，「我要回去顧柾仔書攤。」

忽然，她聽見如窗邊傳來的鏘鏘噹噹的聲音，然後便看見了，就在鼓波街的街中央，那人拖著輛板車慢慢背著他們走著。

那人仍是綁戴一身的壞銅舊錫，板車頂也是放著一堆壞銅舊錫。最上頭堆了輛沒了輪胎的二十六型腳踏車，把手是平的很明顯。

她連呼吸都止了停下腳步，腳僵直黏著路。但是查埔囝仔已經衝上前去，順手從地上撿了石頭往那人身軀丟。

「阿玉，妳會驚喔？」

「別驚，我有聽我阿媽講過那個人喔，他們叫他銅罐仔人，是個瘋仔。」

「怎麼會有人把壞銅舊錫往自己身上戴呢？」另一個查某囝仔說。

「我怎麼會知道，反正他是瘋仔啊，瘋仔會做什麼代誌，我們怎麼會知道？」

「前幾天我和我阿公在鐵枝路那邊有看過他。我阿公說前幾年有看到，不過好幾年沒出來了。」

「但是有比較奇怪喔，我阿母說她小時候就看過了，看到的時候，還問了我阿媽。她說，這個銅罐仔人以前就有了，哈瑪星人人都知道，不是好幾年沒看到人影，不然就是年年都會看到。」

「是喔，他們那時候就有看過他了喔……但是這未免太久了，有幾十年了吧。假如這樣推算，這個銅罐仔人至少有五、六十歲了喔。」

「從他走路一倒一倒的樣子，說不定確實是有這樣的歲數。但是這樣能過好幾個暑冬，實在是不簡單。」

「這個人是在幹什麼的？」

「他是專門收壞銅舊錫的啦。」

「但是，我阿公說哈瑪星人都知道，他會偷人家的鼎，好的也會偷，壞的也會偷。有一次，我阿公小時候在他們家開的飯館裡面，看到一群人捉住他，說他正在偷鼎仔蓋，把他打了一頓，當時看起來像是三、四十歲的人。」

「這怎麼可能呢？那時候他三、四十歲，加上妳阿公的歲數，這個人差不多有一百二十歲了！驚死人！」

查埔囝仔撿了石頭朝銅罐仔人身上丟，銅罐仔人也不躲，直直拉著板車走，就任他們丟。他的屁股上有個小銅鑼，查埔囝仔亂丟一陣子之後，便像在比賽似，專門瞄準那裡丟。那銅鑼太小，銅罐仔人走起路來，上半身直挺挺，下半身卻時不時歪著，實在很難丟得中。

「查埔囝仔為什麼什麼東西都要拿石頭丟？一定祝痛呢！」

「奇怪，銅罐仔人怎麼都沒有反應？」

「他不知道住哪裡喔？」

「啊知，我阿公講可能是住四枝垂外面，所以平常比較沒人看到。」

「阿玉，我們較近點看！」同學拉著她跑向前，這時有人正巧丟中了小銅鑼。那麼小的銅鑼卻發出了巨大的聲響，假如拿下來敲一陣子的話，大概壽山的猴子都會嚇跑到大港埔去。

所有人先是吃了一驚，但一下子就爆出歡呼聲，連街旁的三輪車伕和店家都鼓掌叫好，好像是看人在廟口攤仔抽中十二生肖的大牌一樣。

那剛好丟中的查埔囝仔臉都紅了，手也停了。

「好厲害喔，阿玉，對不對！」

「再丟再丟啊！」

她看見銅罐仔人停了腳步，轉頭過來，從他頭罩著的粗大孔隙鐵網仔內，她看見那人對她滿足地笑著。

「好，阿玉，我們也來丟。我去撿石頭。」

「對對，我就不信我們丟得沒有查埔準！」另一個查某囝仔說。

「給妳，阿玉。」

同學給了她一粒水溝邊撿來的石頭，她握在手裡，覺得這石頭真粗。

她們紛紛丟了起來。

這一夜，尪婿並沒有回家來。此後的許多夜，尪婿也越來越少回來。姨婆聽說了，尪婿在外頭和查某同居，在年底總算是終戰的時候，那外頭的小姨已懷了幾個月的身孕。

她一個人住在大院裡，大多數的時刻，她都是一個人面對這尚未修復的大院。

當外頭的小姨為尪婿生下一個查埔囝仔之後，尪婿回來大院跟她說，他以後不會再回來住了。如果要辦離婚，就去辦一辦，如果沒想要辦，就不用辦也沒關係，反正他不會回來了。他拿了一些裳物走，「其他的，看妳要怎麼處理沒關係。」

「妳們家的財產這麼多，妳應該是沒欠錢吧。」尪婿說，「我還是會繼續在富源行吃頭路，妳要是有什麼困難，再來找我。」

尪婿提著皮箱走出門，她與他一起走到門邊。

「你會有報應！」她突然發狂叫出聲，路上行人也側目往這邊看來，「你這世人一定會有報應，不然我也會報應你。」

「妳已經報應我了。」尪婿也怒氣沖沖回了她這一句。

尪婿說他再也不回來的隔天，她去請了土水師傅、起厝師傅來開始修理大院。以此為分界點，她的新生活開始了，這裡已不再是以前所有人的大院，而是屬於她一個人的大院。她無意恢復舊觀，只需要整理到可以住人的地步就好了。她修好一側的房舍，但為了能容納更多的人，她將兩側房舍交接處的公媽廳拆除，也隔出房間租人。地面凹洞補平，加蓋新的天棚，院埕裡砌了灶腳。唯一，她留下當年被炸彈撞破的天棚的洞，在她的堅持下，沒有補上，因為太多零散不一致的建材構成而顯得陰暗的院埕，只留下那個破洞的光亮。

原本的厝腳已經四散，再也沒有人要搬回這個傷心的地方，但正如她所想的，終戰之後，甚至日本人還沒有遣返完畢，不僅是過去疏開的人一一回到哈瑪星，還有許多原本沒機會來哈瑪星賺錢的人也紛紛湧入這裡，北門人、蚵寮人、澎湖人、基隆人、東港人、番仔、外省仔……這間大院，忽然變成人人想搬進來的地方。儘管空間狹窄髒亂，可是如果不是跟她有親戚關係，或者朋友介紹，才沒有機會能夠搬進來。

她知道，這個大院將成為許多人求之不得的落腳處，而她將是這個大院裡無可取代的主人。於是，國民政府來臺之前，大院的住客已經換過一輪，也就是國民政府來臺灣的那一年，阿玉跟著父母從苓雅寮搬進這裡。

阿玉想起昨晚聽見窗邊傳來鏘鏘噹噹的聲音，但已不記得這是第幾個夜聽到這聲音了。伴隨鏘鏘噹噹的響聲，有人喊著：「收銅、收鐵、收嬰仔。」那聲音遠遠如麥管吸來，尾音拉得老長。

也不知道是阿爸阿母第幾次死命打她了，但她就說是銅罐仔人把弟仔收走了，「因為我有聽到有人在喊收銅、收鐵、收嬰仔啊……」

清早她躡腳躡影起床，免得吵醒了弟仔。走出房門去了外頭灶腳，將柴火丟進泥爐裡，準備等阿母來煮粥。

早點弄好之後，她準備端上桌，阿母去房裡抱弟仔。

阿母白著臉大跨步走出房門，一把捉著她的頭髮尖聲問：「弟仔在哪？」

她不知道。她說了她不知道。

「怎麼會不知道！」阿母悽慘誇張尖叫著跑出客廳門口，在院埕喊：「弟仔，弟仔！」

有人從門內探出頭來問：「弟仔是怎麼了？」

「透早是在哭夭啥！」也有人這麼喊。

阿玉看阿母衝出去，便慢慢走進房間裡一看，弟仔的被子是掀開來的透著冰冷，彷彿空了個白皙皙的洞，這洞白眼盯著她。

她怎麼這麼沒頭神，平常弟仔翻個身，即便她熟睡了也會知道他翻了身。這次怎麼這麼沒頭神？

這一日，大院內內外外都給厝邊和自家人找遍了，雖然弟仔從來只在房間裡蹲尿壺，但連院埕裡半樓高的公用便所屎桶也都有人探身看了好幾次，屎桶裡的屎堆用鐘子攪了又攪。

也去報了警，當日警察就帶里長和姨婆在大院和附近人家搜了幾趟，還去報漁業電臺，對哈瑪星、旗後、鹽埕埔廣播一個下午，阿爸甚至一個人找去漁市場和岸壁倉庫。

「幹，這大院怎麼代誌這麼多，真正是人若多，屎就多，孤魂野鬼就更多啦。」警察說，「我看乾脆來你們這邊開一間派出所好了。」

「看吧，你們來看這報應來得有多快，裁縫車有人偷不稀罕啦，沒人要理啦，連問都不問一下啦。這下子囝仔被偷了，就有人會注意了吧，知道煩惱了吧！你看下次要來偷什麼？」姨婆對著不存在的人喊，「乾脆整間厝連人都偷偷去好啦，看你可以賣多少錢啦！我看我倒貼賣，還沒人想要買咧！」

「什麼銅罐仔人收什麼嬰仔！妳再說啊！」阿玉被阿爸阿母死命打過不知道幾次，「妳再編故事啊！」

「別打了啦，妳是要打到何時啦，查某囝仔就是給妳驚到了啦，才會胡亂講話，就讓警察去找吧。」阿桃姨擋著阿母，「查某囝仔睏死了，怎麼會知道呢？」

「睏死？睏死！一個人那麼大顧到不見了，還能夠睏死！那可是她弟仔耶，她是要拿什麼命來賠！」

「我再叫童乩仔問王爺公看看，沒代誌啦！」童乩某說，「妳兒子福相啦！將官命，不會有代誌啦，可能是自己走失了啦。」

但她就說一定是銅罐仔人把弟仔給收走了，那是「收銅、收鐵、收嬰仔」的聲音沒錯。

街路頂的囝仔們不怕他。

一個跟著一個，先是遠遠跟著，不是那麼敢靠近。而且，銅罐仔人既不走臨海一路，只走沿濱線鐵路平行的小巷，但說是平行，其實只是方向一致，往苓雅寮那邊去而已，也是彎彎曲曲的。這些小路，連囝仔平常也不會來，而且一旦出了山形屋附近，就到鼓山路，再過去就是四枝垂鐵枝路平交道，囝仔不太被允許走這麼遠。銅罐仔人一走近四枝垂，囝仔就不敢再往前跟蹤了，一來實在是太遠，遠遠超出他們平常玩的地方，另一個是沒人敢經過舊州廳，那裡鬧鬼。

大概是害怕銅罐仔人會回過頭來抓他們，所以，只有趁走到山形屋前方，銅罐仔人固定得穿過驛頭前面的圓環時，好像有了許多三輪車伕助陣的感覺，比較有膽子，囝仔才開始向他投擲石頭。但後來不管了，隨便在哪個路口，都敢向他丟。

這似乎是一種循環的宿命……銅罐仔人想，每幾年自己又回到街路頂的時候，都已經換了一批囝仔。之前的囝仔們，也不知道長得多大了，現在不知道吃什麼樣的頭路。他記得，以前一個總是穿著日本肥料布袋的查某囝仔，丟石頭非常準，五次有三次會精準擊中他屁股上的小銅鑼。

那個查某囝仔，那時大概也有十二歲了吧，準確命中那麼小的銅鑼時，銅罐仔人就會轉頭回去看。臉上掛著微笑，因為那次數實在是太多了，多到銅罐仔人自己也覺得太不可思議。

銅罐仔人想：上一批的囝仔究竟去哪兒了呢？市場前賣魚生的那個小姐，也許是當年其中的一個吧。

那幾年，如果要說是美好年代的話，也可以這麼算吧，銅罐仔人會試著轉過身來追逐囝仔，假如被石頭丟得太嚴重的話。那時候的囝仔人哪有什麼娛樂啊，銅罐仔人知道自己就像會反應的大玩具，足以滿足許多童年的快樂。

當然，囝仔可以拿石頭丟任何的東西，畢竟那是個可以亂丟石頭的好時光吧！假如問那時的囝仔，一定可以丟神經病、乞丐、丟人家的院子和窗戶，丟狗、丟雞。可以把厝邊的小孩丟得頭破血流的。那是唯一隨手可得的玩具，被丟的人又會有反應，何況銅罐仔人全身會響，不像丟到軟軟的肉裡，只能激起唉唉的哭叫。丟中銅罐仔人的小銅鑼，就像在廟口攤仔只花一角便抽中大隻的尪仔仙，好運氣一下子傳遍朋友之間。

隔了一日的禮拜六，吃過午飯芳枝趁著芳枝阿母禮拜六必定要午睡，拉了阿玉溜到代天宮。

「我不能去大新了。」阿玉雖然這麼說了，「我要顧厝。」

「妳不能去？可是我很想要去！」芳枝掐緊她的手不放，「不然我問妳，妳留在厝裡，有什麼路用嗎？還好是妳老爸老母不在，要是在，還不就是會打妳而已……」

阿玉默默不說話。

「妳免驚，我們一下子就回來了啦。」

廟口很冷清，連廟祝也躲到蔭涼的內殿裡睡午覺。一些在哈瑪星沒招到人客，又貪懶惰不想去驛站招人客的三輪車伕，拉了車子來廟口前大榕樹下休息。差不多有六、七臺車，有的車伕睡在自己的後斗裡，拉上車篷，有的睡在大樹下石磚平臺頂。

廟埕熱鬧的時候，就會非常的熱鬧，但是一旦安靜下來，或許是全哈瑪星最安靜。而且熱得要命卻沒有蟬，這廟口的大榕樹不生蟬，據說是蟬也怕干擾神明睡覺，所以廟口之外的樹木還是木製電線桿上都有蟬在吱吱叫，可是就這棵大榕樹一隻蟬也沒有。這當然是不知道從什麼地方傳來的說法而已，蟬哪裡知道神有沒有要睡覺，只是貪睡的車伕偷偷在樹上塗了劇毒農藥而已。

晚上，這裡又會擺起夜市，使得原本白潔的水泥地面殘留各種攤仔的痕跡和味道，像是不幸的輪迴無法抹滅。於是在夏日午後，發出膠黏腥臭的感覺，走在上頭，一不小心腳步與心思便會被黏住。

「妳怎麼背妳阿妹仔出來啦？」芳枝對貞仔喊。

「沒辦法，我阿母叫我顧她。」

「妳不會把她放在房間就好了。」

「不行啦，一放下她就會哭，那我就出不來了。」

「妳阿妹仔不會沿路哭嗎？」

「不會啦，我背著就很乖。妳看，她還在睏。」

「好啦好啦。」

「妳有帶錢嗎？」

「有。」阿玉把錢拿出來數一遍。

「有夠吧？」貞仔說。

「有夠啦。」芳枝說。

「好。趕快去，免得趕不回來。」

「貞仔，妳真正祝緊張咧。」

「快啦，要選哪一臺？」

「你有認識的嗎？」

「沒有。」

「隨便叫一臺。」

「他們都在睡午覺咧。」

「沒關係啦，我來叫。」

「我怕他們會因為我們是囝仔，不載我們。」

「我看老人比較會碎碎念，所以我們叫比較少年的好了。」

「對啊，老的說不一定會認識我們厝的人，不會載我們。」

她們想要認一認少年一點的車伕，可是好幾個車伕都用斗笠蓋著頭睡午覺，實在認不出來。一個躺在平臺頂的車伕沒蓋斗笠，但有點老了，看起來有五十幾歲，那是最好的位置，通常都會被老資格的車伕給佔走。

她們分頭去查看坐在後斗的車伕，從斗笠的縫隙中偷看，「阿玉啊，這個好不好？」

「你有認識嗎？」

「我不認識，不過他很少年，我有一次看他載客人不錯的樣子。」

「人不錯的，不是越會告密？」

「有可能，但是這樣要怎麼選啦！」

「要選那種看起來很愛錢的，就不會問東問西。」

「真麻煩，愛錢哪看得出來？」

「那種愛錢的錢面很好認吧。」

「我叔公看起來就是錢面。」

芳枝做了個鬼臉，把眼睛瞇得緊緊的，上嘴唇壓得低低的，下嘴唇彎彎的。

「因為妳叔公是有錢人。」貞仔說。

「那就選一個長得最像你叔公的好了。」

「好！」

他們從六、七個睡臉裡，選了個三人一致認為長得跟芳枝叔公最像的少年人。

「這個有像嗎？」

「有。」

芳枝叫醒他，「喂喂喂，要出車嗎？」

叔公被叫了好幾聲才勉強睜開眼，一看見是囝仔人就馬上開罵：「死囝仔，做啥，沒看恁爸在睏。」

這麼兇，芳枝心裡想，真的有像叔公。

然後閉眼又要睡。

「我們要叫車。」

叔公睜開眼，「妳們厝裡的人要叫車？現在？」

「是我們要叫車。」

叔公看著她們四個人，別的沒問，就問了「要去哪裡」。

「大新。」

「大新？」他本來好像還想問什麼，不過馬上閉上嘴，從後斗下來，坐上座墊。

「上車吧。」

「要多少錢？」

「兩元六。」

「好。」

她們正要上車，卻看見阿賓跑來了。

「差一點就趕不上了，麵攤生意太好，一直做到剛才我才有閒偷跑出來。」

她們三人驚訝地看著他，也看看彼此。

「有人約他嗎？」芳枝問。

大家都搖搖頭。

「車已經叫了嗎？太好了。錢夠不夠？我還有五角呢。」

原本芳枝要發脾氣了，覺得這傢伙怎麼不請自來，一聽到有五角，忽然轉個念頭問：「你怎麼會有五角，你那天不是說你的錢都買完了？你騙我們喔！是不是有錢不想給我們賺？」

「不是啦，因為我這次月考考第一名，我阿爸給我的。」

「你不要騙我喔！」

阿賓笑了笑，不好意思說：「啊，芳枝妳真是夠兇！我是怕車錢不夠，所以剛剛從我阿母放錢的銅罐仔偷的。」

「誰叫你要騙人！」

阿玉這麼一聽，心也軟了。她看看貞仔和芳枝，兩個人看看阿賓，就說：「快起來。」

三個查某囝仔坐在車斗裡，貞仔坐中間，阿妹仔面對她的胸部抱著，比較胖的芳枝坐右邊，阿玉坐左邊。

三個人坐好了，雖然不算擠得難過，但已經沒留下什麼空間了，阿賓坐不進來，他只好斜斜蹲站在踏架上。芳枝腳邊讓出一點空間給他站，所以自己的腳沒地方踩，只好踩在阿賓和貞仔的腳上。阿賓半蹲著，一手捉住後斗的側邊，另一手捉住叔公屁股底下的座墊，那裡有彈簧，要很小心指頭才不會被夾到。

「哇！」阿賓叫了一聲，果然還是被夾到了。

「要加錢嗎？」阿玉對叔公說。

叔公轉頭看看阿賓說：「加兩角。」然後放下手煞車，騎出廟口。

三個查某囝仔很怕在廟口附近被人認出來，頭一直低低的，只有阿賓笑咪咪的，毫不在乎轉頭看來看去，但有時站得太直，車子搖晃得太厲害。他時不時得半蹲一下又站起來，像是關節鬆掉的拉線傀儡仔一樣。他還裝出眼珠脹大、一臉僵硬的笑容，連阿玉也給逗笑了。

「阿玉，到大新之後，我們就來買阿凸仔的牛奶冰吃！」阿賓開心地說，「聽說祝綿祝綿跟棉仔一樣。」

「你講過了，」阿玉說，「我記得。」

三輪車過了舊警察署後，查某囝仔才稍微放心將頭抬起來。這時候，另一輛沒載人的三輪車從後頭趕上來，到了差不多和他們平行的位置，那年紀頗大的車伕對叔公喊：「幹，你可以再夭壽一點沒要緊，這樣你也敢載！」

叔公不理他，不說話繼續騎。

芳枝心裡很不高興，「奇怪，這個人怎麼管那麼多！這樣喊，萬一認識的人注意到就慘了。」

「喂，你不是國賓啊？」

阿賓撇過頭，跟那車伕回了句：「咦，阿伯喔！」

「你是要去哪？」

「我們要去大新！」

「大新？」阿伯喊著，「你有跟你阿母講嗎？」

叔公突然加快速度，居然把阿伯抛開半個車身。

「我們要去看電梯，你沒聽人講嗎？」阿賓沒聽見阿伯在問什麼，「王麗珍從大新的電梯頂跌下來了！」

阿伯沒放棄，繼續緊跟著叔公。叔公越騎越快，芳枝和阿玉捉緊了後斗邊，貞仔則一手把阿妹仔摟得緊緊的，一手捉著芳枝的手。

「啊！卡慢一點啦！」貞仔大叫，阿妹仔被吵醒了，一邊看著她一邊嗚嗚悶著哭。

兩輛三輪車一前一後追逐左轉過驛頭，衝到了四枝垂寬闊的鐵枝路平交道前。

「幹，你衝那麼快是要怎樣！」阿伯在後頭對叔公猛叫，「囝仔人危險啦！」

「阿伯，你不要追啦！」阿賓捉得穩穩地回叫，「我一時就回來了！」

在右轉四枝垂時，鐵枝路使叔公這臺載滿人的三輪車顛得太厲害，速度只好慢下來，所以阿伯又跟上平行的位置，「國賓，跟我回家！不然你會被你阿母打死。」

「不會啦，我等一下就轉去了！」

阿伯猛踩一腳，但是鐵枝路太顛又滑，一下子右腳底沒踩準踏板給彈了出去，龍頭也捉不穩，整臺車往右邊一偏，結果右輪軸卡上叔公的左輪軸，猛撞了一下，在查某囝仔的驚叫和叔公一句低喊：「幹，死啊！」的聲裡，阿玉瞥見阿賓從兩輛三輪車的夾縫中掉出去。

兩輛三輪車一起往右朝水稻田衝過去，阿伯拉過龍頭甩尾滑倒在田溝邊，人站起來沒事。叔公則是緊急煞車後車頭直直插進田中，然後車子再慢慢側倒下去。

叔公跳開三輪車，趕快去翻開後斗的車篷，三個查某囝仔全擠在一邊哭。阿玉人縮得跟蝦子似不動，芳枝則整個人掉到後斗外頭，全身浸滿了爛泥和秧苗，貞仔看了看懷中的阿妹仔，手臉有點沾到爛泥，也是一直哭。

阿伯跳下田和叔公接力一個個把她們抱上馬路，阿玉直直看見阿賓躺在鐵枝路頂動也不動。

她慢慢走過去，看見阿賓的頭正好摔在轉轍器上，白色腦漿和紅色的血流了滿地，嘴巴開開笑看著她。

阿玉僵直站著，然後腳手發冷劇烈抖起來。

「王麗珍從大新的電梯頂跌下來了！」她看著阿賓，心裡卻沒法不這麼想。

阿爸阿母沒有在家。

她到房間放下書包。弟仔的被子還是維持那個樣子，掀開來彷彿空了個白皙皙的洞，但這洞也已塌軟掉了，不再利利盯著她。

「絕對不可以動到！」阿母刺聲說，「這樣弟仔才找得到自己的厝。」

通櫥裡只有幾根番薯，菜簍仔則是空空。米缸裡還有一點米，她不敢舀。

她去灶腳生火燒一鍋水，將番薯切塊擺著，等水開了再丟進去。

她坐在小板凳頂，垂著肩盯著灶門，好像灶門裡會有什麼跑出來。

阿爸阿母還沒有回家。她坐在長板凳頂，不敢先吃，手垂在膝頭，看著番薯塊放在桌頂涼掉。天色逐漸暗了，人都回來了大院，大院像火爐一般熱鬧起來。厝邊有幾盞小燈先亮了，她坐在被院埕頂雜亂棚搭掩蓋而早已昏暗的客廳裡，好像要等待誰回來。

有人往她家客廳裡頭探，和她眼睛對了對，但沒說話便彎腰走了。她站起身，走出客廳門口，走出了大院，左轉繞進了小巷仔。

她走到底，走過大院外的彎角，直直走到蜿蜒巷弄之中，如破碎豬骨髓般的鐵工場廠舍。

她走近那扇沒有門板的窄門，往前一踏，一手搭住門框，一手搭住屋角，就像她猜想的一樣，銅罐仔人已經回來了。

銅罐仔人坐在地上，頭垂著一動也不動，大概是盯著地上看。那輛滿載壞銅舊錫的板車，不知道怎麼弄的，也被拖進厝裡，立在他身後的牆上。

弟仔就躺在板車的下頭，她知道那裡有一團黑影就是弟仔，嘴裡塞著阿爸買給她的新襪仔和沒有輪胎的二十六型腳踏車、鼎仔蓋、車鍊仔、鐵網仔、五金傢私頭和馬達活塞都堆在一起了。

鐵工場濃重的機油漬味道從裡面飄出來，她掩著口鼻，背一下一上抽搐。

「喂！」她喊著。

銅罐仔人沒反應。

「喂！」

銅罐仔人沒反應。

「喂！你不是要收！」她停了會再喊，邊哭，「嬰仔你不是要收嗎？給你收，給你收啊。」

然後，阿玉醒了過來。

濱線女兒
高雄驛旁畸零地
代天宮
岸壁
鼓山國校後
地雷陣囚禁
瘋千金的相簿
烏魚船入港
大雨毀壞的街
沿岸賺食查某

阿玉看了看四周，發現自己身處在一片木麻黃林之中。

「阿玉！妳要去哪裡？」她記起了芳枝這麼叫，她轉頭一看芳枝站在馬路中央。貞仔讓阿妹仔站著，正幫她撥掉土泥，聽芳枝一叫，也轉過頭來看她，「阿玉啊，阿賓有沒有怎麼樣？」

叔公和阿伯則正激烈對罵，但是聽不清楚罵什麼。阿玉的腦袋好像被打滿了空氣，轟隆隆響，拿針一戳就會爆掉。

然後，她走過阿賓身邊，越過一整排的鐵枝路，忽然間像發條玩具趴啦一聲故障，簧機稀哩嘩啦猛轉，拔腿跑了起來。

「阿玉！妳是在跑什麼啦！」芳枝的聲音在風裡吹散了，「妳等一下啦，等我們一起轉去啊！」

四四方方的木麻黃林，大約有兩個半兩百公尺跑道的小學操場那樣大吧。空蕩蕩什麼東西也沒有，到處充滿乾燥毛邊的味道和灰塵，被長年的南方赤陽曝曬，好像地表連接空氣都要龜裂開來。除了砂紙摩擦木頭的風聲之外，樹林仔非常安靜，既沒有蟲鳴，也沒有鳥叫，彷佛是一只反覆乾煎的空鼎仔。

她朝前走不久，出了樹林仔可以看見一道一步寬的溝圳橫梗，半人高雜草沿溝漫長，溝圳兩旁散落了幾間破落無人煙的房屋、矮牆、日本時代鐵道員和海腳仔的舊宿舍、廣播信號塔以及右方再遠幾步路的驛頭。

她站在某家院落的綠色紗門前，紗門有乳白色的框，高過頭頂的框上有根小勾。風吹晃了門，卡啦卡啦地響了好一時。

現在是什麼時候了呢？陽光如此溫和，像是薄紗般鋪在她的周圍。

門邊有隻紅藍色的小木馬，一推搖個三兩下就停了，襯著白白的水泥地。

除此之外，阿玉視野所及盡是一片嶄新開闢的建築工地，她找到一處溝圳頂鋪設了鋼筋與塗抹水泥的三夾板通路，走進去。

從高雄市中心鹽埕埔圓環過來，二四八號公車行鼓山一路，差不多看到高雄驛站時右轉臨海三路，過山形屋之後，一左轉就是臨海一路，右手邊可以看見永光行和鼓山郵便局的日治風格洋樓建築。

左手邊原本是一片四十年代，由日本海員宿舍改建的外省人大院聚落，現在已經完全拆除光了，迎面可見一間模仿歐洲宮廷裝飾的金瓦券頂木板小屋，直挺挺立於一人高的瓦礫堆中。正面有著潔淨明亮的大片窗戶和一塊塊釘組不齊的木頭卷草雕飾，四周則兩兩環繞希臘風的漆白廊柱。

大門上頭拉了幅布條，三層斗大的紅底藍字印著：「哈瑪星華光美寓隆重破土典禮／圓一個美夢的家／歡迎市府長官蒞臨預售中心」。

女人從公車下來時還想著：「不知道老公會不會記得去接孩子下課？啊，孩子今天是不是要去朝陽寺補習？所以晚一點回去煮飯沒關係吧。」

公車繼續直走鼓山一路，右轉濱海一街，下一站便停在渡船場。

「原來大樓都快蓋好了啊，沒幾年變這麼多。」她抬頭看了看，「哼哼，還真氣派。」

她大概有三年沒回來看過了吧……雖然只是住在獅甲而已，但是日常生活的瑣事真多，家裡的雜貨店剛擴建成配備電動收銀機的百貨行正忙著，還得照顧孩子，所以結婚之後便很少回這邊來。

這幾年過新年也都去牡丹媽媽那裡，爸爸這邊習慣只託人送禮問候。何況爸爸自己從不踏出村子外頭，這總不能怪她吧。

預售中心前幾個工人互相推打叫罵著，她說了聲對不起閃過他們走進屋子。裡頭擠了十來人，並沒有人特別招呼她，三個穿著粉紅色套裝的辦事小姐圍在一起說說笑笑的。

屋子中間有個超大型的豔彩保麗龍公寓模型，底座發射出彩色探照燈的光芒，不住地旋轉。一位銷售經理正陪著一家子指指點點，那看來是父親樣子的人穿著碼頭貨運行的深藍色制服，臉上流露猶豫焦慮的表情，兩個幼小的孩子在母親身旁追逐尖叫。另一邊則站了兩個胸口配槍的卡其布衣警察，兩人有一搭沒一搭閒聊著。她走向前去，聽見他們在談某人買了房子的事情，「頭期款居然要那麼多錢，一個月要付貸款這麼多，他還買得下手，可能是從他某的後頭厝拿錢來貼，不然怎麼可能……」

「還在講啊。」她覺得事情真是麻煩啊，無緣無故丟到頭上來，「先生，我是李正豪的女兒。」等著他們偶然停了接話的空檔，她稍微墊了墊聲音說，「請問是你們找我來的嗎？」

兩個警察同時露出疑惑的表情，其中一個說：「李正豪是誰？」

另一個聳聳肩，搖搖頭說：「有什麼事嗎？」

「你們派人來通知我，說什麼我爸跟人家發生衝突，叫我來勸勸他。」

「噢，就是那個捉狂的阿伯啦。」其中一個警察向另一個揮揮手說，「你去叫組長來。」

挺著顆肚子的組長來了後說：「妳是李正豪的女兒？我記得妳叫淑如是吧？」他端詳著她笑了笑，「好久不見了，十幾年有了吧？聽說妳嫁了，是嫁多久啦？」

她嚇了一跳，這組長怎麼好像跟她很熟，「六年了。」她說。

「喂，妳不認識我了？對不對，哈哈，沒關係！妳讀國校的時候，我常常巡邏蹺班去妳家找妳老爸喝酒嚼花生。

「妳放學回來，總是害羞地低頭躲回房間，一句叔叔也不叫。妳老爸叫妳出來跟我打招呼，死也不肯，有一次他還衝進去把妳打得哭著跑掉了，哈哈。」

她覺得有點尷尬，不知道該說些什麼。

她記不起曾經看過眼前這個組長。她小時候本來就很害怕跟陌生人說話，因此被忽然踹門衝進房來的爸爸狠揍一頓也不是什麼新鮮事，組長這麼說實在沒辦法勾起她的回憶。

「這裡看起來很不一樣了對吧。」

「是啊，舊房子都拆光了，看起來還不錯。」她搭了一句。

「這是政府給廣大榮民的德政嘛！老聚落本來就得改建的，為國辛苦一輩子，總是得住好一點的房子了吧。何況這裡也拖好幾年了，但運氣算是不錯，剛好趕上市區重劃條例的第一批，還有拆建補助條件也比以前好太多了，直接配一間國宅公寓，還有新建的大眾公園和籃球場，怎麼會有人想住以前的破草屋呢？」

「是啊。」她勉強耐著性子問，「組長，我爸爸是怎麼了？」

「咦？沒人對妳講嗎？」

「講什麼？」她有點火大了，真是麻煩啊，「你們派來通知的警察說我爸和工地的人發生衝突，叫我有空時來一趟。我問他什麼事，他說派出所那邊也不清楚，只是負責通知一下。」

「操，死阿忠打電話去派出所也不說清楚，整天不知道恍神什麼？」組長這麼一罵，一旁的警察噗哧笑出來。

「幹，一定是昨晚又搓又喝整晚沒睡了啦。」一個警察說。

「有一天他會死啦！」組長說，「沒關係，淑如啊，妳跟我來，幫我勸勸妳爸爸。」

她隨組長走出預售中心，左彎繞過鷹架雜亂的屋房轉角。

為了這一區公寓樓房而開闢的新巷弄，像被巨大的犁犁破了，水溝邊緣鋼筋張舞，人孔蓋四處飛散。她一邊咋舌一邊閃躲這些混亂的景色，心中有點埋怨新買的高跟鞋都給水泥碎屑割花了。

走到不遠的巷口處再一次左彎，她看見在兩排簇新的公寓對角相望的巷道中間，有一處被鐵絲網、波浪板和鐵皮糾纏搭建的牆所環繞包圍的畸零地。崎嶇的牆上貼滿了戲院、粗工和搬家貨運的海報，一塊用電纜線綑住的木板用紅漆寫著「私人用地，閒人禁止入內」。還有一塊漆了個大大的「幹」字，旁邊一行小字則寫著「天無理，爛屌横槓」。

一片高大的芒果樹長出了牆，沉沉遮蔽了畸零地上方的天空。四周的馬路圍起了鮮黃色的封鎖線，警察和看熱鬧的民眾混雜在一起竊竊私語。

忽然被擋住去路的阿玉也暫時停下腳步，她看見組長領著女人，像是給引水船牽領著，順風進港的蒸汽貨船排開潮浪般加入了畸零地門口最前頭的一小群人。

「淑如，我跟妳介紹一下，這位是國宅處的馬主任。」

「李小姐妳好，謝謝妳來一趟。」馬主任和她握了握手，「我們也很希望事情能早點解決，不用像現在這樣啊。事情好好說，一切照公文來跑不是很好嗎？那個誰，市府的公文拿過來給李小姐看一下。」

「主任，淑如還不知道是什麼事。」組長說。

「怎麼，你們沒說啊。」馬主任說，「什麼沒帶在身邊？這個時候怎麼會沒帶在身邊！快點叫人去拿來啊！」

「等一下再講就是了。」組長拍了拍她的肩膀，「這位是國防部的政戰主管陳上校，這位是海軍的林中校。」

他們彼此點點頭，「李小姐，還是妳好好勸勸豪爸。」陳上校笑著說，「豪爸這種趕湘騾子的硬脾氣，我們實在勸不動。之前軍團長官部派來做眷服的政戰官還當頭挨了一把椅子，差一點就得回老家去看鴨蛋攤子。」

「嗯嗯。」林中校點了點頭，「是啊。」

「陳上校，你們那些兵到底是出發了沒啊！」

「有啦，已經在集合了，但是裝備又不是放在左營軍港那麼近，得回旗山的軍團庫房拿，車子已經派出去了。」陳上校忽然壓低聲音說，「但這可不是開玩笑的，要是真的有，我們也不可能自己搞，還是要叫上頭派有經驗的來，我們那些公子哥兒似的充員兵可做不來。」

「知道了，真不曉得國家養這些兵是要幹麼的，事情來了，一點用也沒有。淑如，另外這位是臺電的吳經理。」

吳經理正對著誰大叫：「對對，你現在先叫工程車駛來再說，工程師人自己會到。」沒空理她。

組長還想為她介紹其他人，憑空啊啊了兩句，但她走離他們，朝著畸零地的大門走去。

那大門僅是由兩片廢棄床板勉強拼合起來的，塗上曾經鮮豔欲滴，不過已剝落殆盡的紅漆，裡頭掛上一個老舊的馬蹄鎖，綑著發鏽的粗鐵鍊。

「小心點！不要靠太近……」她的耳朵裡隱約聽到這句不明所以的話，腳步卻無法自主繼續前進，視線則穿透了兩扇門板中間的縫隙。那間她曾經急切想要逃離的家屋，依稀可見掩藏在一片亂草灌木裡。

最後那一天，淑如自學校回家，有點晚了，差不多過了晚餐的時間。

爸爸坐在門口的長板凳上，門頂的小黃燈偏照著他，乾硬的內衣被風吹得像快裂掉。

她知道他不喜歡她遲了回家，會讓他胡思亂想。但是她想，實在受夠了，她只是和同學玩球晚了點，如果這一次他又打算揍她的話，她要逃得遠遠的，再也不回家了。

「如啊。」爸爸看見她走到門口停住時說，「晚餐吃了嗎？」

「還沒。」她警覺小聲地說，「你有熱昨天的菜嗎？如果沒有，我來熱吧。你等一下。」

爸爸搖搖頭，「我熱好了，在爐灶裡，妳端出來吃吧。」

她端出來擺好兩副碗筷，添了兩碗飯。她自己先吃，沒一會爸爸也過來，拎著米酒。

他倒了一杯，擱在桌上，三根指頭輕輕夾著。

「今天中午妳魏伯伯來家裡。」

「噢，他從金門回來了啊？」她說，「去了多久？」

「去了一個月，但是早回來了，上個月就回臺灣了，只是去住大兒子家。」

爸爸碰了碰筷子，似乎遲疑了一下，並沒有拿起來。

「我幫你倒點花生吧。」

「噢，好。」爸爸說，「上禮拜回來了。」

「誰啊？」她將袋裝花生一股腦倒到酒杯旁的桌上。

「妳魏伯伯啊。」

她坐回椅子，繼續吃飯，「那他今天來家裡做什麼呢？」

「啊。」爸爸搓掉一粒花生的皮，像很珍惜似撥成一堆。

「妳魏伯母，妳知道都跟大兒子住一起，很少回來。」

「我不知道。」

「噢，是啊。是啊，都跟大兒子住前鎮草衙，大兒子在鐵工廠當師傅。」

「嗯。」

「那個，妳魏伯伯今天中午不是來家裡嗎？」

「嗯，怎樣嗎？」

爸爸把桌上的花生皮攏一攏，將酒端到嘴邊，一飲而乾。

「他說妳魏伯母跟他大兒子說了。」爸爸抖著手自個兒倒酒，溢了點在手上，他往桌下甩了甩。

「說了啥？」她扒光最後一口飯。

「說妳媽回牡丹去了。」

「小心點！不要靠太近！」組長向她大叫，「有地雷！」

淑如的腦子像是給球棒掄中，一陣疼痛混亂……那是什麼玩意兒？

「妳爸在裡頭埋了地雷啦！」組長快步撞過來，一把勒住她的臂彎。

「怎麼會有地雷呢？」她不禁也叫了。

林中校隨著奔來，組長衝著他說：「來來，你先來跟人家講清楚！淑如，來，我們退後一點比較安全。」

「唉呀，對不起，這說起來也是話長。」林中校扶扶眼鏡，「這附近的日本船員宿舍建起來之前是日本人訓練海軍陸戰隊的野戰教練場，還有聯合艦隊南方特遣部隊訓練司令部的兵器庫房也是在這裡。後來高雄港邊的新基地蓋好了，教練場和兵器庫房都移進港區裡，但是有一部分藏在地下庫房的武器卻忘了遷走，被新蓋上的船員宿舍給壓在下面。後來日本撤退時，我們雖然接收了此區的軍事設施，但這批武器給人糊裡糊塗註銷了帳，之後不只是沒人想理，恐怕根本也沒人會想起來。不過……我想豪爸當年就是接收的軍官之一，所以記得位置在哪裡。」

「是啊，現在回想起來，李先生一定是趁房子拆完了，廢棄建物還沒清運乾淨那兩天，半夜裡將地雷從地下庫房搬出來。」馬主任接上話。

「拆房子已經是一年多前的事了，那時有人看到我爸搬嗎？」她惱怒地說，「怎麼就這樣賴給他了！」

幾個人面對面瞧了一會，沒人答腔。

組長推了推陳上校。

「呃，是沒人看到……不過隔天村子一清乾淨，工人發現了這個庫房往上一報，國防部馬上派人下來看了，裡頭確實還有些武器和地雷，但因為早沒了帳冊，不知道實際該有多少量，沒法清點有沒有短少，所以事情後來也算了。」陳上校有點尷尬，「但這次豪爸自己說他埋了地雷，嚇唬大家有膽便衝進來，一跟之前地下庫房的事聯想起來，就想或許是這樣吧……」

「對啦，其實我們也不知道妳爸是搬了多少顆、埋了多少顆，還是根本沒埋，但一切安全為要，先盡量別靠近，陳上校已經叫人來看了。」

「可是我搞不懂，我爸也不提……」她露出不客氣的表情，真是麻煩透頂了，「為什麼整片房子都拆光了，就是我家跟這塊畸零地沒拆呢？一次拆光不就沒事了！」

「這妳就要問林中校了，為什麼海軍這麼頑固？」組長說。

「是這樣的……」馬主任又搶了話頭，「這批土地幾乎都是市府的地，照市區重劃條例這樣最方便了，一次解決最好。但是人家得標包商開工之後才發現怎麼沒買到這塊畸零地，因為這是海軍的地，不屬於高雄市，小小的一時就漏了，後來海軍又不肯賣出來，害我們跟包商得要重改這區的設計圖。」

「什麼頑固！組長，這是當年他們國宅處自己沒注意地籍，怎麼能怪我們呢？」林中校不高興地說，「怪手都開進來挖地基了，才大剌剌要我們說賣就賣，一副施恩送惠的樣子，怎麼說得過去！不然，有種你拿參謀總長的命令來強制徵收啊！而且豪爸一聽風聲說要改建了，事先便花了錢把這塊地租下來……」林中校把一份契約書拿在手上猛晃，「老人家可是簽了七年約！海軍從過去到現在就是照顧老長官老弟兄而已，怎麼能說趕人就趕人！」

「說妳媽回牡丹去了。」爸爸說，「妳魏伯伯說，妳魏伯母回娘家時看到妳媽了。」

淑如害怕自己顫抖的手讓碗筷敲出聲音，便不盛她愛喝的樹豆湯了，「爸，你吃嗎？」

「不吃了。」

「那我收了。」她站起身，將剩菜和碗筷拿到後門廚房，從水缸裡舀水洗。

爸爸提高音量說了：「妳魏伯母說妳媽要去住石門村的二舅家。」

「怎麼辦呢？」她心底不住念著這幾個字，嘴上卻回了：「噢！」水流在她的手上飛濺，碗筷動也不動捉在手裡。

「妳二舅家有地方住嗎？」她聽見爸爸微弱的聲音。

三年前的一天，從早上到下午天氣都很晴朗，怎麼看都是個適合郊遊的日子，媽媽到學校來，走進教室，恭恭敬敬向老師鞠了躬，又鞠了躬。

媽媽跟老師說親戚家裡有點事得帶她去拜訪一下。她知道媽媽說了謊，爸爸從來不准媽媽跟親戚聯絡。

「那些土番還不是只想貪我的退伍金。」爸爸對她說，「妳媽也是。」

她很高興媽媽說了謊。

媽媽帶她坐三輪車去鹽埕埔的大溝頂。

她從來沒來過這裡，他們逛了一整條大溝頂的攤子，吃了白糖粿、打了彈珠臺、丟了套環遊戲，最後還去大勇路的冰果室，媽媽請她吃香蕉船。

她第一次吃到美國人吃的香蕉船，香蕉船裡冰淇淋上頭灑的彩色巧克力顆粒，簡直跟夢境一樣美。不對，是比夢境還要美才對，因為怎麼可能呢，她怎麼可能做過那麼美的夢啊……

直到晚上九點半，她才和媽媽一起回家。爸爸一看到她們便破口大罵，隨手捉起小板凳，在半空中掄晃。

媽媽護著她進了房間，要她乖乖睡覺。她雖然害怕爸爸在門外叫囂，但也覺得滿足極了，還有媽媽照看著她，不一會兒便睡著。

然後媽媽離家走了。

她偶爾會接到媽媽寄來學校的信，信上沒有寄件人地址，裡頭總塞個幾塊錢。

她不怪她，她知道自己藏不住祕密，萬一給爸爸發現就慘了。

「那番婆子一定是跟男人跑了。」爸爸說，「妳媽去給男人搞了啦！有搞就有錢拿了，不用花我的！」

她洗完碗盤走回房裡，米酒和花生仍堆在飯桌上，但是爸爸人不在家裡。她看了牆上的吊鐘，他八成是去了登山街的蔡伯伯家打牌。

她回房間換下制服，將書包裡的書和鉛筆盒倒在床頂。

她決定要離開家了。

那一小群人就這樣吵起來，甚至爭論起為什麼新蓋的樓房旁老是有這種像去不掉的疤痕似的畸零地。

淑如插不上嘴，心裡和臉上都覺得煩死了。現在到底是打算怎樣啊！接下來是打算怎樣啊！

「咦，如如啊，是妳嗎？」幾位太太從右側人群裡陸續走了出來，「水姑娘長得這麼大了啊！借過借過。」她認得領頭說話的那個是以前住隔壁的劉媽媽。

有一回她跟劉媽媽的兩個小孩打架，兩個打輸她一個，弄得滿臉血。

劉媽媽告到爸爸那裡，爸爸不住地跟人家道歉，還把她反綁在村子圍牆邊的茄冬樹幹上，用藤條甩她的屁股。

站在一旁的劉媽媽挽著兩個孩子，假裝不經意嘆息說：「娶那款番婆，就會生這種九怪囝仔。」

爸爸聽到了便甩得更猛。

「番婆就是番婆，混種也沒效啦，沒教示！」

她抬頭仰望著天空，覺得星期日的天空怎麼能藍成這種樣子，一點眼淚也不肯滴。

「劉媽媽。」她像看到救星一樣，啞著嗓音問，「我家怎麼會變成這樣啊！」

劉媽媽摟住她，大嗓門抱怨她怎麼這麼久沒回來看爸爸，「他是妳爸啊，也不是不要妳。」

她一聽，忽然從肚子底蔓延起一股厭惡感，穿過橫隔膜，塞住了胸口。她用肘輕輕頂了劉媽媽的肋骨。

劉媽媽發現她沒有回摟她，只摟了幾秒便鬆開身體，「厝拆了之後，就留了這塊畸零地。聽說是妳爸花老本跟海軍租的，打算跟隔壁厝邊繼續住下去，只要他們添點租金就好了。

「不過，歐陽他家兒子跟他大吵了一架，說都是妳爸裝悲情這樣弄，害他們沒法拿到拆建補助。」劉媽媽安慰她說，「妳也別氣，歐陽他們也有道理，妳看公寓蓋這麼好看，大家都能分到一間，誰想住原來那種破厝啊。」

「我爸就是死腦筋啊。」她也覺得爸爸這樣做，實在是給人家添麻煩。

「唉喲，妳說這批老芋仔誰不死頭殼。」劉媽媽呶呶嘴，「後來歐陽他們就搬走了，聽說也請國防部幫忙弄到筆錢。他們一搬走，妳爸就把他們的厝給拆了一半，又跟人買芒果和番石榴來種。妳劉伯伯進去看過一次，講說裡頭開闢成一個小農場，有農舍、果園、菜田，養雞鴨跟豬，還挖了個水塘養魚咧！好像打算一世人住下去。」

「可這也是我爸自己的事，地是他租的，海軍沒反對就好了，現在是怎樣啊！幹麼硬要把他趕走！」

「趕走？哪有人要趕走他？沒人要趕他走啊……」劉媽媽後頭，一個穿地攤涼衫的老娘露出那種外省媽媽獨有的無所不知的得意表情，「喲，妳不知道噢？因為有個變電箱剛好在這畸零地裡頭，他們不是要你爸搬走，只是想把變電箱遷出來。」

「咦？不是要趕他走？那他在牛什麼啊！」

這麼一說她倒也記起來了，有一年颱風天吹垮了附近所有的電線桿，整整停電停了一個星期。後來就來了臺電人員和拖車，把他們家旁邊的巷子清乾淨，安裝上一座深綠色的鐵箱子。附近的小孩羨慕得要命，大家都說他們家一定是跟臺電公司賄賂，才能把電箱裝在自己家旁邊，從此以後她家永遠都不會停電了。

「國宅處和包商想說這塊地沒清查到，大概想想也就算了，但沒想到變電箱居然在裡面。」

「因為臺電沒辦法直接把這個變電箱廢掉，另外接新的線路，一定要從那邊牽線不行。」

「其實啊，要是好好的沒代誌，變電箱在哪裡對臺電來說是沒什麼關係啦。但是人家包商就是怕妳爸亂來，硬要把變電箱遷出來，說是方便保養修理。」

「這下子妳爸可捉到包商的痛處了，就是不讓人家進去搞，叫人家正式公文準備好再說。」

「公文跑了半年，聽說上個月核下來，臺電技師要跟包商進去弄了，他也不給人家進去，門一直鎖得緊緊的。」

「不是聽說他寫了信給國宅處、包商、國防部和海軍司令部，說他埋了地雷嗎？有膽就衝進來試試看。」

「也不知道是以前就埋了，還是最近才埋的？」

「妳爸還真的拆開變電箱，斷了一次電嚇他們，又接回去。豪哥也真是厲害。」

「唉，為難國宅處、包商，不就是為難我們這些老厝邊嗎？」劉媽媽像是先知者下了個有遠見的結論，「真不曉得他在氣什麼？都什麼時代了……」

媽媽寄來的信和錢，淑如都用背心內衣包好藏在衣櫥最下層的抽屜底。爸爸會幫她洗其他的衣服，只有內衣是她自己洗的，所以藏這裡最安全了。

她拉開抽屜拿出那包內衣，坐回床頂。信放一邊，錢捉在手裡數著：二十三元，媽媽總共寄了這些錢給她。

她將錢和信收進書包裡，然後收了套內衣褲、一件棉衫和手帕、一件紅色長袖襯衫。

她站在房間中央，仔細想著還缺什麼東西，大概沒缺什麼了。但是她想，現在要怎麼去牡丹鄉呢？

這麼晚了，不知道是不是還有火車可以去屏東？

到了屏東之後，可能要在車站窩一夜，早上才能搭公車去牡丹。

她走到房門口，關上房間的燈，她知道爸爸去打牌不會這麼早回來。

「他是去打牌沒錯吧？」她想。

「再一會兒走吧。」她安心坐在客廳墨綠色的木把沙發上，抱著鼓脹的書包，眼睛盯著沉重灰褐的吊鐘。八點十五分。

環繞著她的客廳染上黃顏色的霧氣，窗外傳來巨大蟲翅顫抖摩擦的嗡嗡聲。

嗡嗡嗡嗡，嗡嗡嗡嗡。

她居然覺得睏了起來。

阿玉走過四周馬路的鮮黃色封鎖線，走過沉沉遮蔽了鐵絲網、波浪板和鐵皮糾纏環繞的畸零地上方天空的芒果樹下、走過戲院、粗工和搬家貨運的海報，走過用紅漆寫著「私人用地，閒人禁止入內」與漆了大大的「幹」字，旁邊一行小字寫著「天無理，爛屌橫槓」的木板。在兩排新奇公寓對角相望的巷仔中間右轉，穿越水溝邊緣突出的鋼筋、四處飛散的人孔蓋和雜亂鷹架，她走上臨海二路。

不久，臨海二路與鼓波街交口的代天宮廟口攤仔市差不多散光了，像是從夜的最底部抽出一縷遺落的線頭，從此刻開始燈光逐漸熄滅，人氣絕跡，直到將所有人煙都自夜色抽盡，哈瑪星的夜晚也就算是完全歇息了。

阿玉知道那夜自己確實聽見窗邊傳來鏘鏘噹噹的聲音。

夢中的阿爸阿母最後回來了，但也沒吃番薯，就去睡了。

她看他們睡了，便去鼎仔裡挖了半粒番薯吃，還喝了一杯水，剩下的收進通櫥底，明天早上再熱一熱吃。

她躺上床，被子蓋得好好的，一點也不漏風。

她想，希望半夜不要想起來尿尿。

不久，便又聽見其中夾雜著自巷仔遠端傳來一聲聲「收銅、收鐵、收嬰仔」的喊叫。她想，應該是「收嬰仔」不是「收錫仔」沒錯。

但她不明白，如果是好時節的時候，有誰會想要讓人家把嬰仔收去？自然是抱在身邊整天疼命命的，那時，銅罐仔人一定收不到嬰仔。

一定是時節變壞了之後，才會有人願意把嬰仔給人家收吧。當然，像弟仔這種孤子，阿爸阿母是不可能讓他給人家收走的，如果一定要收走的話，自然是讓她給人家去收走吧。

她想起來，阿媽還在世的時候曾經說過，以前有好幾年，哈瑪星還是好時節，從唐山和日本來的帆船、汽船和兵艦把打狗港擠得滿滿的，哈瑪星、旗後、鹽埕埔最多的就是酒家和客棧。囝仔人身上穿的都是唐山運來的絲綢，布鞋繡滿了牡丹花朵，連四川黑鹽和京都水晶糖，都像是珍稀品一樣遠渡重洋送到這裡來。

日本兵仔兇歸兇，出手還算大方。囝仔人只要擦一輪鯊魚皮做的軍用黑皮鞋（其實沒那麼黑，有點泛青色），除了有兩角圓可拿之外，還能有塊水晶糖。白裡透著紫和咖啡色的水晶糖塊，一個指節大小，可以吸上一整天，沒吸完，就包在絹布裡收著。

阿媽說：「阿玉，妳想，連擦鞋童都有絹布當手巾喔，那時真是個好時節啊。」

「阿爸不知道還肯不肯幫我買新襪仔？」她不自禁這麼想。

「芳枝和貞仔不知道轉去厝了沒？如果她們轉去厝了，阿爸阿母應該會問起我到哪裡去了吧？那阿賓呢？」阿玉想起他躺在鐵枝路頂嘴巴開開笑的樣子，白色腦漿和紅色的血流了滿地，「也許不會問，阿爸阿母可能還沒回家吧？就算他們回家了可能也沒心情去問芳枝，所以那我也快點轉去好了，先轉去厝好了。但是阿賓怎麼辦？如果他也轉去厝了，阿爸阿母說不定不會發現她出門去大新看電梯了，也就不會被打斷腿了，就跟偷騎腳踏車那次一樣。」

那一天她放學回家，看見腳踏車寧靜地待在桂樹下，桂樹的葉影像是蔓延的斑點，在腳踏車上與附近的地面滋長，像要把腳踏車給吞噬掉。探頭看了看阿爸阿母都不在家，她不知為何敢好膽把腳踏車偷偷牽出大院門口。

「就在巷仔口騎一下下就好了。」她想，「騎一下下就牽回去放。」

她不太會騎，豐田牌腳踏車又高，身軀只能塞在車身中央的橫桿下才踩得到踏板，還得費很大的力氣才騎得動。可是一騎出巷仔口就撞上厝角，整臺車連人倒了下來，她嚇了一跳，跌下來後就拚命亂跑，居然把腳踏車丟在巷仔口的事情給忘得一乾二淨！

她找到了個濱海二街的鐵工場大鐵桶躲進去，不知道躲了多久，她在心裡發誓自己一定聽到了阿爸阿母叫她的聲音，阿爸一定是為了腳踏車被摔壞生氣，恨不得把她打個半死。阿爸才不會心疼她是不是給銅罐仔人給捉走了，但是腳踏車如果不見了，一定會被打到死掉吧。

當她確定阿爸阿母的聲音越行越遠不復存在後，她死心地從大鐵桶裡爬出來，走回撞車的巷仔口，豐田牌腳踏車還好好躺在地上，幾乎一點也沒損壞，假使有她也看不出來。她牽起來，牽回院埕的桂樹下，讓葉影斑點再度於腳踏車上滋長蔓延。她探頭看了看，阿爸阿母還沒回來。

「來了來了！」組長向維持秩序的警察叫著，「把人趕開一點！」

淑如看見一輛滿載士兵的大卡車開過來，一停，士兵跳下車斗，押車的領頭軍官跑向陳上校敬禮。

「裝備都帶來了？請士官長把人和東西準備好，聽我的命令。」

這是打算幹麼啊！她想，難道就這樣衝進去嗎？事情有必要搞到這麼嚴重嗎？

「現在是怎麼了啊！」她不知道要向誰大叫。

「淑如，快來！」組長叫了她，「妳來勸勸妳爸吧。基本上這塊地和地裡面的東西、房子都是合法的，屬於妳爸爸和海軍的財產，我們不可能強制執行說要拆掉就拆掉。但是，如果確定裡面真有地雷的話，那可不一樣了，這是屬於公共危險罪，還有私藏軍火罪，妳爸就是現行犯，我們就得衝進去排除了。」

「他只是說他有埋地雷，你們又不確定有沒有，怎麼能說衝就衝呢？」

「唉呀，這沒人敢衝啦！萬一裡面真的有地雷怎麼辦，一碰到就死了，問題就是沒辦法確定有沒有啊！」

「這就是豪爸厲害的地方！地雷這種東西就是這樣，這種時候你只要開口一說此地有地雷，就像撒豆成兵、拔草化劍，地雷自然憑空就有了，絕對沒人敢懷疑是真有還是假有。」陳上校佩服地說，「反過來說，就算後來又改口說沒有，也不會馬上變成沒有，非得要掃雷掃過好幾遍，才多少能確定有沒有。最後，即使插上一支牌子說這裡沒地雷，多半的人必定能不走上頭就不走，光靠一塊硬板板的牌子可不能保命。所以僅憑他寄的那些恐嚇信，為了安全起見，我們的確可以認定他算是現行犯。」

「所以妳勸一勸妳老爹，開門讓弟兄們進去掃一掃，只是確定一下有沒有地雷而已。有，就派人來排除，大家都安全，妳爸也安全，不然他自己也很危險啊。沒有，我們就當作沒這回事，照公文走把變電箱遷出來就沒事了。」

「是啊，而且地雷這種東西最怪的地方是：只要一埋進土裡，就會馬上被所有人徹底遺忘，再怎麼詳細訂正的布雷圖，也無法信任。」林中校像是在炫耀軍事哲學般補充，「只要布雷圖中有一顆登載錯誤，整張布雷圖就會立刻完全喪失存在的意義。所以別說外面的人要花很大功夫掃雷排雷，連布雷的人也常常會把自己困住，根本走不出來。」

「好吧，我知道了，那要怎麼做呢？」她想，真是麻煩啊。

「來。這個給妳用。」組長遞了個擴音器給她。她拿在手上，覺得自己好像在演電影，一點也沒有真實感。

這東西要怎麼用啊？

用這個跟爸爸說話不是很怪嗎？

「不用了。」她將擴音器交回給組長，逕自走向畸零地大門前，將臉貼近兩片大門的縫隙。陳上校一個箭步趕上她，旁邊兩個阿兵哥也跟著上前。

警察們一陣騷動。

「不要緊張！讓她先說說看。」

「爸。我是淑如。」她叫出了六年來第一聲的「爸」字。

淑如驚醒過來，警覺巡視了自己的身邊一遍。

沒有任何變化，巨大蟲翅仍發出嗡嗡嗡的蒼白聲音，周圍空氣似乎膠結成了塊狀，沉沉壓在她的四肢。

她看著吊鐘，一點四十五分。她睡這麼久，已錯過任何一班前往屏東的車次，也已過了爸爸該回來的時間。

他永遠會在十二點前回家的，即使是喝醉了也一樣。

飯桌上的米酒與花生堆仍維持原狀。

她緩慢起身，一度幾乎要以後腦著地昏厥過去。

她去廚房看了一眼，然後走到爸爸房間，以及屋外的板凳上看了看，都沒有看到爸爸。

她感到困惑，爸爸是到哪裡去了？

她是不是該去蔡伯伯家，看看爸爸是不是還在他家呢？

但假如不在的話，那該怎麼辦？

爸爸還有什麼朋友呢？

爸爸有一本抄滿朋友地址、每年寄賀年明信片的筆記本，但她不知道放在哪兒。

大概是在他的房間裡吧，要找一下嗎？

她應該去一趟蔡伯伯家吧？可是這麼晚了，其實她也沒去過蔡伯伯家，會不會認錯房子呢？

假如爸爸不在他家，那不是讓人知道爸爸沒回家，而且不知道去哪裡了。那不是會害爸爸沒面子嗎？

或者，這是最好的機會啊！雖然睡過了頭但是沒有被爸爸發現，真是太好了。

如果被發現了，一定會被爸爸揍一頓，然後關起來吧，連學校也不能去了。

不如趁現在走吧，先找個地方躲起來，早上再去搭車好了。

天氣不知道怎麼潮濕了，如棉花上的黴菌輕盈柔軟的雨絲，不像從天頂落下，倒是有點像憑空自四周長出來，黏附在她的裳物深處，在無人知曉的時刻，緩緩增加一切世間事物的重量，悄悄痳痹了阿玉肌膚的表層。

阿玉討厭自己這樣，無論發生什麼事都沒辦法走得遠遠的。可是沒辦法啊，她畢竟只是個查某囝仔，從來也沒獨自離開過這幾條巷仔遠的地方，哪裡也去不了，也不知道可以往哪裡去。

「我好像有看過妳，對不對？」她聽見有人對她說話，便抬起頭來，「妳住在濱海二街那間大院裡的對吧？」

她認得這人是蚵寮嬸，哈瑪星至少有一半的人認識蚵寮嬸。她是廟口這邊的有錢人，光復前是專門做岸壁貨運生意的牛車行大頭家娘，但是尪婿很早就死了，牛車行的大小事情多是她在發落。車行裡全部是不認識字的粗勇查埔人，但是從頭到尾居然掏心割腹聽她一個查某人的話，做事情的手腕實在不簡單，哈瑪星人沒有不佩服她的。

光復之後，蚵寮嬸趁日本人遣返時半買半搶買下了湊町舊市役所四周圍的土地，後來捐出一部分給北門郡人建這間代天宮，還親身去請臺南府城的名匠潘麗水來負責內殿雕刻彩繪。民國四十九年後殿青雲寺增建時，蚵寮嬸又先借出一筆錢當作維護廟舍、廟埕的母錢，所以在這裡擺攤仔的都要向她繳租金。牛車行收起來後，她也就管管廟裡的事情、辦法會，靠這些攤租、房租和地租過自在的日子。

蚵寮嬸這麼一問，她垂下頭，心裡答了：「對。」但整個身軀像是埋在兩腿裡面，不敢挺起來。

「上次我去大院結祖師緣，有看到妳在路邊顧尪仔書攤。」蚵寮嬸爽朗大聲說，「這麼晚了，妳怎麼還不轉去厝裡？」

阿玉不說話，緊靠著廟口的水泥垃圾箱。收市的攤商剛往那裡頭倒進垃圾和餿水，水泥壁熱烘烘的，像是暖爐，烤乾了她的裳物。

蚵寮嬸看看她，心內也就知道大概是怎麼回事了，「妳叫什麼名字？」

她不說話。

「不說？」蚵寮嬸大聲笑了，「反正我知道妳住哪裡，不說我還是會送妳轉去啊！」

這下子她反而脾氣固執起來，咬緊嘴心裡想，「我又不是怕妳捉我轉去，我就是不要說而已。」

蚵寮嬸也不問了，走近她彎下腰，突然一把捉住她的手將她從地上拉起來，「查某囝仔不要黑白坐在土腳！」那一瞬間，她幾乎覺得自己的雙腳要離地了，手臂根傳來一陣扯裂般的劇痛，「怎麼這樣沒規矩！衫裙都弄髒了。」

阿玉想蚵寮嬸應該是要捉她回家去了，她沒想要反抗。她知道回家之後一定會被阿爸阿母打得慘歪歪的，可是不回家也不行啊，誰叫她自己哪兒也去不了……就只好被打了，打完就沒事了。

她掙脫開蚵寮嬸的手，整整自己的衫裙，拍掉土灰。她的確有點後悔，剛剛不該靠著垃圾箱坐的，裳物沾了股酸臭溫熱的餿水味道。

蚵寮嬸也不催她。她整好了，就默默站著。

「來。」蚵寮嬸又牽起她的手，卻沒領阿玉走出她以為要走出去的廟埕牌樓，反而走進代天宮裡。內殿已是一片漆黑，走過籤詩櫥、放紅色貢盤的木架仔、穿過側廊拱門，在前殿與後殿之間的一處花樹庭埕右邊，有堵一個大人高的水泥牆。

蚵寮嬸牽她斜斜走進庭埕，繞過幾個矮樹盆，阿玉看見靠近後殿青雲寺厝角的牆，開了個一人側身可過的缺口。由於缺口外面還有一堵同高同質的水泥牆擋著，使得那缺口沒那麼明顯，如果不走近些並且朝著正面，並不容易一眼看清楚。

就在缺口外，隔著大約兩步寬的一條泥土小路，是一棟胡亂拼湊搭建的木板矮厝，門框上頭有盞亮著的黃燈，罩著乳白色鐵皮。這樣的厝，多半是當年戰爭時期美軍飛機轟炸過後，四處無家可歸的遊民看誰先佔到了這地，上頭有死人的，就把死人往街路頂的慈善堂收屍車一丟，然後將地面上能找到的廢棄屋料東湊西湊拼裝搭成一間厝，一住能住上十幾年。

但是被轟炸或被軍機機關砲掃過的死人，多半是爛糊糊的，有一半完整的身軀可以好好拖去丟就算輕鬆了。往往有大量的屍體碎肉、血水和死前驚嚇時亂噴的糞尿會在屋料上灑黏得到處都是，再怎麼洗啊刮啊擦啊也弄不乾淨。但是沒辦法啊，也只能這樣把厝搭起來。

阿玉知道這間矮厝就是這樣的厝，阿母都叫這種厝是「骨肉搭厝」，一走進去就會聞到陳年屍臭。如果發現牆壁有擦不掉的髒污，很可能就是血肉滲入的痕跡。在裡面住久了，即使是活人，身上也會像被屋料傳染一般，長出一片片青紫色的屍斑來。

她感到害怕，她想，怎麼忽然來到這樣的一個地方，便停住腳步站在泥土路中央不走了。

「驚啥？來啊！」蚵寮嬸拉了拉她。

她搖搖頭，「我不要進去。」

「別驚啦，這是我平常顧廟方便睡午覺的所在。」蚵寮嬸手揮了揮說，「後面就是你們國校旁邊那片矮厝和兩棧樓的日本厝，只是妳晚上看不出來而已。」
蚵寮嬸放掉她的手，朝外拉開雕花鏤空的木門。
房內一盞青白色小燈亮著，她看清裡頭有張單人小床、桌椅、一只通櫥和一個紅色熱水瓶在桌子上。還有，她也認出來坐在桌邊，正吃著煎赤黑甕串和一大碗白飯的瘋千金。
「還沒吃飽喔？」蚵寮嬸皺眉說，「妳怎麼一碗飯吃整晚吃不完，快吃一吃，吃飽快轉去睏啦。」
瘋千金眼波流轉看著她們，她拿著碗筷的手像是忽然失去操弄的偶儡尪仔一樣，自然而然垂落，將雙臂交叉撐在桌上，笑了笑對門外的她輕喊，「小姑娘，妳生得真可愛，妳叫什麼名呢？」
她頓了一下，「阿玉。」她小聲說，並不確定瘋千金是不是聽到了。

「爸，我是淑如。」她喊著，「你在嗎？」
沒人回話。
「爸，我是淑如，你在的話出個聲好不好？」
門內仍是一片寂靜，只有風掠過草樹的聲音。
她回頭看了看人群，大家都屏著氣息等待著。
士兵們整理好裝備，坐下來休息。
她看見臺電的工程車開來了，停在軍用卡車的後面。
「爸爸，你出個聲吧！你這樣對大家都很麻煩耶！」

「都幾十歲的人了，怎麼還搞這種事呢？你不知道這樣很危險嗎？萬一出人命怎麼辦，你賠得了嗎？」

「爸，人家公文已經下來了，你讓人家好好做事嘛！」

「你不是叫我做人不要愛出風頭的嗎？你再這樣搞下去，看你怎麼辦？鄰居都在看耶，這又不是你的個性啊。」

「市區拆遷重劃是好事，這是大家都同意的不是嗎？你為難國宅處、海軍和臺電是要幹什麼呢？這哪一個不是公家單位啊。」

「本來都市計畫就是要進步的，不然大家是要住那種老房子住一輩子嗎？」

「爸，爸，你回個聲吧，是我不對好不好，這幾年來沒跟你聯絡，是我對不起你好不好。你恨我沒關係，自己的命要顧著啊！」

「而且又不是叫你搬家，只是把變電箱遷出來而已啊！你怎麼聽不進去呢？」

「豪爸，您出個聲，淑如來很久了，很怕您出什麼事呢！」陳上校幫腔喊著，「您出個聲，告訴我們裡頭地雷是什麼情形。您沙場老將看過的陣仗多自然不怕，輕鬆自在，不過我跟這些小兵可是怕得要命，但職責在身，總是要進去看一看。就算您幫幫我們這些沒經驗的晚輩，開個門跟我們說一聲什麼情形，把事情漂漂亮亮處理掉就沒事了。」

沒有回聲，門外喊叫的聲音像被吸進未知遙遠的蠻荒地域，遺忘了回程的路。

「爸！你到底聽到沒，你真的很煩耶！」

「你就是這種死活不改的騾子脾氣，不聽別人講話，媽媽才會……」

「閉嘴！」裡頭傳來第一次大喊，第二次大喊：「再講我打死妳！」

就在這一刻，淑如知道自己被困住了。

她站在門口，望著寧靜輕盈呼吸的小巷，羊蹄甲與桂樹沙沙作響。夜的氣息清涼，近處路面照著燈光，深處圍牆一片黑暗。有一兩家門外頭的燈忘了關上，彷彿還有誰會回來。

現在是多好的時刻，她可以自由離去。

之前她睡著了，卻幸運沒有被爸爸發現，所以這是上天注定的吧，爸爸也奈何不了她。她注定可以輕易從這個家逃離，逃向媽媽所在的地方。

她跌跌撞撞坐回沙發，屁股好像立刻被黏住，身體再也移動不了。

這忽然打開的無所約制的空白時空令她害怕。

但是爸爸呢，他究竟去哪裡了呢？

「如果他現在回來的話會怎麼樣呢？也許看到我的樣子會狠揍我一頓，罵我跟媽媽一樣賤，那我也可以安心離家了。」

但是沒有，爸爸留她一人在這裡，用這種廣漠無知的空白包圍住她，使她無路可去。

如今她曉得了，她曉得自己對爸爸一無所知。當他就這麼沒回家時，她幾乎想不出他可能去哪兒了。

她不知道他是否還在村子裡，或是村子外頭。

甚至，她不敢踏出家門去找他。

她發現她只能活在爸爸為她搭建的世界裡，狹小、自給自足，充滿限制規定與障礙物的世界，一處塞滿七折八扣的情感的畸零地，而周圍則密集埋藏著一觸即炸的人情地雷，既封鎖了別人接近，也困住了她。

哈瑪星人差不多都認識瘋千金，如果在街路頂隨便找個人來問，無論是誰都會說：「好像小時候就見過她了。」因此也就沒人知道她實際上是多大歲數。

有人說，她十幾年前是鹽埕埔「遊廓」的紅牌，來哈瑪星賺食時，認識了一個掟烏魚的查埔人，所以留下來了。有人說她原來是日本時代港務局雇員黃修迪的太太，卻被引水人今川桑勾引做了情婦（黃修迪在最後一個月的大轟炸裡死了，她最終也沒能跟今川桑一起回日本）。還有人說，她是宋美齡從大陸帶來的女婢，光復沒多久仍住在港口信號所旁的日本平房（蔣介石夫婦來高雄時都住這裡）。非常不幸地，她跟信號所的警衛私通生子，被宋美齡趕走之後去當站壁的討生活。

一個禮拜會有幾天，到了傍晚瘋千金就到街路頂散步。她的面色白淨，一邊臉頰有圈深深的酒渦，總是梳著包頭，髮髻縝密地套了個細藤網，再別上老玉玦。腳上穿著一雙細帶金釦的圓頭黑皮鞋，非常輕盈而悠閒走著，讓人覺得她像踮著十根腳趾頭，然後一根根輪流撥弄地面行走。從她的背後看，細瘦的肩頭與腰身像微風柳枝般擺動，比起哈瑪星絕大部分小姐走路的姿態都要優雅許多。

她的裳物永遠乾淨清爽，有時穿件無袖水綠色編釦及膝旗袍，露出一雙玉脂雙臂，有時是一件淡紫灰色的燈籠袖連身洋裝，有著百摺裙襬。有眼光的人看得出來，這兩套裳物雖然洗舊了，表面也有磨損起毛的裂痕，但都是些好裳料。

她既不吵鬧，不會追著人跑，也從不伸手跟人要錢。倘若偶然在街路遇上她，可以看見她潔白細長如蔥仔的右手手指，環繞著停留於小腹前的柔軟左手腕，依依站立著，彷彿被空氣輕托背脊的婀娜風采，就像她站立街路邊這件事的本身，便是那麼美妙，是一日之中無可取代之事。

她見了任何人都肯綻放比黑糖剉冰還清甜的笑容，然後親切問對方的名字，人家要是真的回話了，她便會和善點頭答話。她會說，她曾經在哪兒遇見過人家，或是跟人家的哪一位親戚如何相熟，再講幾件討人歡心的小故事，或令人深切動容的彼此往事回憶。

面對正輕聲細語說話的她，大概沒人不會被那時而自在談笑，時而眉頭淺蹙，眼角包淚的秀美容顏所吸引而無法自拔，以至於那聽著她說話的人即使知道，她所說的所有事情根本從來未曾發生過，卻寧願一切正如她所說的也沒關係，「要是那些代誌真的確實發生過就好了。」心裡不自覺便會這麼想。

大概就是這樣子，人的外表姿勢好看極了，穿著打扮得體，裳物也確實都是高雅的質料，待人態度就跟有教養的富家小姐沒兩樣，於是大家便叫她「瘋千金」。當然阿玉路頭路尾都看過她，也聽阿母說過瘋千金便住在廟後的矮厝裡，傍晚到街路頂踅個兩三圈之後回去廟口，有錢人蚵寮嬸會為她特別準備一塊肥嫩細滑帶焦皮的煎赤黑甕串和一大碗白飯，聽得她口水都快流下來了。

她吃過幾口煎赤黑甕串，卻不知能吃上一大碗白飯的滋味是如何。「做瘋仔比做正常人吃得還好，我看乾脆招一招都來做瘋仔好了。」阿母這麼說。

「好了好了，豪爸，您安全就好了，就好了！」陳上校高興地說。

「這是你爸兩天來第一次出聲音。」組長小聲地對她說，「還是妳這個做女兒的行。」
「山地婆愛錢，賣皮肉去賺男人的錢。」爸爸從來沒停止這樣想過吧。
「好，爸爸，我不說了，你讓人家進去做事好不好。」
裡面再度沉寂。
「爸，你是怎麼了！人家好好跟你說你不聽嗎？這些士兵不都是你的小兄弟嗎？你忍心讓他們冒生命危險，去做這麼危險的事嗎？」
「小孩子不懂不要亂說話，幹行伍的哪有怕死的！」裡頭喊了。
「爸，時代不一樣了，這又不是要打仗。」
「要把我家拿走，這時我還不打仗，何時要打仗？」裡頭喊，「怎樣，我說其實我沒埋地雷啊，你們自己開門走進來啊！」
「爸，現在又沒人要拆你的房子，人家只是要遷移變電箱啊！」
「豪爸，您這樣為難我們了。」林中校說，「我們哪敢這樣走進去。」
「沒用！全都沒用！就有你們這種怕死不敢打仗的懦夫，我們才會給毛澤東逼到臺灣來。」
「市區重劃是國家，也是我們自己黨的政策，國宅處、市政府也是照公文走而已啊！」陳上校說，「豪爸您也知道，當年去國防部請願要求緩拆重議，我也去了的，您是知道的。」
「什麼黨，你說這是什麼黨，高官怕死怕惹事、小官貪錢無德的黨算什麼黨！小人橫行，天理不彰算個什麼黨！」
「爸，你別扯這些了，你就出來吧。」

「都是你們這些啥也不懂的毛頭，把家國搞成這樣，還敢叫我出去！」裡頭喊，「別怕，陳毛頭，就叫你的小兄弟進來，沒事的。」

「爸，你要是害死人，沒人會原諒你的。」她殺雞似吼了，「我跟媽媽都不會原諒你的。」

裡頭聲音停了一會，然後他們聽見一串哭聲遠遠傳來，持續一陣子，停了，又開始傳來。

外面的人幾乎不敢相信自己的耳朵，誰也沒聽他哭過。

他把人揍哭倒是經常聽過。

「妳媽早不會原諒我了啊……」裡頭喊了，但嗓音沙啞，「妳媽早不會原諒我了！」

她真是嚇了一跳，從沒想到爸爸居然會說出這種話，一時間也不知道該怎麼回答。

「如果她肯原諒我的話，也不會這十年來都不跟我說句話啊，啊……」裡頭喊了，「是我對不起她，我不該趕她走的，但她為什麼就不肯原諒我呢？如啊，妳也是啊，為什麼這幾年，為什麼不回家呢？」

「爸爸，那是我不好。你先出來再說好不好。」

「不了，不了。」

「您就出來吧，淑如已經求您了。」陳上校說。

「是啊，爸，我求你了，媽媽那邊我會跟她說，叫她打個電話給你好不好。」

裡頭哭聲結束了，但持續了有一次日升日落這麼久，才傳來下一個聲音。

「不了，不了。」聲音漸趨微弱說，「我找不到出去的路了。」

「要不要進來？」蚵寮嬸說，「不然妳要一直在路中央站到天光嗎？」

阿玉遲疑著，可是裡面有瘋千金耶，怎麼辦？

「小姑娘妳進來啊，外頭袂暗了呢……」瘋千金輕柔的言語如乘著夏夜海風，飄進她耳裡，「進來這裡坐，妳叫什麼名呢？」

阿玉被那聲音和瘋千金溫和沉靜的表情牽引著，踏進了矮厝。當她靠近瘋千金時，忽然不好意思再直視她，便將眼光錯開也不知道看哪比較好，只能盯著桌仔坐下來。

「我叫阿玉。」阿玉說。

瘋千金點點頭，「阿玉啊，真乖。」

「肚子會不會餓？」蚵寮嬸說。

「嗯。」

「妳等一下，我去煮一點東西給妳吃。」蚵寮嬸走出門口時又轉頭對瘋千金說，「妳不要再愛講話，快吃一吃緊轉去睡，要來這裡，明天再來，知道嗎？」

阿玉聞著那碟煎赤黑甕串與白飯的味道，不禁劇烈餓起來。她已經一整天沒吃東西了吧。

但那是瘋仔吃過、沾過口水的東西了啊！她想自己怎麼這樣未見笑，居然會想著瘋千金如果不吃了，不然就給她吃就好了……那蚵寮嬸也不用再去煮什麼東西了，她真想吃那碗白飯啊。

「好啦。」瘋千金雙臂頂著桌面，下巴撐在左手掌心裡，右手掌環著左腕，一對被水綠色旗袍緊緊包覆的豐滿乳房擱在桌上。她的臂膀細緻潔白無瑕一如西洋廣告畫報上的查某人，當她的身軀不自覺輕輕朝前一依，幾乎讓人聽見了肌膚與肌膚相觸滑動的尖銳刺耳聲音。

「三輪車又還沒來，我不急，阿嬸妳也免煩惱了啦。」瘋千金微微笑說，「要不要先吃點串仔魚，還有半片喔。」

阿玉不說話，搖搖頭。

「瘋仔！瘋得有剩了。阿玉，妳不用理她，我一時就回來。」蚵寮嬸將門關上。

隔著一方桌角，瘋千金向阿玉傾身微笑，而阿玉彷彿被那小小一方桌角給困住了，像是為她量身打造的無形牢籠，使她一絲絲也無法動彈。

「阿玉，妳住在濱海二路的那間大院裡對吧？」

阿玉像給雷公打到，心裡害怕地想，她怎麼會知道自己住哪裡？

「我以前抱過妳喔，不過那時妳太小了，大概不記得了。」她將碗筷暫且推到另一方桌角囚禁住，站起來轉身打開靠牆的通櫥，拿出一本相簿。

相簿是正方形的，有兩個張開的手掌寬，一粒普通饅頭這麼厚，淺淡粉紅色條紋的塑膠硬殼，再印上透明感的紫藍色浮水印花。內頁是一層層黏貼白紙為底的厚紙片，一頁可以鑲嵌五張3×5的相片。相片大部分是黑白的，有少數沉重的粗粒子彩色相片，有些像是明信片般，局部洗染了如油畫般鮮豔的色彩，有些相片則以自來水筆寫上了日期與地點。

幾乎每一頁都整整齊齊排滿相片，彷彿重要、值得留念的人生片段無一遺漏。雖然相簿的功能本來就是要讓人裝滿相片，但真的看到如此密實的相片肩併肩排列著時，心情卻不自覺沉重起來，好像無時無刻提醒著，自己老早已經遺忘的事情實在是太多了。

但這對永遠七零八落的記憶成了一種諷刺與教訓。如果不依賴一本家庭相簿的話，或許不過短短幾年，被拍攝的本人似乎就不知道自己的身軀是何模樣、不知道臉上有過如何奇異的表情；不知道原來當時站在自己身邊的對方，早已落寞得可以自相片中看出來了。那些日子裡，在現實中早已忘記是如何生活過來的，對方心裡在想什麼都完全不知道，自己是什麼樣的人，而對方變成了什麼樣的人，也一無所知。

「妳看，我還有妳小時候的相片呢。」瘋千金靠近阿玉一些，兩人肩併肩坐著，並將相簿推到她眼前，翻開來，每一頁都略為巡視一下，一隻如蔥仔的指頭便指著其中一張相片。

相片裡，有個穿著蓮花紋和服的查某，臉像藝旦般粉白。查某坐在一張長凳上，面對鏡頭露出三角形的白齒笑容，懷裡則有一個瞇眼、彷彿笑著的、雙頰紅潤的嬰仔。

這不知道是第幾次醒來，吊鐘粗大的時針必然壞掉了。過了這麼久，居然只移動了一格。

淑如仍癱在墨綠色的木把沙發內，空氣如蜘蛛網般將她緩慢旋轉包裹，冷冽汗水流滿她的全身，透出紅色棉衣。

她覺得全身冰涼，然而她總算能感覺到，不過是一根毛的距離之遠，卻是悶熱腥臭的氣息向她逼近。

她無法忍受了，她決定要離開家。無論在這個爸爸搭建的畸零地內外，有多少地雷包圍，她準備走向大門邁開未來的步伐。

她鼓起全身力量捉著書包從沙發底站起，繞到飯桌時，她看了看桌上的米酒與花生堆，覺得好像爸爸即將回來喝酒嗑花生。

或許也出乎她自己意料之外……她拉開椅子坐下來，倒了杯米酒，丟了粒花生到嘴裡，乾了一杯。

然後大聲嘔吐。

陳上校叫工兵部隊的帶隊官過來，在他耳邊嘟囔幾句。

帶隊官跑回坐在地上休息的部隊前面，下口令要所有人起立，帶上掃雷裝備。

部隊小跑步到陳上校面前立正，陳上校神情嚴肅對士兵們講幾句話，然後開始下達命令。

此時組長大聲叫喊一小隊警察到身邊來，像是加強語氣，雙手朝左右方猛揮。

那幾個警察點點頭，便散開去將黃布條警戒線拉得更開些，混在人群中的其他警察也紛紛將圍觀民眾趕走。淑如隨著人群的波浪，被趕離到聲音無法傳進畸零地的距離。

一些幫樓房收尾的工人，一邊做事，一邊隨便往這邊瞧。

另外一隊原本在預售中心休息的防爆小組，穿著厚重防爆衣，抬著防爆筒列隊向前走，站在組長身後。靠近溝圳的一棵大榕樹陰影裡，早已停了一輛防爆車。

臺電吳經理站在她身邊，仍是一臉愁眉苦臉，急著找人的樣子。

但剛來沒多久的臺電工程車又開走了，將變電箱遷出來已不是什麼要緊事。

無論接下來的情況如何，有地雷也好，沒地雷也罷，其實只要爸爸從畸零地出來，往後照著公文走不就行了，為什麼他就是想不通呢？

但畸零地不就是在「想不通」之下，以極盡抱怨、貪怨與扭曲心態和各種具體的、破爛的事物所雜交生產出來的玩意兒嗎？光是在一邊看著，即使一點關係也沒有的旁人，都會覺得有種好像會被感染不治病症的惡意。幾乎所有畸零地都一樣，只有一直敗壞下去而已，從來沒有從裡頭長出任何正面的東西。

她猜想，照爸爸趕湘騾子的脾氣，裡頭百分之一百是埋了地雷。不光只是埋了而已，恐怕還怕炸得不夠高，一個疊一個埋吧。

這下子鐵定完蛋了，真是麻煩啊……「老公不知道有沒有記得去接孩子下課噢？啊，孩子今天得去朝陽寺補習呢！不過也該回去煮飯了，等一下去驛站前叫三輪車好了。」

陳上校命令下達完畢，兩個穿上墨綠色防彈背心、戴著美製護耳鋼盔的士兵開始緩慢接近大門。一人雙手輕扶門沿，一人將破壞剪伸入門縫內，雙手用力一壓，粗鐵鍊應聲斷裂。

忽然間，一陣大風颳來，將兩扇破門片朝內猛力一推，同時往兩側圍牆撞上去，發出巨大的「碰」！

她的心裡緊揪了一下。

兩個士兵慘呼一聲，一齊往後跌了一跤。

然後，像是觸動什麼埋伏已久的開關，一串突然插進來的嚇人爆炸此起彼落，預售中心屋頂上的擴音器尖銳放送著：「恭喜王先生及夫人付定華光美寓二樓公寓一戶！」

賀成交的鞭炮聲高興地劈哩叭啦灑落開來……

「這個嬰仔就是妳喔。」瘋千金說，「都要照相了，妳還是瞇著眼睛，一臉好像要睡著的樣子，可是又沒有睡著。攝影師叫我逗逗妳的臉頰，說妳要是笑了，眼睛就會睜開來，拍起來才會好看。妳阿爸阿母也一直說沒關係，妳盡量用給她笑沒關係。結果，好不容易在妳脖子和下巴抓了好一下癢，妳才這樣微微笑了。而且只是這樣微微一笑，大家居然就非常滿意了呢。森口婦科病院的院長就說，妳這個嬰仔怎麼這麼奇怪，怎麼哄也不愛笑，但是也不愛哭，人家哭三次，妳只哭半次，就像日本童謠俗語說的：半分哭，三分怒。好像一生下來就很固執，想要對誰生氣的模樣。可是啊，當時整個病院裡的嬰仔算妳最可愛了，如果不讓妳來拍的話，大家都覺得非常可惜。

「小田副院長也說，人家別的嬰仔生下來，面皮都是又紅又皺的，只有妳，一生出來皮膚就光滑得跟日本女兒節擺出的陶瓷人偶一樣，又光又白，兩頰像是自然抹上粉紅水粉。全病院的護士都輪流跑來看，說妳長大了一定是個南方美人。所以，當市役所派石原課長來通知說要協助拍攝『三年生育報國獎助計畫』的海報時，大家就想到一定要用當時剛滿月的妳當模特兒。

「另外，還要找一個人來當抱妳的阿母，妳阿母也算是哈瑪星的美人，但畢竟是素人沒法上鏡頭，於是就找了我。我當年才十七、八歲而已耶，之前有拍過高雄州青果同業組合的『おいしい臺灣バナナ』廣告呢……那時抱著一大串黃香蕉，這一次則換做抱妳，雖然抱的東西不一樣，但是妳啊，就跟香蕉一樣甜美，不僅臺灣人愛，日本人也很愛呢。」

阿玉看著那相片，覺得非常驚訝，自然怎麼想也想不起她曾經拍過這樣的相片。那相片中的嬰仔就像所有嬰仔一樣可愛，難以分辨長大後會是什麼模樣，嬰仔的裳物也沒有她記得的特徵，所以就算她知道自己正看著自己，也像看著完全陌生的人，無法讓她感受到「原來當時的我是這樣啊」。

同樣在相片中的「瘋千金」，完全塗白了如藝旦的刺眼面顱，在黃疸似的燈光下也像染了病般泛黃，失去原有光彩。如果這真的是一張用來推廣生育報國的精心設計相片，卻反而沒有就在阿玉面前的瘋千金這麼美麗動人。

阿玉想，瘋千金是不是瘋病發作了?隨便指了張相片，便黑白講些不存在的事情。她想一定是這樣的，因為她是瘋仔啊，一定是亂說的!但她既分辨不出來那嬰仔是不是就是自己，也分辨不出相片中眼光真切直視的藝旦查某是不是瘋千金。而瘋千金活生生的指頭又那麼確實指著相片，她對自己心中默想瘋千金亂說話的信心打了折扣。

瘋千金也不管阿玉是不是還盯著相片，往後翻了一頁。阿玉囁嚅著，有點想對剛剛那張相片問些問題，她都還沒問呢……忽然間，毫無商量餘地，像是拿刀子唰的一聲往空氣劃開一般，她聽見厝外轉為滂然大雨的聲響，激烈到幾乎要拆散了這厝的程度。阿玉感覺四面八方自骨肉搭厝的隙縫針透進來了冷澈寒意與水氣，全身體毛都為之顫慄僵直，像要撕裂毛孔往外發射出去。

「下大雨了。」她脫口而出。

「咦?不是早下了嗎?」瘋千金柔柔笑說，像是談論別家園中池塘的蓮蕅生長情形，「這幾天總是這般下著呢……」

除了青番非要捉些游進高雄川的憨頭仔之外，哈瑪星的烏魚船大多會在兩點多開始入港。一眨眼間，第一船渠便塞滿了船隻，新穎的柴油動力漁船、日本時代留下來的燒玉式發動機船、竹筏和舢舨，彼此擠擁著。

福建喜仔的烏魚船差不多時間也入港了。船剛停車，有熟識的人從堤岸上看見他，問他今天怎麼這麼早就收網回來了。

「稀罕喔！喜仔，今天沒去高雄川？」那人隔著船渠喊，「捉憨頭仔不是你專門的？哈哈哈！」

他聽得出來，這人又是在諷刺他的老船在大洋頂跟不上其他船追逐烏魚群，所以只好在平靜的川面多少捉一些憨頭仔貼補收穫。

各船的海腳仔在船間跳躍攀爬就定位，也不分是哪艘船的漁貨，只管將一簍一簍的烏魚接力上岸。堤岸頂各家漁商的漁工互相吆喝呼叫，並看準有自家記號的簍仔，雙手用帶長柄的鐵勾勾住簍仔，一拖一甩，甩進一側寬闊的集貨區裡，等著大盤商和專賣烏魚子的店家來批貨。

整夜都下著急促的大雨，氣溫可能只有兩三度，這雨下得真夠久的。雨好像會直接穿過油布雨衣雨帽，像布袋針一樣插進肌膚跟頭殼裡。喜仔看著自己裸露的手掌，手背已凍成紫紅色，但掌心卻白得跟菜頭一樣，再待在外頭淋雨，手就可以剁掉不要了。

「我咧幹你娘！」喜仔穿著雨衣腋下夾著傘走上堤岸，心想這些人頭殼裡面一定是裝海鳥屎，所以整天一張嘴就是會講屎話跟吹喇叭臭彈而已，真正要比捉烏魚是有多行，有多行啦！他們家自清朝以來，可都是整批從福建駛帆船，拚性命跨過黑水溝來哈瑪星沿海捉烏魚的，一年來兩個月，捉完就回福建，隔年再來。本來在旗後和沙洲頭的海邊搭漁寮住，後來再遷來哈瑪星，那時候才是捉烏魚的好時光吧！

旗後、東港、哈瑪星能夠發展到這麼繁榮，非得要算一遍他們家的功勞，所以要說捉烏魚經驗和正統技術誰比得上他！故事要講，最少可以講三代，「如果光只是出一張嘴就能捉到烏魚的話，我看整條臺灣海峽的烏魚大概我一個人一架船就可以捉了了了！」但現在什麼人都有技術捉了，大部分都買了新的動力漁船，噸位夠，速度快網仔又寬，任何大話也就敢沒頭沒尾講，好像臺灣海峽是他們家挖的水窟仔。

但想這麼多有什麼用，自己咧，還不是這艘阿爸留下來的，駛了二、三十年的燒玉式發動機船。阿爸捉烏魚賺那麼多錢，全部賭光光，一元五角都沒留下來就過身了。自己當時十六歲，只得到了這艘船。阿爸那時，這種船是日本人最新款的船，速度算是快的，捉魚的範圍自然就大了。同一時間，有很多人還是划竹筏捉烏魚，港口停滿的都是竹筏和舢舨，能開發動機船的，可是少之又少。有的海腳仔遠從臺南嘉義來，漁貨直接來哈瑪星賣，也只有開這種船才有辦法。但是時代在過還真快，這種發動機船現今早就跟不上了，漁貨大概只有以前的兩成而已。

喜仔憋了一肚子氣無處可發，很想一拳把這個其實要說熟也沒那麼熟的人給揍下去，「幹你娘，發動機燒掉了！」喜仔心裡這樣叫著，但是他沒什麼力氣大叫。這個晚上也夠累的了，只回了一句，「沒啦。」烏魚沒捉到也算了，為了修發動機，手還給鋼線扯得都是血。身體弄得又油又髒，雨水從脖子流進雨衣，好像冷凍過的紅蟲在爬，一直爬進褲襠底卵蛋上。

好不容易修好發動機，油管堵得真徹底，幹！今晚沿海的風浪怎麼這麼大，北風真猛，沒修理好的話恐怕還回不來。這雨下得真久，全身也凍得好慘啊，就像被埋在碎冰房內，胸口皮膚上有紅螞蟻咬過似的凍痕。

「實在是太冷了。」喜仔想了想，還是去澡堂洗澡吧，「真衰。」

喜仔擺擺手，揮開與他說話的人。那人當然知道喜仔在火什麼，卻故意裝出一臉莫名其妙的譏諷表情。

澡堂就是莊明耀厝開的那間，在第一船渠對面濱海二街的巷仔裡。從外面看起來是個和式院落建築，本來是日本商船船員的餐廳兼俱樂部，光復前沒多久，商船都改裝成護衛航空母艦和裝甲巡洋艦，船員也跟著去南洋打仗了，所以俱樂部就沒有經營了。後來，莊明耀的爸爸莊茂容把這間厝買下來，改建成大眾澡堂，然後交給莊明耀和他的日本某經營，大部分都是做海腳仔的生意。莊茂容當時是哈瑪星的有錢人，在哨船頭山上有一棟洋房別墅，所以才有能力把莊明耀送去日本江田島海軍學校讀書，讓他在日本時代就當上了海軍大尉。

外表看不出來是澡堂的樣子，只有一個方形招牌和門簾。一撥開門簾，有一個收錢的櫃檯，後頭坐了個阿婆瞇著眼睛疊票仔。沒帶錢在身上的喜仔跟阿婆擼了半天，因為本來就是兩代都相識的老人客了，所以勉強給他欠了錢。阿婆碎碎念約定明天一定要給錢，才相當不甘願把票仔給了他。

其實，如果是莊明耀的日本某在的話，反而很好說話。非常客氣溫柔的查某人，長得又美，「日本查某人就是不一樣啊，有錢也開不到。」喜仔想。

一進去裡頭並不像傳統的日本澡堂，莊茂容可真是有審美觀念，蓋起了很大的圓形羅馬式浴池，四周繞著又高又粗的希臘柱子。浴池可是貨真價實用中國雲南運來的白色大石塊接起來的，非常氣派沉重，可以容納二十個壯碩的海腳仔同時泡澡。

從凌晨十二點起，一直不停用柴燒水到早上七點，主池旁還有自來水流到一個像馬槽一樣的長方形池仔和黑綠色肥皂，可以讓人洗乾淨身軀。喜仔把衣服脫掉放到一邊的櫃子裡，先洗好油膩的身軀然後進浴池裡泡著。熱水滲進肉內，雖然沒那麼快，得跟好吃的滷肉一樣慢慢來，但的確覺得自己在解凍，冷氣從頭頂驅逐出去。這時候來泡最棒了！大部分海腳仔還在卸漁貨，等卸完了，海腳仔就會一口氣全擠來泡澡。現在沒人最好，也省得別人問他今天狀況如何。「問又怎麼樣，不然是要咬我嗎？」

「哈……」真舒服啊，好像救了自己一命，把惡靈從身軀裡驅逐出去，每個細胞都活了過來，他甚至覺得自己頭頂都冒出冷氣了。他看了看掌心，除了本來就黑的皮膚沒辦法之外，長年的焦黑疤痕居然轉成紅潤顏色。泡完澡後他到澡堂對面專門賣定食給海腳仔的飯館吃飯，照樣又是擼欠錢，「好啦好啦，明天我就去你家收！」過去在喜仔阿爸手下捉烏魚的頭家說。

「幹你娘，現在會催帳了啦，沒要緊啦，我是有在給你欠過日的嘛！」

他吃了飯，還討了杯滾燙的燒酎。喜仔的酒量不好，一杯便茫了，跟一般海腳仔很會喝酒差真多，不過有什麼關係呢？反正多半的海腳仔一上岸就犁頭戴鼎想喝得醉茫茫的，只有早醉慢醉、早醉死慢醉死的分別而已。

喜仔撐傘出了飯館右轉鼓波街直走，沿路東倒西歪地罵髒話，走到鼓山國校後面的骨肉搭厝時還在大聲罵，從清朝罵到民國，從哈瑪星罵到屏東，從自己的阿公罵到漁會前理事長蔡文彬（蔡文彬厝才剛遭了強盜，死了兩個家人！上禮拜六，象徵死人到此為止的三口棺材同時出殯，整條濱海二街兩邊擠得滿滿的路祭，哭聲震天。據說蔡家派出來發路祭錢的人，發到兩隻手三天抬不起來……），聲音響得連正在屋內看相片的阿玉和瘋千金都被嚇了一跳。

「阿玉，妳看喔，蹲在中間背了個水壺、頭髮齊肩的這個就是我喔。」瘋千金指了張相片說。

大約是二十幾個人的合照，分成了三排：第一排蹲著，第二排有人坐著有人站著，最後一排全部站著。大都是穿著深淺顏色不同，但一律黯淡縐摺的日本秋冬軍裝，戴太陽徽軍帽打綁腿的查埔人，只有三個查某囝仔蹲在第一排從左邊數來第二、三、四個位子。背景是兩、三間泥土草木糊成的石片瓦斜頂平房，和一欉一欉椰子樹擁擠在厝頂頂頭。以石板鋪成的地面濕淋淋的，好像剛下過雨，塗上一層金屬感的亮光漆。

瘋千金指的那個查某囝仔，手上捉了頂帽子。她穿著長袖夾克和長褲，一對深色領子外翻，兩條後背包的背帶壓在胸前。簡單左分的長髮、長長的臉形、長長的眼睛和修長的頸肩，與左邊穿著淺色裳物、圓臉身材略為肥胖的查某囝仔成了明顯的對比。

不過她手中的帽子、胖查某囝仔的裳物與兩個人的臉色全都曝光過度，變成了一片特徵細節消除的慘白，卻也讓兩人一起成了整張相片最引人注意的焦點，「我那時還很少年，這是跟森口物產株式會社岸壁分社的員工一起去三地門遊覽呢！」瘋千金說，「他們的名字有的我還叫得出來喔，這個是石原君、小田君，坐中央戴眼鏡的是分社社長森口一郎，旁邊是貨運課長井口桑……這兩個查某囝仔是鈴子和奧子，鈴子是小田君的未婚妻喔，啊對了，這個人妳就該認識了……」

一位站在第三排，從右側數來第三個的查埔囝仔，離她有三個人的距離。那查埔囝仔抬頭挺胸，肩膀往後張開，細長的斜肩背帶和寬大的後背肩帶突出了他堅實的胸線。嘴小小的，眼睛遮蔽在帽沿陰影下，高領直排釦、貼實身軀的深色軍衣飽滿光滑得像是嶄新的一般，與其他人如破落戶的不合身軍衣相較，看得出來是刻意打扮過了。

「這是妳小阿舅，認得出來嗎？」瘋千金流露眷戀的神情，「當年他也是在森口物產做會社員，妳看他比旁邊的日本人還有氣勢吧，去日本留學回來就是不一樣。妳知道妳阿母後頭厝是開客棧的有錢人，所以妳小阿舅從小就那麼有教養，會讀冊，又愛打扮……」

阿玉認不出那是小阿舅。她只記得看過阿母一張全家人在哨船頭新開客棧前拍的相片，阿母穿著過新年的和服，一手握著一支風車，另一隻手牽著穿公學校冬季灰色制服的小阿舅。那時他才念一年級，像隻無神的小獸扭著身體靠在椅凳頂，與這相片中挺拔風采的查埔人完全不同。然而，阿玉從來沒有真正見過小阿舅，阿母說，在她懂事之前，小阿舅被調去菲律賓打仗後就沒再回來了。在這兩張相片之間的時光，不得不是一片空白，但如果相片中的查埔人真的是小阿舅，他是如何能經歷許多事情，抵達那一刻的此時此地？阿玉看得久些了，那查埔人的衣著和神情那麼令人嚮往，似乎自然而然說服她相信了，那就是小阿舅本人沒錯。

「嗯……」瘋千金輕輕嘆了口氣，「拍這張相片時，我們兩人剛剛要開始談戀愛，周遭都還沒人知道。也許連我們自己都還不知道那就是戀愛了呢……只覺得，無論他身在何處，我都是他的一部分，他也是我的一部分。我是他的我，他也是我的他。一旦戀愛了，我就不再是原來的自己了，他也不再是原來的自己了。

「阿玉妳看喔，在這張相片裡，我和妳小阿舅還不敢站在一起拍照呢，因為會覺得不好意思，不敢讓會社的同事知道我們談戀愛了，所以兩個人離得這麼遠。妳看我的臉好像很正經，直視著鏡頭，其實根本頭殼一片空白，還恨不得頭殼後面長一雙目睭，就可以看到他喔。

「妳看他，一臉嚴肅不敢斜視的緊張模樣，但是我想他也一定覺得兩個人怎麼離得這麼遠，如果能站近一些不知道多好。」瘋千金十指輪流撫摸那相片，「後來從三地門回哈瑪星過兩個月，他就被派去菲律賓。我去碼頭遠遠送他，看他站在一大堆兵仔中間，就像相片裡一樣，他穿上正式的海軍陸戰隊軍服和青色鯊魚皮鞋，更加比別人好看多了。

「妳知道菲律賓離臺灣有多遠嗎？非常非常遠，好像在世界的另一端。可是比起這張相片裡的距離，我和他卻好像近了許多，三個月、五個月、一年、兩年都好，只要他寫信轉來給我，我知道他在思念我，我就覺得沒有那麼遠。幾乎我都能面對面看見他正在戰地草寮內寫信給我的模樣，聞到他身上用稻草灰浸過的卡其軍衣味道，一伸手就能摸到他長滿硬直鬍鬚的面顱。何況無論三個月、五個月、一年、兩年都好，只要他能回來到我身邊，過去再遠再近的距離也一下子就縮小到沒有了……」

喜仔走到他分租的日本厝樓梯口時，突然有了一陣尿意。

兩棧樓如員工宿舍般的長形日本厝的外皮水泥給沖蝕掉了，露出堆疊的灰色石塊，泥水流向厝前，積了約有一個腳板高，混雜自公用便所糞坑逆流湧出的糞尿，散發濃烈腥臭的味道。亭仔腳有些低處的水積得更高了些，淹過腳踝，糞便也往這兒漂過來。海腳間仔的木頭柱子一泡糞水，濕氣夠營養充足，每根柱子上都開滿一朵朵蕈菇，有黑色寬綽的像是小盤子的草菇，也有白皙細長一叢叢聚在一起，像是金針菇的東西。日本厝兩側並排著磚造水泥平頂漁具倉庫，之前日本人在倉庫前做了水泥臺仔方便整理網仔和浮筒，所以高了點，沒淹水。但臺仔頂長出柔嫩的青苔，像是外國風景明信片上能看到的歐洲草原，綠絨絨的。

照理說，就在日本厝前方和漁具倉庫夾角的榕樹上吊了個奇形怪狀的查某應該很明顯才對，但是要問喜仔的話，喜仔也不敢確定當時是不是一下子就看到，可能是因為喝酒的關係，也可能是單純因為黑暗和大雨模糊了視線。他本來就要直接走上房間了，但突然來了一陣尿意，他可以走去一旁的公用便所，但轉念一想雨都下成這樣了，幹麼還特別去便所尿呢。於是他直走到榕樹下，把鳥掏出來，這時候，他看到了，那個吊在榕樹上的查某。

或許說「看到」並不準確，不如說喜仔是頂到了。他把鳥掏出來的時候，正好對著查某的側面，身體往前一抖，頭便頂到了一件沉重的東西。

「又是誰把衣服吊在這裡咧！」喜仔這麼想，也把尿給尿完了，往後退一步，並順手推那東西一把。這時候他才吃了一驚，你娘咧，這可是個人啊。

是吧？他心頭頂掂了掂那種重量感和現實感，總不會有人把豬吊在這裡吧。如果是豬，也是好大的一隻豬，誰會把豬掛到榕樹頂呢？

但他摸到的地方是一片潮濕絨毛，一時間他也分辨不出這是什麼觸感。有點像是毛，那不就是狗了嗎？死狗怎麼會掛樹頭呢，死狗要放水流才對啊，死貓才要掛樹頭吧！但是誰這麼沒公德心，把死貓掛在這裡，等等，哪有這麼大的死貓啊！

喜仔大聲「幹你娘」了一句，但聲音淹沒在大雨中，像是被吸到黑暗裡，沒人聽見。也有可能他自以為發出了聲音，但並沒有。

湊著架設在日本厝二樓的公共路燈，喜仔往前近點看，確實是個吊死的人，又穿了裙子，所以是個查某啊！這真的把他嚇死了，這會是誰啊？日本厝和附近骨肉搭厝的眾多查某影像在他腦海中快速跑過一輪，他點油做記號一下子停止在某個人的臉上。

「你娘咧，果然是她啊！」喜仔心裡知道了，「我就知道她會自殺啊！」喜仔知道這個查某，面色總是那麼蒼白憂愁，有時候路頭路尾遇到，查某心情好的話，問她一點事情會應應嘴，但大部分都是結個屎面錯身走過。人搬來沒多久，據說就住在漁具倉庫裡的其中一間，不過實際上，喜仔一次也沒看見她從裡面走出來，只有歐媽桑來收厝租時偶然提過有個生分查某搬進去而已。

果然自殺了吧，那麼說，他前幾天聽來有關這個查某的事情，那事情果然是真的。「難怪會自殺啊……」但告訴他這事情的人完全不是喜仔認識的人，這人大概也不認識查某，也只是在國校前面買鳳梨心時無意間聽別人說起的罷了。

剛剛過了凌晨時分，查某在大雨中走了好一陣子，一開始時她也許是有個目的地的，但因為走了一段時間了，她似乎也忘記本來打算要走去哪裡。不過，也許她已經去過了那個她原本想去的地方，也許已經和她想要說話的人說過了話，做過了一些該做的事情，正在回程的路上。於是這就是另一個問題了，那麼，她的回程是要去哪裡呢？

她想是大雨淋壞了她的頭，讓她連要回去的路也忘記了。她試著回想剛剛見到的人、說過的話以及做過的事，怎麼都無法記起來。大雨讓一切顯得模糊，不久前她跟一個查埔人有爭辯，但查埔人長什麼樣子不清楚，爭辯的話題也是語焉不詳的。查埔人嘗試要拉她的手，將她捉進懷裡，但她卻拒絕了。

這就是她想不通的地方。她向來都不會拒絕查埔人的要求的，相反的，她多麼盼望查埔人能夠這樣把她擁入懷中。所以剛剛的記憶一定是什麼地方給大雨沖刷掉了，把什麼關鍵的轉折給淹沒了。

比方說，也許與她說話的查埔人並不是將她捉入懷裡的查埔人。也許是她先和那個她盼望的查埔人說過了話，然後在哪個街上，或許是鼓元街，她剛剛從那個地方轉進延平街來。在鼓元街頂，有查埔人從街角衝出來與她勾纏。

查埔人把她當成正在等海腳仔回來的站壁的，跟她談起價錢來了。她大概說了「我才不是站壁的」一類的，引起了查埔人的不爽。

「不是站壁的，哪有什麼正當查某會在這個時候出門？」查埔人不相信她說的話，執意要將她拉進巷仔內。

那一瞬間她也懷疑起來了，「是啊，如果我不是站壁的，我怎麼會現在出現在這裡呢？」於是她想，「這查埔人這麼勾勾纏，我總是得提個價錢吧。」

她跟查埔人爭起價錢，但是查埔人顯然覺得太貴，一直要討價還價，「不過是個站壁的，哪有收這麼高的。」

奇怪的是，當她覺得自己是站壁的，而且承認了之後，查埔人反而放開了手，不再拉扯她，用一種談生意的口吻和她說起話來。

「最近生意不錯吧。」到後來查埔人還體貼地說，「趁烏魚時好好賺一筆，妳就可以休息幾個月了。」

「做我們這一途的，哪有什麼休息的日子呢？」她自然說，「一個半月有半天去看醫生休息一下，已經很不得了了。」

查埔人大概也覺得煩了、累了，擺擺手要她走。她感到很抱歉，自己好不容易覺得自己是站壁的，卻因為價錢的問題沒法做成生意。

但是她想，她要走去哪裡呢？一個站壁的現在該在哪邊等待生意上門呢？如果是站壁的，她應該去岸壁倉庫那邊吧。

這個查埔人如果不是她所盼望的那個查埔人，那麼和她說話的查埔人是誰呢？為什麼她會願意讓他擁入懷中？不用說了，一定是她的情人。但這情人怎麼捨得讓她一個人在這麼冷而暗的夜裡，一個人孤單走在街路頂呢？

所以並不是情人呢！也許僅是一個普通的熟人，他們爭辯的事情大概僅止於白天發生過什麼衝突吧。她出了門，憋不住氣，特別找人家討公道，現在正要回家了吧。所以她走在鼓波街上，但是回去的路往哪裡呢？

「啊，阿玉妳看這張，妳穿這件紅夾克祝可愛喔。」

那是張直拍的相片，相片已經泛黃，邊緣色彩剝落如蟲蝕痕跡。相片中有四個人，坐在一座高大石燈籠下方的水泥圓臺上，背景是一大片遮蔽天空的樹葉。左邊兩個是穿著黑色高中制服的查埔囝仔，雙腿外八字打開，雙手放在膝頭頂，並捉著自己的黑帽子。最右邊是一個穿水手制服、高領套衫與長裙的查某囝仔，額頭相當高。雙腳併攏，雙手也是放在膝頭頂，身軀斜向右側，在她和查埔囝仔之間的空隙中，擠了一個穿著毛領夾克的小查某囝仔，剪了頭濃密的鼎仔蓋髮。

「這兩個是我的高中同學，這個是石原君，這個是小田君。妳看我那時是剪短頭髮的，在學校大家都說我很像冰川春美喔，妳記得他們嗎？」瘋千金說，「有幾次，我會帶他們兩個去厝裡看妳。妳那天穿的這件紅夾克，是我小時候留下來的裳物，但是穿在妳身上比我還要好看呢。那天，我們三個為了要帶妳去壽山頂的高雄神社玩，怕妳冷到了，我才把這件夾克從通櫥裡翻出來。妳記得嗎？」

阿玉不知道該怎麼回答，只說了：「那件紅夾克是妳的啊？」

她記得自己跟阿爸去過一次壽山，但光復之後早就沒有神社，改成忠烈祠了。她不記得看過這麼高的石燈籠，可是她記得確實自己有件紅夾克，一直穿到讀國校二年級時還穿得下呢！

「是啊，是我的啊。我記得那天是運動會，早早就放學了，便想到要去抱妳出來玩。有人替妳阿母顧囝仔，她很高興呢。哈哈，妳看……」瘋千金指著最左邊查埔囝仔的肩頭後方，那裡有個穿短褲的囝仔的模糊身影和一座溜滑梯。「這個囝仔一直在探頭看我們，其實他從妳家大院外面就開始跟我們了呢。我不知道他是在跟什麼，總是遠遠的，不靠近和我們說話，也不自己去玩。我們停下來，他就停了，我轉頭看他，他就像相片裡那樣子看我們。我知道他是住在妳厝隔壁海腳間仔的囝仔，妳應該有認識吧。後來，他就在西仔灣淹死了，對不對呢？」

相片中的人影太小了，臉色和裳物都是一團漆黑，只有一對過大的領子特別白皙，像是嵌在身上。不過阿玉有點吃驚，如果是住隔壁海腳間仔的那個查埔囝仔，她是看過這個人的。

查埔囝仔的阿爸是走遠洋討海的，沒出海的時節便在家裡打鐵、補鍋鼎、磨菜刀換刀柄賺些錢。家裡還會批一些窯燒過的紅泥粗坯花盆，那查埔囝仔和阿母會去西仔灣撿螺殼回來，然後一家三人關上門，幾天無聲無息，一起將螺殼密密麻麻黏貼裝飾到花盆上，直到只剩下一絲一絲如蟹爪紋盤踞的紅泥細線為止，再運到市場去賣。這是他們獨門的經驗做工，非常累人又要有很大耐心，像阿玉阿母這類想偷師賺點手工錢的，光是多想兩次就放棄了。要撿那麼多大小合適的螺殼並不容易，而且黏在花盆上時，還要一粒粒反覆嘗試，找尋每一粒螺殼間最密合的角度，才能將粗坯盡可能掩蓋起來。或許是為了要成為能夠做如此沉默、隔離所有紛擾的專注工作的人，他們一家幾乎不開口說話。如果不是在市場買賣時會報價錢和說謝謝，大概會被當成是啞巴。

她不知道查埔囝仔的名字，沒和他說過話，也不記得在學校裡見過他。大概沒有去念書吧，因為稍微再大一些便要上遠洋船去工作了。阿玉記得，前兩年的那天早晨，她剛走出家門準備去上學，遠遠聽見一陣淒厲的哭聲，那聲音聽起來應該是在遠處，但卻清晰得如在耳邊。漸漸的，那哭聲像是往近處擠壓一般，變成了漁船馬達齒輪忽然卡住、卻硬要發動的巨響。她停下腳步，站在門口的矮階上，她看見那查埔囝仔矮小的阿母抱著他，全身濕糊糊緩慢走過她的面前。查埔囝仔的頭垂在阿母的臂膀之外，臉面蒼白，皮皺得連五官都看不見了，但是肚子與四肢腫脹發青，整個人看起來比他阿母還要更龐大。阿母劇烈彎著腰，與其說是抱著他，人反而更像是陷到查埔囝仔的身軀裡去了。就在他們的後頭還跟了幾個人，當那查埔囝仔的阿母將他抱入厝內之後，那幾個人便站在門口說話。

「聽說她放那個囝仔自己去西仔灣撿螺殼？」

「是啊，快要做颱風了還放他一個人去。」

「囝仔那麼小，一靠近岸邊就被瘋狗浪捲下去了。」

「啊是順仔去叫她的嗎？」

「對啊，順仔他們在那裡撸蝦虎撸到透早。」

「但是一看到衝下去救也是來不及了啊！」

「順仔馬上就去叫她，不過等她衝去西仔灣也沒效了啊。」

「人都捲到外埔沙洲去了……等了一個多小時漲潮，才又被浪沖回來。」

「若不是有人拉住，我看那個查某早就衝去海裡面作伙淹死了！」

「他阿母啊不就哭死。」

「哭哪有法度。」

「你聽那個聲音，哪有人這樣哭的，驚死人，好像要把天地哭破一樣。」

「唉，做老母的一次沒跟到，囝仔就去了，難怪人家要傷心到這樣啊。」

「聽說是孤子對吧……」

「是啊，這就是命啊。」

「原來就是這個查埔囝仔啊。」阿玉看著那相片裡什麼也辨認不出來的單薄人影輕聲說。

「是啊。」瘋千金也輕聲應了，然後不說話，厝裡忽然安靜了下來。

「咳咳咳……呵呵呵……哼哼哼……」像是好幾年沒用過，所以這一次非常仔細清理過喉嚨和鼻腔黏液，才能好好發揮一下已經老化缺乏彈性的肌肉和舌頭，從鼓山國校旁的鳳梨心攤仔附近聽來有關查某事情的這人，開始對喜仔講起話來……

「這個查某一年只來哈瑪星住兩個月，也就是捉烏魚的季節這兩個月。對啦，她是個賺食查某啦。

「但是不能算沒錢喔！雖然年紀有一些了，大約有四十歲了吧，不過聽說錢存了不少，要不做這途，隨便做個小生意過活也沒問題。不信？不然你可以去問你那個歐媽桑，雖然一年才來住兩個月，厝租卻是一次交一年，這六、七年來沒有欠過錢，不像你這個死喜仔和其他要吃不討賺的厝腳……喂，你是在氣啥啦！這是你歐媽桑自己跟我說的，不是我編的喔。

「不是我遇到的啦，是我有朋友在鹽埕埔的查某間仔遇到她，才知道她原來是在那邊做的。她也有看到我朋友，當然是在哈瑪星有交觀過，但是她卻當作沒相識，不知道為什麼？

「以我朋友去的那種查某間仔的水準，四十歲其實還算幼齒，可以接的生意還不少，至少比愛河邊站壁的還要高一級。但是來哈瑪星賺食可就不一樣了，人家從各地來的海腳仔口袋內的錢就跟烏魚一樣正多而且又敢花，當然是要找年輕貌美皮膚有彈性的小姐，四十歲來這裡實在是賺不到什麼了。又不是來做媽媽桑的，又沒其他查某仔間會請她，最後只能淪落在岸壁倉庫邊做站壁的。

「結果我朋友一問查某仔間的其他查某，才聽說她是來哈瑪星等一個查埔人的。查埔人是茄定那邊的海腳仔，十幾年前掠烏魚時，船開到哈瑪星，剛好認識了這個查某。廢話！查某那時候當然還很年輕，二十幾歲有了吧，也是來哈瑪星賺食。剛剛認識的那兩個月，查某就愛上了查埔人，對啦對啦，這是個傳統的戲碼啦，歌仔戲、電影都是這樣搬的。所以當然，查埔是有家室的人，從來沒打算要跟她一世人鬥陣。查某不敢問查埔住在哪邊，就知道是茄定而已，一年只有這兩個月會來哈瑪星暫住。從此之後，查某每年這兩個月都會來和查埔相會，就跟漁會發佈烏魚汛一樣準時，不對，烏魚有時還會晚來，查某可是從來沒有晚來過一時半天。

「但是啊，聽說查埔已經五年沒來了，雖然最後一次見面的時候好像什麼事也沒有，他什麼口風都沒露，但是隔年查埔就沒來了。查某曾大膽試著去茄定找他，但是沒找到，茄定那麼大，怎樣隨便可以問起呢？這五年來，查某自然非常的傷心，但是依然每年都來。她想，或許是因為烏魚量變少，所以查埔人改途了，去種田或是養淡水魚了也說不定？但是她不管這麼多，即使年華老去了，她還是要來哈瑪星，一邊繼續做賺食生意，一邊等待他的再度出現。

「她不知道那個查埔人的名字，也無從問起茄定來的烏魚船。一去到船渠上探頭探影，就會被人給趕走，怕好漁運被這些賺食查某帶衰啊！而且查埔也從不是只有找她，但她怎麼會這麼愛這個人呢？她當然知道這款查埔人，只要一上岸就會找查某，因此只有繼續做這一行，才有可能再見到他。

「你問我，我是要去問媽祖喔，我怎麼會知影啦，這種代誌講起來為什麼會這樣沒人會知道吧。但是查某今年都已經這麼老了，畢竟都五年了是吧，這五年當中經歷過那麼多風霜，連妝也上不去了。老查某的皮膚已經不會吃粉了，查埔即使來了，也不會找她了吧。

「咦？你要走了？等一下啦，我還沒講完咧，幹，聽我咧講古？我不是在講古啦，這是千真萬確的事情，來啦，燒酒再沾一下。你講什麼沒熟識，講下去就熟識了嘛！不是我在臭彈，在哈瑪星玩查某這款代誌，我也算是玩有透，像這款來這賺食的查某，你這種在地的海腳仔反而不敢玩，對吧，我沒說錯吧。因為厝邊隔壁都相識，如果去玩查某給看到，一定馬上被傳出去，對吧！馬上被某趕出去！

「反正每到這個時節，高雄市的查某間仔的查某都會想來哈瑪星賺食，因為海腳仔錢多，又敢花啊！雖然本店生意會受到不小的影響，但是沒辦法，只要小姐能賺錢回來，照行規拆帳也行。兩個月，就用輪班的撐過去，大家都要辛苦一些。

「這個查某也是這樣來的，俗語說：鹽埕埔，看查某。她年輕時可是鹽埕埔遊廓大名鼎鼎的紅牌耶，你沒想到吧！一、二十年前，哈瑪星沿著高雄港岸壁邊濱海一、二街的小房間都被查某間仔包下來，分租給這些外地來的查某。啥？你從來沒看過！沒這款代誌？騙瘋仔，你是老歲仔假幼齒，是假不知道吧！外頭掛一條長紅布簾，人家一看就知道這是查某間仔，房間差不多只有兩坪，裡面有一張床一張椅一張桌一組杯仔和一個紅色熱水瓶。沒人客的時候，這些查某人就跟豬一樣睡覺，但是豬哪有這麼美、這麼白泡泡幼綿綿，兩粒奶那麼大又圓，頭前搓起來好像搓圓仔咧！從半夜三點開始到六點，是最多人的時候，人客進來先奉煙進茶，然後能快點做就快點做。但是免講，當然這個查某當時那麼美麗年輕，皮膚好、嘴的功夫也好，而且從頭到尾服務好、人親切，又會抓龍，人客當然是多到不行吧，就算在大雨中排隊也要來玩一次。

「不過聽說那個查埔人長得非常普通，而且年紀又大，這個查某大概也想不出為什麼自己會愛上他吧。一個大自己二、三十歲的查埔，錢花得比少年人來說也不是很大方，該給多少就給多少而已，錢好像是藏在屁股夾縫裡，拿出來怕臭吧！哈哈哈，咦？幹啥！你是在幹啥！捧什麼杯仔，騙瘋仔，你說沒看過哈瑪星有查某間仔開在濱海一、二街，哈哈哈！幹你娘是在假啥，你就真高尚喔！沒有在玩查某喔！怎樣，是要欺負我外地仔喔！幹你娘，幹幹幹，去叫人啊，呼你死啦，幹，臭雞巴、幹你娘，幹……」然後很多人稀哩嘩啦鏘哩框啦霹靂叭啦唏嗦沙啦打起來。

查埔人來查某這邊的時間會晚一點，吃了飯洗了澡，差不多都是六、七點其他海腳仔都走光回去睡覺才來。

來做的時候很普通，裳物脫下後摺好放在椅凳頂，全身赤裸裸爬到床頂躺好，讓查某用手嘴稍微幫他弄一下就硬梆梆，然後便翻身到她頂面插入，一點也不會再要求多些什麼花樣。

一進一出非常有耐心，幾乎完全維持一致的速度，好像日常的散步，沿路欣賞巷弄花草一樣，不能算慢也不快。雖然來玩查某本來就沒什麼正經，但是這種做法卻給人一種很有規矩的感覺，好像本來就有在遵守什麼規則。

一點一點做，屁股規律而和緩前後移動，臉上的表情沒什麼變化，一直保持著溫和的微笑。身軀有種每個海腳仔都會有的臭魚仔味，但聞起來就是跟別人不一樣，給人一種安心感。

也不會發出聲音，一直到射出來的時候，才會長長吐一口氣，稍微抱個幾秒鐘，時間上捉得剛剛好，簡直跟用尺和分度器量得一樣，所以查某才會愛上他吧？

那麼守規矩的人，查某看他脫裳、脫內褲、摺好裳物、上床、做愛，都是那麼照規矩來，一點不忙亂，也不多說話。做完穿完裳物之後，就喝杯熱茶，有時候會跟她聊兩句。

「今年收穫如何？」查某問。

「不壞。」他笑了。

「你孫子今年要上小學了吧？」

「是啊，這趟回去打算買個新冊包給他。」查埔人說，「不要再用他表哥用舊的了。」

剛開始的幾年，查某並非專門為查埔人而來，只是照時間該來賺食就來了。查埔並非只找她，但是兩個月內一定會來個兩三次。接著的幾年，生意不好，其實來了也沒比在鹽埕埔賺得多，但她確實都僅僅是為了查埔來，反倒是查埔卻有時來有時不來了。往後查某比烏魚來得準時，何況烏魚都已經快不來了啊，查某還是準時來。但查埔不來了，雖然說是賺食查某沒什麼好可憐的，但還是真的很可憐啊……

烏魚不來，船不來、海腳仔不來、查埔不來，大部分的賺食查某也不來了。這途也沒那麼好賺了，已經沒什麼好事可以做生意了。

查某來了，還是租了一個房間在街路頂，掛上紅布簾。她多希望查埔會打開布簾啊……但是這幾年，港邊沿岸按天租的房間都收了，不租給賺食查某了，她每年只好到處找便宜的房間，白天在柴堆和破舊鐵器之中睡覺，傍晚過後就去船渠附近巡巡招人客。但是現在海防警察管得很嚴，看到她就會趕，所以只好又改到岸壁倉庫那邊站壁。所以來捧場的人客不是海腳仔了，而是那些退休的岸壁工人和舢舨船夫比較多。

她仍然和過去一般那麼哀傷，像耗盡一切窩在破爛房間裡，什麼也無法做，無法動彈。偶然出一趟門做生意，回來時也總是筋疲力盡。她到了晚上就不自覺哭泣，並且期盼她仍能租上一間掛著長紅布簾的房間，裡頭有一張床一張椅一張桌一組杯仔和一個紅色熱水瓶。查埔能來敲她的門，或是託什麼人來跟她說點事情，但是他一次也沒有這麼做。他不要她了。

真的很可憐啊……即使查某現在不做了，但這個東西就是這樣，被人點油做記號，不做了人家還會覺得她還是在做啊。自己想想，那反正就接了吧。

如烏魚一般的人生，每年只有兩個月的定時短暫愛情，但其實只有查某自己這邊覺得擁有的愛情，查埔並沒有，或許甚至一點心意也不知道吧。話說回來，查某可以給他的，也只有隨時為他保持溫暖乾燥的身軀而已，偶爾有一鍋雞湯和當歸土虱，在特別冰冷的日子裡，她就會做。只是查埔人吃歸吃，並沒想到有什麼特別的，一句話也不曾問起。

不過，查某絕不做烏魚米粉，「這東西再怎麼做也不會做得比查埔人家鄉的某好吧。」她一想起這事，就非常、非常，萬念寂寥的灰心。

查某在鼓元街左轉，再往前去就會接上濱海二街，這是她知道的。再往前走不久，右手邊是一排翻修過水泥階梯的海腳間仔，左邊則會出現一棟南洋風味的建築，三棧樓的磚造厝，造形方方正正的，有弧形山頭，上頭浮雕著「許」字和卷草紋，兩側突著柱頭。二三棧樓陽臺用綠釉花瓶狀的短柱做成欄杆，瓶狀短柱上下有座，寬腹細腰，有美麗優雅的弧線。亭仔腳有五個嚴謹對稱的門洞，開了甘仔店和麵攤。這一帶在白天時是個公用的流動攤市，賣很多日常雜貨和小吃飲食，但是再過去一點靠近濱海一街的轉角處，就多了很多小型貿易公司、金融機構和報關行。

即便在大雨之中，一切都顯得模糊不堪，難以辨認。這雨太冷了，幾乎要把人們的腦子給凍壞了，讓人無可忍受，但是在查某的心中一切卻是如此清晰，幾乎是一伸手就可以觸及的程度。不過這不太對勁啊？她真的曾來過這裡嗎？因為即使這裡如此熟悉，她甚至可以一直走下去，一一指出巷口轉彎處將出現什麼樣的景致，可是這與她所住的地方有何關聯呢？也就是說這個地方無論如何熟悉，也與她在有限的頭殼內認定習慣出沒之處不同。

人們不是常做一種夢嗎？

夢中場景在某段時間之後會突然出現在現實生活中，於是人們會想起：「咦？這是我夢過的地方啊？」接下來發生的事也都是夢過的，因此忽然覺得自己有預知未來的能力。但其實有可能是人們所看到或想到的，早已在別處經驗過類似的事情，卻一時之間想不起來是什麼，結果頭殼就以為是做過類似的夢，用暗示方式來彌補消失掉的記憶。

其實誰也沒做夢，誰也沒有預言的能力，但她現在何必關心這地方究竟是在夢中或心理暗示，或她真的常常在這裡出入。她的問題是即使她知道這些事情要做什麼，她仍然不曉得她是要前往哪裡……

這時她走到了濱海二街上，這街面臨著第一船渠，所以有許多航海機械器具修護、廢鐵加工以及機器裝卸的小型工廠，也有專門寄賣遠洋船員想脫手的二手貨。再繼續走一段路，沿堤岸逐漸遠離漁港和漁市場，再前面一點是西仔灣隧道，附近賣吃的和冰店多，但她在右手邊的巷仔口，像是忽然想到什麼向右轉。這巷仔的右側是堵一人高的圍牆，沿著走不久，大約是七、八步的距離，又一個右轉就能看見鼓山國校旁的日本厝和骨肉搭厝。

在瘋千金停下手未翻的相簿頁面上，有一張相片吸引了阿玉的目光：一個查某人斜坐在石階頂，幾乎塞滿整張相片。她穿著斜肩抓領的連身洋裝，右分曳長的髮尖捲起來像個花苞，遮住了左眼。左臂倚靠著樹臺，捉著條繩子似的東西，右手彎曲在胸前，指頭夾著根點燃的煙。查某人的下半身被一整片自左方延來的陰影遮蔽，讓她的下半身看來有點肥大，只有細瘦穿踏皮鞋的右腳長長伸著，橫越了兩階石階側踩在磚地上。她認出來那是在代天宮前的石階拍的，後頭還擋著一副暫停信眾入廟的鐵欄杆告示牌與石雕花牆。查某人削瘦的下巴在陰影切割下顯得更加銳利，嘴角上揚，眼睛清晰地看著正前方，像是在看著她，但卻又若有所思，不知道看見了什麼。

瘋千金回過神來，看見阿玉盯著相片的專注模樣，不禁笑了出來，「怎麼，拍得不好看啊？」

「沒有啊，我又沒講。」阿玉委屈搖搖頭，「這是誰？」

「哈哈哈，是不是擺這樣的姿勢有點怪？其實，我也覺得怪怪的，好像不太端莊的樣子，沒什麼小姐的氣質對不對，人家看起來會不會覺得我像是站壁的呢？」瘋千金自己也仔細看起來，「是不是腳伸得太長了呢？唉呀，如果不好看啊，除了怪石原君拍照時沒幫人家調整好，也要稍微怪妳一下。」

「為什麼要怪我？」阿玉嚇了一跳，「我又沒說不好看……」

「哈哈哈，因為拍照的時候，問妳說姿勢擺這樣好不好，妳都點頭說很好看啊……」瘋千金將手擺在胸前交叉，假裝正在抽煙的舒適姿勢與陶醉表情，「妳還比手畫腳做姿勢說，這樣拍很像是西洋電影畫報裡的女明星。所以如果不好看，是不是也要怪妳一下呢？」

「我怎麼會知道呢？」阿玉說，「拍的時候姿勢看起來是很好看啊，好像是在演戲一樣。但是拍起相片為什麼會變成這樣，我也不知道啊。」

阿玉這時才想起來，原來瘋千金那雙眼睛正看著沒在相片中的自己。那時，她站在攝影師石原後頭一點點的地方，在相片中並無法區分出瘋千金是直直看著鏡頭，或是看著相差一點點的距離之處。但她知道的，瘋千金那時是正看著她的，因為在石原君按下快門前的一瞬間，瘋千金還跟她眨了眼。阿玉想，也就是說在那雙眼珠之中，有著她的模樣。

「那時的我是什麼樣子呢？」阿玉忍不住擠到瘋千金身邊，用力將厚重相簿擺正面對自己，想仔細看透相片中查某人的眼睛深處。

「唉喲，妳這個查某囝仔要幼秀一點……」瘋千金笑說，「不然以後會嫁不出去喔。」

雨這麼大，東北風這麼強，岸壁倉庫那邊毫無遮掩，一定又冷又濕的。喜仔想，這查某真的是撐不下去吧。這麼多年了，果然是要以自殺為結局。這要是沒自殺，也會起瘋吧！他出神地看著屍體，卻不知道下一步該怎麼做。該把日本厝的人都叫醒嗎？應該要吧！

越接近天亮，雨勢忽然轉趨強烈，好像突然想跟誰作對，就像「不管了，前兩天晚上只有稍微下一點不夠表達我的心情，我的心情確實是這樣才對」地下。一下子增強成這樣！哈瑪星已經好幾年沒淹過水，日本人做的排水工程再好也沒用了，漲潮導致哈瑪星與旗後間的內港水流大爆發，連兩個船渠都整個淹掉了。所有的水溝好像是一吐怨氣，拚命把水往外吐，漲沒了日本厝前的低窪空地，並且逐漸封鎖了鼓山國校四周略高的柏油道路。

「幹！海水倒灌了，可能連濱線鐵路都淹淹去了。這下子看你們那些烏魚怎麼送出去？幹！那這個又該怎麼辦才好！」喜仔活了一世人也沒看過吊死的人。他站上整理漁網的高臺，水卻還淹到了腳肚頂。「是要把大家都叫出來嗎？」對了對了，他想總該叫歐媽桑來處理吧，畢竟是在日本厝出的事情。但是吊死的人要放在這裡沒人看嗎？何況歐媽桑住在渡船場，濱海一街那邊的大院耶，現在怎麼有可能冒著大雨和大水走到那裡去啊。

如果不叫任何人起來的話，這種大雨天應該不會有人這麼早出來。喜仔想了想，還是叫發仔起來幫忙顧一下好。發仔是臺南北門人，年輕又是單身漢，當碼頭工身軀非常勇健，一禮拜有三、四天專門負責看顧恐怖的無人岸壁倉庫，牛車駕駛得又好，應該比較不會怕吧。喜仔跟他算是日本厝裡比較熟識的厝腳，常常一起喝酒喊空八啦拳，比起來，到處欠帳的喜仔還比發仔有點錢，喝酒配菜滷味常常是喜仔出的錢多。其實碼頭工賺錢本來算不少，但講來講去哪有別的花樣，還不是只有一途，全部賭到光了，最近還欠喜仔二十幾元。所以喜仔想，這時叫他起來，他不敢嗆聲幹譙吧。

發仔住在日本厝右手邊的最後一間，也就是榕樹的斜後方。

喜仔雙手合什，向吊死查某拜了拜，趕緊繞過去敲發仔的門。一開始還有點擔心吵醒別人地輕聲敲，但是想想要是吵醒別人也就算了，所以就猛力敲了兩次，果然從哪裡就傳出有人在叫「七早八早是在敲什麼死人」。

發仔本人沒醒來，真是睡到死了，喜仔乾脆推門走進去。裡面是個一坪多的房間，喜仔常來，沒什麼特別的，就是一張床和一些雜物，牆上貼了張從報紙剪下來的歌星相片。地上是一堆堆垃圾和舊報紙，現在已被淹水泡得到處漂浮，夾雜滲進來的屎尿殘渣。

喜仔硬把發仔從床頂拖起來，「起來起來，幹！出代誌了！」

「幹你娘，才幾點，門關起來啦，幹真的有夠冷。」

「起來了，出代誌了，外面死人了。」

發仔沒聽清楚，一掌往喜仔身上推過去。喜仔人很瘦小，一下子跌到臭水裡，「幹你娘是在做啥瘋！」喜仔叫著，「外面死人了！」

「什麼死人啦，透早是在叫魂！」發仔這時才有點清醒。

發仔起身披好油布雨衣跟著喜仔出去看，「幹你娘，水淹這麼兇了！這是什麼碗糕啊，這麼大隻。」

發仔一時沒看清，看清後大叫，「幹！是吊死人喔！」

「我知道啊！幹你娘，我剛才不是說了嘛！就是那個住那間漁貨倉庫的賺食查某，從鹽埕埔來的，叫啥名我忘了？」喜仔說，「不是都會在你們岸壁倉庫那裡站壁嗎？」

「站壁？」發仔再往吊死人身上瞥幾眼，「幹，這哪裡看得出來！你說的是有個站壁的沒錯，但她不是住這邊啊，今年我有看過她幾次，她是住哨船頭半山腰莊茂容那間破洋樓，親像是從三地門流浪來的耶，不是鹽埕埔人啦……」

岸壁倉庫的位置在哈瑪星渡船頭東邊，長長一排磚造外塗水泥的倉庫，又長又寬。斜斜的瓦造人字形屋頂，塗著防空的鐵灰色，側邊牆上則以不同的顏色油漆不同公司的名稱和編號，大大的編號像是給小學生用的識字板。以前時光好的時候，也就是大東亞戰爭期間，倉庫這邊非常熱鬧了，塞滿了大板車、纜車、小型黑箱車、起重機和碼頭工，每天沒日沒夜的，都是燈火通明，遠遠看好像整座岸壁在火燒一樣。碼頭工加班得多，錢也賺得多，比海員和會社員還好賺，一大堆外地人都想來分一份工，尤其是臺南北門人的勢力最大。有一句俗語就說：嫁有碼頭兒，贏過紅線綁樹頭。倉庫用來堆放經濱線鐵路運來的各地貨物，主要是要運往日本和東南亞戰場的糖、米、鹽、鳳梨、煤、阿里山林場的木材，但不禁人令人懷疑，那些在遠方打仗、在叢林裡飽受蚊蟲叮咬的日本兵或臺灣軍伕，真的能吃得到這些東西嗎？在那種以血洗血的地獄裡，有這樣幸福的時刻，能吃得到來自殖民地或故鄉的美味甜食嗎？

日本人走了之後，倉庫就不再熱鬧了，也不用送東西去給東南亞叢林裡臭哄哄的屍體了。隨著貨櫃運輸逐漸盛行，這種舊時不合規制的倉庫只能放些商船交付舢舨隊運來的小型貨物，等買家來領而已。大部分倉庫完全是空的，請了兩個碼頭工在看顧，發仔是其中一個。在那裡，現今有種完全不一樣的氣氛，恰恰和之前充滿南洋熱帶活力相反的，好像是世界的邊境，只有少數帶著樺太犬的科學觀測人員要前往的冰冷極地。

不過，也因為沒人管，所以站壁的查某就會集中在那裡，不會被人驅趕。想要找查某的人也知道該固定往哪去。查某們會給碼頭工一些錢吃紅，所以她們能夠安心在倉庫裡做生意。在偌大空空蕩蕩的倉庫內，要說像床的東西，只有一張碼頭工休息的竹床，但是當然不會在那頂頭做，太窄小又脆弱，給那些碼頭工一操一定會垮下來的。於是她們會在木頭貨架頂鋪一床棉被在頂頭做，怎麼做也操不壞，因為本來是放硬呼呼的糖包和木材的，非常堅固。

一邊做，查某就會一邊發出很有禮貌的叫床聲，混雜著查埔人的哼聲。照理說這一行做久了，她早就對這些叫聲左耳進右耳出了，但有一天她忽然注意到回音。

從漠闊空蕩的倉庫的遙遠一角，傳來她和查埔人叫聲混雜的回音，居然是這麼清晰確實，好像可以直接從空氣中切下來，一片片拿到手上的樣子。她第一次發現，原來這就是自己的叫聲啊，然後查埔人的叫聲是這樣的，她簡直覺得，那不是她和查埔人的聲音啊，這聲音如此單純清澈，甚至不像是叫床的聲音。

她和查埔人的叫聲繞經倉庫整個空間，因而被重新組合或稀釋了，或是加入什麼柔軟的因子，扭曲成麻花狀，結果最後變得非常不一樣。那回音比她本人的叫聲來得好聽太多，該不會有誰躲在倉庫一角，故意模仿她的聲音吧？

有幾次，她特意換了不同叫法，結果回來的聲音仍然那麼美麗，好像無塵灰沾染，一點刻意做作的味道也沒有，裡面飽含濃烈的真實情感，是她完全想像不到的。而查埔人的聲音，也沒有近距離聽的時候那麼可鄙，令人厭惡，變得有點像是單純運動後，感到身軀舒暢的喘氣。

她記起這是家鄉三地門的傳說，一個山崖與峽谷縱橫的地方，任何有回音的地方都躲藏著「回音人」。跟呼吸一樣，回音人依賴吸進別人的聲音而生，也必須像吐出二氧化碳，吐出性格截然不同的回音來，所以回音總是要慢上一點。

聲音太雜亂的地方，回音人沒法生存，就像空氣污染一樣，沒法吸到好空氣。所以只能躲在山谷、倉庫這些寂靜統治的地方，等待純粹直接的聲音出現。但如果要說回音人生存有什麼理由的話，其實也沒什麼理由，他們只是被生下來，就必須呼吸聲音生存下去。當他們走在街上，就跟普通人一樣，不說的話（即使說了也很難證明，因為沒法子現場表演），幾乎無法分辨。

一旦一個人長時間被關在一個封閉空間裡，被回音人吸進聲音，那麼慢慢地，整個空間就會被回音人吐出的回音所佔據，也就像被二氧化碳充滿的空間一樣，人就會逐漸失去自己的聲音，只能聽見回音，逐漸變得無法掌控自己的命運。因為這樣的緣故，人們對回音有了深刻的恐懼，連帶非常排斥回音人，能夠不和回音人來往，就不來往。但這對回音人太不公平了，他們嚴格來說也只是普通人，又不是人人都能永遠住在美麗寬闊的山谷，有人非得躲在倉庫這種地方才能過活，有人還得住在涵管或山洞裡呢！

即使對回音人有些許同情心，但太過真實的回音，令查某害怕聽見自己日常生活的虛偽聲音。很快地，她也變得無法忍受倉庫裡的回音了，那讓她好像掏心剖腹審視自己的回音，揭露她長久不願回首的一面。那麼，不是殺掉回音人，就只好殺掉自己。

瘋千金將阿玉摟得更靠近自己一些，兩人肩併肩坐著。她的手離開了相簿，完全讓給阿玉翻看。僅僅再翻一頁，阿玉便看到一張自己的獨照相片。

那是張夜晚為雜光漫射包圍的昏暗相片，背景漆黑，相片裡的阿玉側身蹲著，上半身有些晃動疊影，臉上映著淺薄如胎記的白光，但沒有任何疑問的，阿玉想，那便是自己。她不放心低頭看看自己身上穿的裳物，再對一下相片中的樣子，沒錯的，與相片中的自己一模一樣。

「這張拍糊掉了，而且光線也太暗了。小田君剛學攝影還不太會拍，對不起啊，下次再請石原君幫妳重拍一張。真是的，妳最近難得有一張獨照呢。」

相片裡的阿玉蹲在代天宮廟埕賣膨糖的攤仔前，正用一枝竹籤攪動糖膏。她想起了那天晚上，她蹲在廟口水泥垃圾箱邊，不知道更晚一些要往何處去，那時廟口夜市正熱鬧著，有賣旗魚丸米粉的、賣剉冰、天婦羅、陽春麵、肉圓、鱔魚意麵和藥燉土虱的，賣芋粿巧、紅龜粿以及放在林投葉編小提籃的尖尾螺，用保麗龍做轉盤讓人射飛鏢的、抽糯米尪仔和糖尪仔的、猜剖甘蔗節的、抽香腸、抽長短崁仔的、賣金柑仔珠仔、打拳頭賣膏藥的、賣陀螺和跳繩的，跟人賭錢比賽敲日月蛤的。有些還捨不得回家的囝仔仍在丟竹排仔和龍眼子、跳繩子、殺千刀、打陀螺、摔黏土……照理說應該是非常吵鬧，各種喊叫聲與說話聲交雜，但是她看著廟口，耳中卻似乎聽不見任何聲音。缺少了聲音，就只是一幕幕影像在眼裡過往，靜止不動然後再換成下一幕。時光一節一節堵塞住了，眼中沒有聲響的景象，也龐大而雜亂一次塞滿她的眼睛，強迫她的眼睛撐大，強迫塞進她的頭殼裡，無可抵抗。

忽然間，有個小場景在混亂中像一絲從廢鐵場裡扭出來的芬芳，吸引了她的視線。阿玉看見一個查埔囝仔蹲在賣膨糖的攤仔前，手裡端著一個掌大的木柄小錫鍋，盯著紅泥小火爐，不言不語一臉困惑的樣子，她想，他大概不知道怎麼弄膨糖吧。那頭家似乎沒打算教他，只顧著和隔壁彈珠臺的小姐聊天。她站起身走過去，蹲下來，「要不要阿姊教你？」

那查埔囝仔稍微露出警戒的神色，手中的小錫鍋往身上縮過去。她看著他，輕聲再說了一次：「免驚，你不是要煮膨糖嗎？阿姊教你煮好不好？」

「好，妳教我。」查埔囝仔將小錫鍋遞給她，「但是我要自己煮喔。」

「好啦。」她笑了笑，把小錫鍋裡的一小包發粉拿出來，「這個你先拿著喔，等會再用。」

她看小火爐的炭火快熄了，便在地上撿了片瓦楞紙搧了搧，讓火旺一些，然後將小錫鍋放在火爐上。小錫鍋裡已先放了一匙紅糖，查埔囝仔湊過來，兩個人的頭頂在一起，看著小錫鍋。

「要等火燒了一陣子後，紅糖會開始融化。」她從火爐旁的筒仔裡抽了枝竹籤，「然後我們要用這去攪，把糖膏攪散攪勻，而且一直攪，才不會黏在鍋底燒焦了。」

不久，紅糖慢慢融成糖膏，她用三根指頭夾著竹籤，像是在輕柔的沙地上畫圈圈，一圈一圈慢慢攪動著，糖膏像是一塊圓形的晶瑩剔透琥珀。

「哇，融掉了耶。」查埔囝仔興奮地說，「阿姊，我也要弄！」

「好啊，你試試看。」

但是查埔囝仔不會弄，將琥珀給攪散了，在小錫鍋裡黏得一絲一絲地到處都是，發出滋滋的聲音和燒焦味道。

「啊……我不會弄啦，阿姊給妳弄啦！」查埔囝仔哀嚎。

「哈，好啦。」她接過竹籤，輕巧耐心攪著，把一絲一絲黏得到處的糖膏又給圈回了琥珀，「這樣就好了，把發粉給我。」

「嗯。」

她打開紙包，把發粉倒進琥珀中央，繼續攪不歇手，直到發粉完全融入糖膏之中。一時，有一點點感覺糖膏要開始膨脹的時候，她慢慢將竹籤攪進中央，然後更慢更輕巧將竹籤往上提。

這便是相片中的她的那一刻，阿玉側身蹲著，雙臂緊夾著大腿，上半身有些晃動疊影，臉上映著淺薄如胎記的白光，看不清她眼神專注的模樣。

隨著竹籤往上提，紅糖膏在火光的照映下，快速膨脹成一團焦紅泛著深褐色、像是飽含熱度的扁圓形火球。

「哇，變大了耶！好漂亮喔。」查埔囝仔開心極了！

像是命中注定的開關切換瞬間，阿玉突然把小錫鍋拿離小火爐，但拿竹籤上提的手並未停下，糖膏也繼續膨脹成更圓的球體，只是速度已慢下來。溫度逐漸冷卻，粗糙的紅白色糖塊隨之結晶，折射發散四周的光亮。

查埔囝仔的叫聲使頭家停止聊天，和彈珠臺小姐一起轉過頭來，「水喔！妳很會弄喔。」

「查某囝仔人的手就是巧啊。」彈珠臺小姐說。

阿玉等待，憑靈感猜測糖膏膨脹至最大最圓的一刻。彷彿事物無可挽回的那一刻一到，一剎那間，像是摘除一根深深插入肉中的小刺般，將竹籤自膨糖頂端處拔出。

頭家接過小錫鍋，將膨糖放進紙袋裡，遞給她，她再交給查埔囝仔。

「謝謝妳，阿姊。」

於是查埔人不來的這幾年，查某依然每天懷著相類似的心情過日子，如同擣麻糬，一再重複相同的動作和日子。直到有一天，她覺得人好了起來，她對這件事情的哀傷似乎已完全用盡，對這事的哀傷配額就像日本人的油米配額一樣用盡了，開始能夠正常出門、正常做生意，和遇到的人們說說笑笑的，一切回復到原來的樣子。

她有時會故意想想，那段日子的哀傷是什麼樣子。自己當時怎麼那樣傻，為這種查埔人花費那麼多心力去哀傷，浪費人生的時間。她覺得這一切應該可以一笑置之了，就像看著別人的往事一般，過去那些想不通的地方，現在能夠想通了，就像小時候搞不清楚的事情，長大後總有一天會忽然搞懂，只需要完全依賴時間的沉澱發酵，什麼也不用管，就會長出新的結果。

「那不趕快去叫歐媽桑來看要怎麼處理？」發仔說。

「水都淹成這樣子了，是要怎麼去啦！」喜仔說。

「幹！我緊來把門底下堵起來！」

「啊這個吊死人要怎麼辦？」

「我哪知怎麼辦？」

「要不要把她放下來啊？」

「雨下這麼大，我看實在是有夠麻煩的。」發仔說，「先給她吊著吧。」

「也對，放下來的話也不知道要放哪裡，總不能放到水裡面。」

「那我看得吊一整天，等水退了才能放下來。」

「但是一整天都要淋雨，也是可憐。我看會淋到爛糊糊的，不然搬進你家好了。」

「幹你娘可好咧，不會搬去你家噢。」

「你們兩個透早是在吵什麼！」忽然來了聲查某細細的聲音，把他們都嚇了一跳！轉頭一看還好是玉葉姊。

「玉葉姊喔，今天這麼早起床噢，沒睡晚一點。」

她打開房門，拿了個尿壺正要到便所去倒，一看不得了了，「哇，這是怎麼了？」她嬌呼，「什麼時候雨落成這樣！」

玉葉姊年輕時是個標緻美人，後頭厝也不簡單，家族是內圍那邊傳了好幾代的大地主，厝和土地多到連管帳的都搞不清楚。她阿爸則是附近廟寺的一流匠師，左營蓮池潭古寺就是他雕刻的。可惜財富沒辦法留到她這一代，先是本家男丁在戰爭時期死了好幾個，所以戰後外家想盡辦法伸手進來割分財產，好像是一刀一刀凌遲。接著由於「金仔多咬人不疼，銀兩多丟人不傷」的緣故，所以明明是足夠讓每個人都變成有錢人的金錢，卻使得大家幾乎都神經痲痹地亂花，連四萬元舊臺票換一元新臺票的惡劣情況也可以放輕鬆不用管。結果六年之內所有人的家產全部敗得精光，再怎麼美麗的玉葉姊也只能隨便嫁個做木工的過生活。

一、二十年過去了，今天居然會落魄到這樣子，誰也想像不到。雖然如此，玉葉姊還是自顧自保持了大小姐的優雅手姿和生活習慣，總是早早就寢、晚晚才起床。今天倒是不得已，昨夜水喝多了，尿壺用滿了沒辦法得上便所，順便拿出來倒。本來這種事都是叫囝仔做的，她才不願意做這種事被看到呢！不幸還是被看到了，更糟的是，她一直拿在手裡不知道如何是好，怎麼辦呢？她想直接倒在水裡算了……

「玉葉姊啊，妳就直接倒在水裡就好啦。」喜仔說，「反正便所的水都流出來了，攏共款啦。」

「可是你們兩個在那裡我就不好意思這樣做啊。」她說，「對了，你們兩個透早不睡，到底是在說什麼？」

「咦，妳沒看到前面有什麼啊。」

「什麼……啊，那是什麼啊！」玉葉姊差點昏過去，嚇得手中的尿壺不停抖動，尿水都潑出了半壺，「那是一個吊死人啊！」

「是啊！」發仔說，「是喜仔先看到的。」

玉葉姊想回去把尪婿叫起來想辦法，但是他會有什麼方法呢？他一定只是在那邊破口大罵，大聲抱怨而已，什麼事也不會做，最後頂多放一句：「管她的，愛吊多久就吊多久，死死的好，沒代誌給人家惹麻煩！」他只會說大話，什麼事情也不敢做，就是脾氣衝而已。昨夜才喝得醉茫茫回來，沒睡到中午根本起不了床，叫了也沒用。

發仔堵好門，睡意全消，站在屋簷下看著。喜仔跟他擠在一起，「那現在要怎麼辦呢？」他說，「難道我們三個人要站在這邊顧嗎？」

「反正已經顧到天光了……」

「這是誰啊？」玉葉姊覺得自己的尿都快噴出來了，「沒把她放下來？緊叫歐媽桑來看啊！」

「水太大，走不過去。歐媽桑我看也走不過來。」

「親像是我們岸壁倉庫前站壁的查某。」發仔說。

「我想是那個站壁查某沒錯啦。」喜仔說，「發仔說是住在哨船頭半山腰莊茂容那間破洋樓的三地門番婆。」

「不是啦！」玉葉姊顫抖著說，「站壁的那個三地門番婆哪有穿這好！我看是住莊茂容那間的那個沒錯啦，但是，那是黃修迪他某，有一點瘋瘋的。」

「什麼？」

「妳是說那個港務局的黃修迪？」

「這個人戰爭時就死了啊！我阿爸有熟啊，他太太後來不是跟樓頂那個引水人今川桑相好……」

「他們也是早就分了啦。」喜仔說，「這我知啦。」

「就是分了，所以查某才會瘋瘋癲癲，去住那間沒人顧的破洋樓啊。」玉葉姊說，「今川桑不是疼你像兒子，不然你去叫他下來認看看？」

「好啊。」

查某對眼中的日本厝和骨肉搭厝有種熟悉感。她在空地徘徊，附近籠罩在一片從過去的時光裡借來的寂靜，她想是烏魚船還沒回來的關係吧，現在不過才一點多呢。她仰著脖子看著兩棧樓高的日本厝，所有房間的燈都關著，一格格的黑暗流洩著魚腥味、血的溫暖和生命的掙扎，但不總是那麼詩情，大多伴隨著酒氣。那一格格的黑暗來自洋面，在剝除掉浪花的聲音之後，留下一點點波動，由遠而近的韻律感，甚至分得出淡季和旺季的區別。

一箱箱的黑暗自遠方海洋送來岸壁。就黑暗本身來說，要說重的話，有些貨櫃要用上起重機吊動，萬一掉下來的話是會砸死人的。但有的卻如此輕，但體積太大，標準尺寸的貨櫃裝不下，只能以草繩在外圍繞上幾圈，固定住形狀即可。從汽船上卸下來時，岸壁工人得用一根長長的竹竿，上頭綁著勾子，兩個人合作，勾住草繩往下拉，放到板車上綁好，讓牛拖走就行了。

這樣輕盈的黑暗大部分出產於南洋一帶，有些則來自大陸、臺灣沿海，只有很少很少的部分源於日本本土。大部分送進大院、骨肉搭厝和海腳間仔、日本厝這樣的地方來，非常便宜但也賣得相當好，很適合大量批發。而所幸，屬於沉重的黑暗數量是相當少的，早年大多運到日本或是遙遠的太平洋上，那些航空母艦和零式戰鬥機的機艙裡，差不多都在戰場上消耗殆盡了。

當然，像這種載著黑暗來的蒸汽貨船一定是趁著夜間，岸壁沒有加班時來的。碼頭工在白天辛苦工作一天之後，還得輪班守夜，等待載著黑暗的船來。批發商在岸壁外等喊價，得標的就一車一車拖走，在空曠無人的海埔新生地上將大塊的黑暗分割成方方正正的厚片，像早晨要賣的豆腐和醬菜一樣，批給小販。小販們擔著竹擔仔，或騎著腳踏車、拉著板車，在哈瑪星沿路叫賣。而且這東西最好的是，凡是走過的人都非買不可，比起早晨的醬菜和豆腐好賣多了。每個人都得買是不成文的規定，頂多只能挑選要買多少和品質好壞而已。買了品質好的，就能睡得好，或是能有個快樂的夜晚，買了品質不好的，只好忍耐些了。查某就沒能買到好的黑暗，她的黑暗如此粗糙赤裸，而且濕冷。

今川桑是日本人，日本時代在高雄港當引水人，住在哨船頭雄鎮北門那邊。另外還有一個引水人姓小澤，也跟他住在一起。

本來戰爭結束後他們應該要跟其他人一樣遣返回日本才對，但是國民政府剛剛來接收時，高雄港裡還有很多被美軍空襲炸沉的船隻沒有清除，加上牽引式機雷陣，港口的情況相當惡劣可怕，就像是泡了水的地獄。前來接收的海軍更是完全搞不清楚港內的深度和航道，別說船不敢開進港，連領港員也派不出來。不得已，只好透過日本復員的民間組織，半請半強迫要他們兩人留下來繼續做領港員，一直做了兩三年，海軍才派人來學著怎麼領港。從以前的新濱碼頭到現今的四號碼頭整個水道的情況，今川桑又教了他們一整年。

教好接班人，小澤便回日本去了。可是今川桑卻不想回去，據他自己跟港務局說：「我對哈瑪星有感情了，所以想留下來。」但既然沒有利用價值了，人家也就把他趕出雄鎮北門的宿舍，所以只好找來住在這裡。

今川桑住在二樓的最右邊間，當喜仔站定要敲門時，他聽見房間裡傳來很小聲的收音機聲音，還有人在做動作的沙沙聲。仔細一聽，居然是日語發音的廣播。喜仔知道今川桑藏了臺軍用短波收音機，可以收到日本的早安體操節目，他敲了門，裡頭很警戒地關掉收音機，停一時，今川桑才開門走出來。

他穿著洗得潔白的四角內衣內褲，比起一般臺灣人，今川桑乾淨有禮貌多了，「喜仔噢，這麼早有什麼代誌嗎？」來臺灣二十多年，臺語講得非常流暢。

「下面出事了……」喜仔說，「你代誌看得多，拜託來看要怎麼處理。」

「啊是什麼代誌？」

「榕樹上吊死了一個查某人。」

「什麼！」今川桑大吃一驚，心裡覺得很不安，趕忙套了個短褲頭。

「沒叫厝主來看？」

「外面淹大水了！你住二樓沒感覺，樓下根本走不出去。」

今川桑跟著喜仔下樓，在一樓厝簷下透過清晨將明未明的雨色一看，心差點沒從嘴巴裡跳出來。他從來沒看人是這麼吊死的。

「是你相識的人嗎？」玉葉姊故意這麼說。

今川桑一時說不出話來。老實說光這樣模模糊糊看，他並沒辦法確定那變形的吊死人就是黃修迪的太太，可是聽玉葉姊這麼一說，他卻不自覺想：「果然是她啊！難道是故意要來死給我看？」

「緊來幫我開門啦！外面雨祝大耶！」

蚵寮嬸的聲音硬是壓過大雨的沸騰，這麼大聲一喊把阿玉和瘋千金都嚇一跳。阿玉趕緊跳下椅凳去開門。

「先捧去。」蚵寮嬸為她煮了一碗公的旗魚米粉，連同碗筷湯匙放在提籃裡，另一手撐著傘，但身軀大半濕透了。

「我要先轉去睏了，阿玉啊，妳米粉吃一吃先在這裡睏一晚。太晚了，外頭雨大得像是打狗打牛的，還做大水了，不要自己亂跑。明天透早我再來帶妳轉去厝。」

「嗯。」阿玉點點頭。好香好燙的旗魚米粉就在眼前，她知道廟口那攤最多人吃的旗魚米粉就是蚵寮嬸開的。阿玉都快忘掉，明天回家一定會被打得慘歪歪……

「妳也緊轉去睏啦，是要我講幾次！」蚵寮嬸回家前再次對瘋千金交代，「要來這裡，明天再來，知道嗎？」

「好啦，阿嬸，我知道了，我厝內派的三輪車就快來了。」瘋千金笑說。

「唉，好啦好啦，瘋仔。」

蚵寮嬸撐起沒什麼用的傘走了。阿玉趕緊努力吹涼旗魚米粉，但等不及了就呼哈呼哈將白皙皙的旗魚塊往嘴裡送。

「很燙吧？怎麼這麼急。」瘋千金看她急切的模樣，微微笑了，「又沒人跟妳搶。」

實在是太燙了，連舌頭都縮到喉嚨裡去了。她一手掩住嘴說不出話來，只能發出呼呼的聲音。

「查某囝仔這樣沒規矩喔。」瘋千金說，「吹涼了再吃，不要讓人家覺得妳好像一世人都沒東西吃的樣子。妳沒聽人家說嗎？吹三次才沒飼餓死鬼。」

「嗯嗯。」阿玉含著一口米粉點點頭。

「真乖，難怪這麼得人疼。」瘋千金繼續吃她的煎赤黑甕串和白飯。阿玉邊吃米粉，邊偷瞄黑甕串和白飯，她心裡還是想吃幾口的。

不一時，瘋千金放下碗筷不吃了。白飯已吃得乾乾淨淨，但煎赤黑甕串還剩下半片。

「我厝內的三輪車來了，我要先轉去了。」瘋千金站起身來摟了摟阿玉，並在她的頭頂親了親，「明天我再和石原君、小田君去厝裡接妳出來玩喔。如果會冷，我再帶一件紅夾克給妳穿。」

「好。」阿玉說。

瘋千金打開門，關上門，大概是走了。

「啊，她沒帶雨傘呢！」

只剩下阿玉一人在厝內，她吃光一碗公的旗魚米粉，覺得好久沒吃這麼飽了喔。但是還真想再吃一碗。她討厭自己這樣，好像乞丐。

她想幫蚵寮嬸收拾碗盤，擦擦桌子，稍微整理一下，就可以躺到床頂睡。她知道也睡不了多久，一早就要回家去了。

她看了看房間，發現通櫥頂有塊抹布，又乾又硬，她打開門，把抹布伸到外頭稍微淋一下雨水弄得濕濕的，再走回桌旁整理時，看見相簿仍然打開著。兩頁當中，只有右頁貼了張黑白相片。

相片裡沒有人，就只是房間的靜物照，可以看見厝內天花板上，有一盞蒼白色的小燈亮著。大概是曝光過度了，整個天花板與四周刷白的土牆相連，完全成了一片平面刺眼的白，僅看得見黑色斑點般的燈座。

在刺眼的白的下方，右邊靠著牆的黑暗木窗下有張單人小床、床頂有枕頭和一套疊好的薄被，左邊是一個雕花開窗的老式通櫥。厝內中央，有一張木頭方桌，每一側都有一張三腳圓凳，桌椅表面反射略顯黯淡的漆光。

桌頂有一只包著深色塑膠皮的熱水瓶擺在中間，三個倒扣的玻璃杯環繞，一盤還剩下半片的煎赤黑甕串、一個空碗、兩雙筷子、一個空碗公，裡面有支鐵湯匙、一盞醬油碟和一本厚重的相簿散落在對側桌角。

但是有一天，被雷打中的突然，查某心裡又開始哀傷起來。像從舊箱仔裡找出了什麼，發現了殘留的古老遺物，原來她以為的哀傷並未耗盡，從來從來，就未曾耗盡過。

她以為夠了，不再見面之後那麼久，她都過得那麼痛苦。就像把人生的一切送進火葬場，沒有返還的餘地，什麼都要拋棄掉了的那麼痛苦。對為什麼自己會落到如此下場無知，不知道何時才能解除痛苦的契約那樣痛苦，所以讓她誤以為她的哀傷應該已經耗盡了。因為不可能的啊，那麼樣的痛苦，怎麼可能不把所有的哀傷耗光呢？

結果仍然有部分的哀傷殘留下來，像是躲過終戰大轟炸的遺民一樣，靜悄悄躲在心裡的防空洞，既不出聲也不長大，並不滋長也不變小，如降低呼吸一般的烏龜過冬般躲著，維持原來的樣子，維持那被傷害的瞬間那樣子，把一切變化給停止住。

在她有意識尋找那哀傷時，哀傷悶聲不響，不想出來見人。像是個不好的玩躲迷藏的人，遊戲一開始跑回家躲起來，舒舒服服在家裡睡覺喝水，任別人在太陽底下找尋。等到大家都筋疲力盡了，才跑出來，宣稱自己仍在遊戲之中。

當她發現原來哀傷居然還殘留著時，她才知道，那痛苦從未一刻從自己心裡、身上離去。而這無法驅離乾淨的哀傷，就像帶著底的惡疾，只要沒有耗盡，她就無法獲得解脫，回復原本生活。唯一的機會，就是要在那個時候，把哀傷耗盡才對。

不耗盡的話，就永遠也沒機會了。

榕樹頂的查某泡了大半夜雨水。

直挺挺的麻繩打了個簡單的死結，套著下巴，形狀有點粗的頸子柔軟而過度延長地彎著，脊椎骨一稜稜自肌膚底稍稍透出來，讓人有種想去摳摳看的衝動。頭頂塌得厲害，灰白稀疏的髮間頭皮像是太冷起了雞母皮，佈滿密密麻麻的細小肉粒，並泛著比一般頭皮要更粉嫩些的光澤。

順著雨絲滑潤流下的長髮覆著整張臉、雙肩和胸。她穿了件七分袖的手染棉布衣，質料看來舊了點，但花樣紋飾卻很精緻。胸口有兩個如意結木刻排釦，往下一點開了朵淡粉底紫染睡蓮花，連接一根帶紅墨點的蓮梗，最下面腰際處荷葉衣襬縫了雙層蔓草紋滾邊，三片翠綠的蓮葉相伴，彷彿以滾邊為池塘水面輕盈漂浮，潺濕不止的雨水顯得格外清亮。

肩膀一邊鬆垮垂著，連上一隻沒力氣隨風雨飄盪的手。上臂鼓壯，明顯鍛鍊過的肌肉幾乎快撐裂七分袖，但前臂修長消瘦腕骨高突，青筋如山藤張爪攀緣，倒像乾扁的竹擔仔柄。粗肥的手掌微曲，雨水往下在樹瘤大的指節處分流，分別從五個指尖（指甲邊緣有焦躁的毛邊咬痕）不規律輪替滴落。

另一邊的肩膀卻往頸子內縮，上臂由側面緊緊壓迫肥大的乳房，使得兩只乳房都嚴重扭曲變形，結果好像跟本人死掉沒關係，乳房成了依附在屍體的奇怪生物，像是水生的大隻蠑螈，仍然活力十足蠕動的樣子。前臂和上臂彎成九十度角，手緊捏住裙頭，用力往上扯。裙子是深紫色的絨布裙，表面磨損得相當壞，絨毛差不多磨光了，有些不明顯的大範圍暗色污漬正好落在肥厚俏挺的臀上。經過一夜雨水又深又沉毫不憐惜的浸泡，整件裙仔變得非常沉重，假如沒有手去捏住裙頭的話，恐怕會整件掉下去吧。

裙仔約略遮住膝蓋部位，但是與緊縮肩膀同一側的腳像是忽然踩到什麼軟趴趴的東西，嚇一跳往上抬，於是弓開裙襬。另一隻腳則是繃緊了強健的小腿肌肉與沒穿鞋仔的腳板，腳跟龜裂得很可怕，一道道裂痕深度和寬度都超過一公分，裡頭的肉已呈現壞死的紫黑色，而外頭皮膚則如發霉般的灰白色，並且結了發毛的硬繭。腳踝非常粗大，用食指和拇指環握的話，大約只能握住一半。伸長的腳趾頭離地面約有半公尺左右，但一旁卻見不到用來踩腳的椅仔，所以即使在樹枝上丟掛了繩仔，光用跳的也沒辦法將自己套進去吧。

查某吊著，像是公園裡的總統雕像，僵直不動。此刻沒風，雨勢也逐漸停歇，衫裙擺也不擺黏著她的身軀，像從哪裡扒下來包住她的死皮。

濱線女兒

哨船頭→旗後

「時間到了，七點啊。」船頭仔說，「板仔收起來。」

「好啦。」少年船工說，「幸好大雨有停了，不然就沒通駛了。」

「嗯，我看凌晨漲潮時內港大水爆發，哈瑪星那邊一定倒灌做水災。不過，人說內港漲水急如火，退水就緊如電，應該沒啥代誌。」

「這雨也不知在落什麼意思的，整晚霹啪叫落這麼大一陣，透早說要停，一下子全停到一滴都沒，連日頭都出來了！」

「你剛才說哨船頭航線要廢止了？」養蜂人問，「所以是駛到何時？」

「到下下個月初三，暗頭仔五點十五從旗後駛回來那一班。」

「是何時公佈要廢止的啊？怎麼沒聽人家講到……」

「渡船頭頂不是有貼告示，都貼快一個月了。」

「那以後不就都要先過哈瑪星才有船去旗後？」

「對啊，那邊船班本來就比較密，坐的人也多。」

「我知啦，但是就很麻煩啊，還要先坐竹排仔過去。」養蜂人說，「你沒看我提這麼多蜂箱。」

「你這是在哪裡養的？」

「啊就雞安阿山啊。」

「咦，怪了，我就住土地公廟後面，怎麼不知道附近有養蜂？」

「土地公廟旁邊那條斜坡小路走上去，不是有一個山坳？」

「那條路不是幾百年沒人在走了？」船工說，「裡面是有什麼嗎？」

「喔，你少年仔不知道啦，裡面有兩個日本時代的防空壕啦。」

「有啦，我有聽我阿爸講過，但是光復之後不是封起來了？」

「深底有死人的地方已經埋起來了，外面靠門口的地方沒封。」養蜂人說，「所以頂頭和壁剛好用來遮風蔽雨。」

「什麼死人？」

「咦？你阿爸沒說喔？」養蜂人說，「船頭仔應該知道吧？」

「啊就美軍轟炸炸死的啊。」船頭仔說，「本來應該是要炸信號所的吧？聽說那一天高雄港炸得很嚴重，還用汽油彈燒山。留在哨船頭沒疏開的，好像都燒死在裡面了。」

「是啊，疏開的人回來一看，一團黑油油的屍體在防空壕底，也分不出來誰是誰，乾脆就全部用土埋起來了。」

「是喔。」船工說，「難怪我阿爸從小就叫我不能去那裡。」

「到了。」

「板仔放上去。」

「好啦。」

阿玉坐在教室位子上，看見阿賓頭頂綁了一圈圈繃帶，尖尖圓圓像是戴雞蛋冰的錫殼，一臉興奮向她走來。

「阿玉！」阿賓說，「妳何時轉來耶？妳是跑去哪裡了啦，自己就這樣跑掉，害大家都驚一跳！」

「昨天早上。」

「沒想到妳也會離家出走喔！」

「我沒有啦。」

「一定被妳阿爸阿母打得祝慘吧？」

阿玉支吾了一下，「嗯……還好。」

蚵寮嬸一早趁風雨停歇之後，送了阿玉回家。

濱海二街頂的積水已約略消退，但第一船渠裡的海水卻仍然高漲，連大型烏魚船都快浮上堤岸了。

阿玉看著水面散亂漂浮的大量漂流木料，想起了大姊。如果現在撿柴的話就很輕鬆，不用走到堤岸下面的階梯去。

「阿姊，我來幫妳撿。」

「不用啦，妳站旁邊一點，等一下摔下去。妳有沒有吃早飯？」

她搖搖頭。

「妳真的很憨耶，誰叫妳睏這麼晚。」大姊掏出一塊咬了一半的柿餅，「給妳吃……」

「囝仔人不懂代誌，總是會胡亂想胡亂跑，你們就不要太打了。」蚵寮嬸說，「你阿玉啊祝乖耶。」

阿爸阿母都知道蚵寮嬸這號哈瑪星的大人物，於是客氣說：「歐媽桑給妳添麻煩了。」

「不會啦，她真乖，得人疼。」蚵寮嬸轉身對阿玉說，「有什麼代誌再來找我喔。」

「嗯。」

結果只有被罵和瞪了幾眼，「剛好沒空理妳，晚上轉來再修理妳。」

「弟仔……」她小聲得不得了地問。

「還會想起妳弟仔喔！還好是他沒代誌，不然妳就死啦！」

「等一下去芳枝她阿母那邊抱弟仔轉來。」

阿爸阿母好像在緊張什麼鬼鬼祕祕的，沒有多理她就匆匆忙忙出門去了。

「阿玉！妳是不是自己偷跑去大新了啊！哈哈哈！」

「沒啦，你頭沒怎麼樣吧？」

「哪有怎麼樣！」芳枝插進來說，「就摔破一孔。」

「哈！沒怎麼樣啦！縫三針而已啦。」

「可是，我怎麼有看到流白白的東西……」

「流白白的東西？」阿賓想了想，「哈哈，沒啦，是我身軀有藏一罐牛奶要喝的，結果掉出來摔破了啦，流了滿土腳！」

「他沒怎樣啦！妳是在驚啥？我阿妹仔擦破一孔，害我被打得才慘啦！」貞仔說，「對啦，聽芳枝說妳弟仔找到了？」

「嗯。」阿玉說，「我阿母說是拜六下午，在大院後面巷仔內的一間破廠舍找到的。」

「奇怪，他怎麼會半暝自己走去那裡？」

「我也不知道，弟仔也講不清楚。」

「我阿母說，可能是夢遊症吧。」
「沒帶去給醫生看？」
「沒。」
「這麼小也會夢遊喔？」
「我哪知啦！」
「人有沒有怎麼樣？」
「沒……我看是沒怎樣。」
「我看也是好好啦！」芳枝說，「但是妳啦，阿賓說他躺在鐵枝路頂時，還有對妳笑咧。妳怎麼就跑掉了。我一直叫妳也不會應。頭殼裡到底是在想啥啦！」
「沒啦，啊芳枝妳咧？」
「我阿母連我有出門也不知道。」
「我跟我阿母說是借別人的腳踏車騎摔的。」阿賓說，「那我們什麼時候還要去大新？」
「我有把錢討回來喔，不用再存錢。」芳枝說，「那兩個三輪車的一直在相罵，也沒管我們。」
「妳到底是去哪兒了？我們還有四處去找妳耶。妳是一整晚都沒轉來喔？是去睏在哪裡啊？」
「沒啦。」

旗後→哨船頭

「你這卡皮箱是新的喔？」同學說，「專門為校外旅行買的？」

「……不是。」他說，「舊的。」

「看起來很新啊。」

「對啊，看起來很新。」

「是我大姊帶回來的。」

「你大姊是不是在鹽埕埔做事？」

「我知道喔，是在津津茶莊對吧。」同學說，「有一次我和我阿爸去買茶，她看我穿制服就問我認不認識你。」

「有啦，她有跟我說。」他說，「皮箱就是她頭家給她的。」

「津津的頭家人不錯啊。」

「你身軀有帶錢嗎？」

「有啊，怎麼樣？」同學說，「你沒帶？」

「有啦，是說驚帶不夠，如果要買點特產回來的話……」

「不夠我再借你。」同學說，「對了，你有帶睏衫嗎？」

「穿內衫睏就好了，帶睏衫做什麼？」

「隆仔，那你有沒有帶睏衫？」

「……嗯，有做一件。」

「哇，還特別做喔，真有派頭。」

「你給人家管。」同學說，「校外旅行又不是每天都有，慎重一些有什麼不好？」

「對啦，你有想去讀大學嗎？」

「就已經考高中了，就順便去考一下大學，有考上再說。」

「我是沒差啦，我阿爸說直接考公務員也是不壞。」

「隆仔，你腳踏車的銀漆是自己調的嗎？」

「不是咧。」他說，「是我阿爸調的。」

「我也想要漆成銀色的。」

「我要問我阿爸看怎麼調。」

「你那臺是二十六型？」

「二十八型的。」

「他那臺是上海三槍牌的，手把是彎的。」

「你要是問好了，下禮拜陪我去油漆行調一罐。」

「好啊。」

聽說裁縫車被偷的事情過了幾天沒消沒息，姨婆叫芳枝做充員仔剛退伍的大哥去派出所問看看，是不是有消息。結果問沒兩句就給值班警察轟出派出所，什麼也沒問到。

「沒要緊啦！你轉去跟她說，我們沒閒理她啦！這個瘋婆的代誌怎麼這麼多，一時啊丟裁縫車，一時啊囝仔不見去，連鼓山國校邊有查某吊死的那間厝不是也是她的嗎？」警察原來是這麼說的，芳枝大哥婉轉一點告訴姨婆說：「警察說大院這邊和國校那邊厝的代誌，他們會一併去查。」

「那邊吊死一個又沒人相識的查某，是要浪費時間查什麼啦？」姨婆說，「吃飽閒閒，不會先查這邊的代誌，頭殼裝屎。」

又過了兩天，當然還是沒消沒息，這一次叫阿桃姨去問。阿桃姨根本就沒走到派出所，在巷仔口踅了兩圈就回來跟姨婆報告，說是還沒捉到，還要查。

姨婆懷疑，警察一定沒有在認真查案。因為他們自從那一次從大院離開之後，再也沒有回來過，沒問過大院裡的人，也沒有搜大家的厝。

其實，姨婆那一晚喝完酸梅湯回來，就開始偷偷觀察大院裡的人。她想，也許裁縫車早就被偷出去外面賣掉了，但是只要換錢回來，這群窮人一定瞞不住，面頂一定會現出喜色。只要看什麼人面色比較快樂一點，她就會知道一定是這間厝的人偷的。

從第二天開始，姨婆只要早上洗完衫物，就會搬三腳椅坐在她客廳前的臺階，盯著院埕的人來來往往。這麼做，讓大院的人心裡非常緊張，好像除了偷裁縫車這件事情，所有事情也都一併被監督了。因此，姨婆只要坐在那裡時，不要說沒人會露出一點開心的面色，甚至連說話也不說了，能夠不多停留在院埕就不停留，多把自己關在厝裡面。連囝仔也感受到這種氣息，能夠爬窗的爬窗，鑽小門的鑽小門，總之不要經過院埕就好了。

只有芳枝阿母例外，她還是每天笑咪咪的，一出門就大聲跟姨婆打招呼，照樣大聲跟囝仔們講話。

不踏入院埕對OKINAWA桑沒什麼問題，他自從回來後，除了上街路買飯之外，就很少踏出房門，兩個囝仔也都鎖在房裡頭。據說，他拜託了人去臺南找他某，在他下一次跑遠洋之前，希望能把某找回來。

但這就苦了其他查某人了，一出來灶腳煮飯便很緊張，三不五時還要聽姨婆說：「還有心情煮飯啦，看人家整天坐在這裡，也不會來問一句，是會不會累啊？要不要喝水啦？做賊仔的，飯煮得可勤快的了，好像沒代誌一樣。對啦，這是我自己的代誌，跟別人也沒什麼關係，我一個阿婆死一死也沒什麼關係啦。」

還好，姨婆也只會坐一個早上，下午去街路吃完飯，回來就待在厝內，晚一點準備出門去看歌仔戲。又過了幾天，姨婆洗完裳物就回房間，沒再出來，大院裡的人總算脫離苦海。

只是，姨婆出門去看戲的日子，阿玉還是得去她厝內幫她整理家務。這天姨婆從房間裡走出來，卻沒有出門的梳妝打扮。

「今天妳有沒有看到澎湖蔡？」

「沒有耶。」

「是喔。」

「姨婆，那我先去倒尿壺。」

「阿玉妳來。」姨婆說，「妳去澎湖蔡那裡看看，看他有沒有在厝內。」

阿玉嚇一跳，「不要，我不敢。」

「有什麼不敢的？」

「他是瘋仔耶！又那麼兇，大院裡很多囝仔都被他打過，要是有人在怎麼辦！」

「妳只要從縫裡偷看一下就好了。看一下，就轉來跟我說。」

「我不敢啦。」

「妳看一下，如果沒人在，我要進去搜他厝，找我的裁縫車。」

「不要啦。」

姨婆一直拉著她的手，半推半拉將阿玉哄出門外，「去，妳去看一下就好了。」阿玉出了門口便不敢發出聲音，只是頭一直猛搖。姨婆的手勁也出乎意料的大，將她拉得腳底浮空，她的腳趾只好用力摳住坎坷不平的水泥地。

「姨婆，妳再拉，我就快尿出來了！」

幾個大院的囝仔在院埕玩到一半，停下來睜大眼睛看她們。有人還發出「呵呵呵」的聲音。

「死囝仔，閃開啦！」姨婆向他們大叫，「死沒人哭，死沒人哭。」

囝仔們跑開去，姨婆放鬆了手，「好啦好啦，妳這個查某囝仔，怎樣脾氣這麼硬，是要給我累死喔。」姨婆拉著她往澎湖蔡的房間方向走，「好啦，我和妳一起去看，這樣可以了吧。」

「我不敢去，妳自己去就好！」一聽姨婆要自己去，阿玉的腳便沒那麼用力摳地，拖拖拉拉走到大院最底處。那兒本來是大院的柴火倉庫，有兩坪半大，日本時代，姨婆厝裡專門請的樵夫從壽山砍下來燒好的上等龍眼炭，就這樣一捆一捆一直疊上去，直到挑高半間厝高的天花板。後來沒再燒龍眼炭，改成放刀斧鋤頭雜物，前幾年，姨婆把這房間搬空，租給澎湖蔡。

澎湖蔡剛搬來時，並沒有發瘋。他單身一個人，在濱海二街頭，也就是阿玉擺尪仔書攤的不遠處賣西瓜。有時候西瓜沒賣完，還會切兩片讓阿玉和芳枝帶回去厝裡吃。但是有一天，西瓜賣到一半忽然手腳抽擂倒下來，被人抬回柴火倉庫，面色發青，口水流了滿地。柯醫生來一看，改送病院，說是腦中風。那年，他是五十幾歲的人了。

腦中風沒死，但出院後卻變成一個瘋仔。大家都知道，中風的時候把他的神經繃斷了，所以才會發神經。本來和藹的脾氣，也不見了，看到人就拆幹譙，但是臉歪嘴斜，沒人聽得懂他在罵什麼。

不過腳手倒還很靈活，跟中風之前沒兩樣，甚至更靈活，好像完全不用經過頭殼思考，搬大粒西瓜搬久了所鍛鍊出來的力量和速度還在，如果有人經過他旁邊閃得慢了一點，呼的一聲就會被他搧幾掌。大人還懂得閃遠一點，附近的囝仔說不聽的、故意要鬧他的都得挨一頓像是要打死人的拳頭。澎湖蔡不管脾氣大小，手裡也不會留輕重，只要一打起來，一拳兩拳就是一副要打到死的樣子。

這樣就沒辦法賣西瓜了，他變成了有厝的流浪漢，要回來就回來，要出去就出去，大院裡的人一天也難得看到他一次。姨婆想叫人把他趕出去，但是出錢叫廟口那些七逃仔來，一聽說是澎湖蔡就說：「免了免了，這錢太難賺，有在賺查某，沒有在賺瘋猴。」七逃仔說，「又不是要找死，他一武起來，叫警察來也沒效。阿婆，我看妳就認命。」

據說，有一次澎湖蔡就是在代天宮邊的巷仔跟七逃仔打起來。本來這些七逃仔就是看他好欺負，想要弄弄他而已，結果三、四個人被他打得哀爸叫母，其中一個差一點連命都沒了，肋骨斷得剩沒幾支，若不是送病院開刀就死了。警察一聽說是澎湖蔡在打架，出動了四、五個人，衝進去巷仔裡面把他從後面架起來時，澎湖蔡還在用皮鞋底猛踩七逃仔的臉，那個七逃仔的下巴整個都碎掉了。

不過，雖然用武的趕不走澎湖蔡，姨婆那張嘴還是在他的面前照念，阿玉和芳枝很佩服姨婆真是不怕死。只是用念的對澎湖蔡來說好像沒什麼關係，他大概聽不懂，就是默默走掉而已。

到了柴火倉庫前，姨婆朝門縫裡看了看說：「我目瞷不好，看不清楚，阿玉妳看看。」

阿玉不甘願地被姨婆拉到前面，盡力往門縫裡瞧。藉著天窗落下來的光線一看，裡面空空的，澎湖蔡並沒有在裡面。

「沒，他不在。」

「好。」姨婆一說好，立刻把門推開，一股流浪漢身軀常聞到的酸臭味立刻湧出來，「阿玉，我們進去。」

「我不要啦，萬一他要是回來，怎麼辦？」

「妳是在怕什麼，我是厝主耶，他敢對我怎麼樣？」姨婆拉著她的手走進房內，「誰叫他都不在家，我是要找我的裁縫車。他要是敢打我，就一定是他偷的。」

但她們並沒看見裁縫車。

柴火倉庫有一張草席和一張已經黑得出汁的發霉棉被。一把靠背椅子，一個小火爐和鼎仔，筷仔和兩個碗。房間一角有一組立站起來的攤架和一片長板，應該是原來賣西瓜用的攤仔。

雖然就這麼一目瞭然的小房間，姨婆還是前前後後走了一時，搬了搬架仔，用腳踩了踩棉被。一輕踩，霉味呼的一聲連土粉冒上來，阿玉趕緊退到門邊，摀著鼻子。再待下去，不知道身軀會不會生出什麼東西。

「真臭。」姨婆說，「死人也沒這麼臭。要這樣過活，不如去做死人好了。」

姨婆好像在沉思什麼轉頭看了看阿玉，然後退出門外，自顧自走了。阿玉小心闔上門，趕緊跟上姨婆。但姨婆一進厝內，頭也不回將門給關上，沒讓她進去。

阿玉想，姨婆今天大概不去港都戲院看戲了。

哨船頭→旗後

「今川桑！」船頭仔說，「怎麼這麼罕得見到你耶，要過旗後喔？」

「是啊……去找個朋友。」

「祝久沒在哨船頭看到你了，是搬到哪去了？」

「喔，之前搬去鼓山國校邊。」

「是喔，有閒多回來喝一杯啊。」

「好，轉來就去找你。」

查某和黃修迪曾經有過很好的時光，今川桑想起……

黃修迪這款人並不是好尪婿，少年時候非常花，愛賭又愛喝酒，無論在婚前或是婚後全是一個模樣，但卻是個不折不扣的聰明人，不管是怎麼混的，也能讀到商業學校畢業。手腕也行，年歲輕輕就在日本會社做代誌，後來轉到港務局，賺了不少錢，無論是走黑的還是走白的，再怎麼愛賭也從來沒吃到老本。娶查某的時候，已經存了一大筆錢了。

做尪仔某不就親像兩人一人一艘船，為了生活肩併肩駛入無邊無際的海洋，還留在陸地的外人根本無法體會海上的奮戰。在陸地有一百公尺的能見度，在海上只剩一半，很有可能兩艘船稍微離得遠一點，角度略偏一點，就看不到彼此的存在；只要一點點水氣、霧氣、太陽照反射、鋒面變化，就能讓原本親近同行的感情變得難以捉摸。但是陸地頂的人還以為全世界都是晴空普照、一帆風順呢！

結婚後，查某費了很多心思把黃修迪給收服了，就像引水人要帶領一艘不熟悉的船舶入港出港一樣，不僅要了解這艘船的吃水量、機械特性、出力、船的重量噸數與風速，還要擔心力道作用會偏走，注意掌控舵的準確度、煞車強弱、下錨深淺等等，更要了解港內的水道航線，哪兒有暗礁、哪兒能走、哪兒能退、哪兒有暴風雨，水深、洋流、潮汐，哪兒是目的、方向、終點……一般人看到的是海平面以上的景像，但是引水人心裡卻是從天頂到海底的輪廓都要清清楚楚的，然後引領船舶與自己的引水船共同入港出港，才不會出代誌。

好不容易，連黃修迪這種浪子居然也被引得乖乖聽話了。兩人一同過了十幾年的好日子，但是查某卻開始討客兄了。

要說查某不滿意現況也不是，不過她卻迷上了像是引水人的愛情。去引領一個查埔人入港，對她來說不是追求長久的婚姻與愛情，純粹是一種快速專注的挑戰，往往一個漂亮的轉彎，就能讓她如此快樂。她與查埔人的關係，不再是個別指揮自己船舶的船頭仔，而是一個引水一個被引水。

她愛上了引誘無知的少年，無論是日本人或是臺灣人，有妻室女友的都沒差別。她喜歡把他們調教成她想要的樣子：有時調教成溫柔體貼，有時調教成傳統查埔人，有時調教成花錢如流水，有時調教成勤儉愛家。

無論採取什麼方法，引水人總要將船舶引領至港內港外，停在該停的地方；不論船舶大小，每種船舶都有不同困難度和樂趣：汽船、貨櫃輪船、軍艦、遊艇、遠洋鐵殼漁船、運兵艦、雙發動機飛艇、低壓瓦斯船……在進退彎泊與錯船之間，進港或出港，時而溫柔時而強勢。在她的感情港口裡，她才是主導者、不可違逆的老大（只有像她這種老江湖的老船頭仔，才有辦法轉職為引水人）；但一旦調教好了，船停好了，引水船就會破水離開，毫不留戀。

自己也是這樣被引入查某的港內，但是查某應該不會認為我是她最後一艘引水的船舶吧？假如是，那她應該也要知道，一旦迷戀擔任引水人這個角色，最好早日習慣，只有當貿易風吹起的季節，才能再次與舊愛相逢。

咿呀的一聲厝門一開，阿玉從睡眠中醒來。悶熱腥臭，融合外頭灶腳油煙味、焦煤和公用便所糞尿的夜風灌進來，還有阿爸拖地的腳步聲跨過門檻。

本來阿玉和弟仔睡在木板隔出來的小房間內，但自從懷疑弟仔會夢遊之後，阿爸就把隔間拆掉，成了五坪大的長方形厝內，靠底的牆下有張佔了房間三分之一的床，可以睡一家人。其他地方，有一張方桌，一把長凳和兩張三腳凳，一個通櫥和一個黑檀木掛鐘。

阿玉睜開眼，看見距離自己不到一掌寬的阿母的眼睛早睜得大大的，也正好對視著自己。阿母好像被她忽然睜開眼睛給嚇一跳，腳手猛力撞了床板一響。睡在阿母另一側的弟仔，被震翻了身，發出嗯嗯的聲音。

「緊睏，目睭閉起來。」阿母怒氣發作低吼，「不可以給我起床。」

阿母翻身過去，拍拍弟仔的身軀。他沒醒。

阿玉馬上閉眼，卻閉不上耳朵。

「細聲一點啦！」阿爸壓低聲音說，「妳是睏得做夢了麼！都什麼時候了？」

阿母一下子坐起身來，「沒啦沒啦，我沒睏。東西來了嗎？」

「廢話！不然我在這裡幹什麼！快出來鬥搬。」

「我知道了啦。」阿母窸窸窣窣穿上拖鞋，「要不要開燈？」

「妳是瘋查某喔，妳是驚別人不知道我們在做什麼代誌嗎？」

「你是在罵啥！我以前又沒有做過這種事，我是知道要怎麼弄！」

「細聲啦，快啦。」

阿母一下床，阿玉馬上又睜開眼，但她躺的這個方向只能看到弟仔一團灰灰黑黑的身影。

阿爸阿母已經走出門外，她聽著他們的腳步遠去，於是在黑暗中，像害怕被身邊的監視者發現，她緩慢翻身並將身軀微微弓起來，臉朝著門口。

她可以看見兩扇對開的門，朝外無所依靠地開著，融入黑暗之中。她試著移動身軀，再往前一點點，只能看見門檻頂一點點光亮而已，那打開的門的方形空間，似乎以黑色的輕薄布幕為底，布幕前後飄盪白色煙霧，好像由門檻的月光處，往上漂浮而包圍了黑色布幕。但她閉了閉眼，轉轉眼珠子，她無法確定是不是真的是由下往上飄動的煙霧，那煙霧的外緣浮動，像棉花的邊緣扭動形狀。有時像一片天上流下來的流水，有時像一座高立的輕飄飄山巒，有時像一個熟悉的胖子。

她的頭不能再往前移動，否則就會被阿母發現。她停下來不動，心裡想：到底是什麼東西呢？阿爸阿母從來也沒這麼鬼鬼祟祟過，在半夜裡會是搬什麼東西？

會是什麼用的嗎？要一起搬的東西會有多重啊？阿玉的頭殼緊緊繃著，她期待阿爸和阿母，搬著那東西走進厝來。高高的牡丹花紋漏斗天窗灑下來的月光，讓厝裡比被天棚遮蔽的門外要亮一些，一旦他們走近來，她想她是可以看清是什麼東西的。

但是，讓她不禁嚇得喊出聲來！首先穿破黑色布幕與白色煙霧而來的，卻是個不熟悉的身形。那人肩上兩側各扛一個黃麻布袋，沉腰彎背，跨進門檻時遲疑了一下下，好像不知要停在哪裡。然後他又往前走了一步，接近床的邊緣，將黃麻布袋往前一甩，一手一個緊捉著，盡可能輕放到地上。

阿玉有點發抖，但一點也不敢動。她瞇眼看見那人居然俯身往床鋪這邊看，自天窗漏進來的月光映照在他的臉上，阿玉看清了那是OKINAWA桑。

OKINAWA桑看著床，大概也就是看著她，居然笑了笑，舉起手來放在眼睛前，用拇指和食指上上下下，像是捏張紙似捏了捏。阿玉這才知道，原來即使眼睛已經瞇了，OKINAWA桑仍然發現她不是睡著的，害她原來瞇著的眼睛反而睜大了。OKINAWA桑又笑了，滿臉橫肉的粗厚皺紋堆擠成一個好像從石塊中硬擠壓出來的笑容，這次他將手掌擺到嘴前，像捏張紙似捏了捏，她明白的，那是要她安靜。

OKINAWA桑轉身走出門，阿母剛到門口，她手裡也拖著什麼，但是阿母拖不過門檻。OKINAWA桑一手捉住提過來，那也是一個黃麻布袋。

「謝謝。」阿母用日語向OKINAWA桑道謝，兩人一走出去，阿爸也扛著兩包黃麻布袋進來堆著。他放下來時沒力氣，猛地碰碰了兩聲。「幹！」他數了數袋子又走出去。

然後，OKINAWA桑又和阿爸各再扛了一次，阿母又拖了一袋，阿玉心裡頭算了算總共有十一袋這麼多的黃麻布袋堆在房間裡。

她聽見外面有人細聲說話的聲音，他聽出是阿爸和阿母在跟 OKINAWA 桑說日語，但是聽不清楚，不過三人說了幾句話而已，阿爸阿母便走進厝內關門，拴上門栓的聲音特別響亮。

「細聲一點啦！」又是阿爸低喊，「這種厝稍微一點聲就傳得很遠。」

「現在這樣好了嗎？」阿母問。

「什麼現在這樣好了？」

「我是說，續下去要怎麼辦？」

「沒怎麼辦啊……」阿爸說，「過兩天就會有人來搬。」

「過兩天？」阿母的聲音透出害怕，「之前不是說馬上就會有人來搬？」

「我怎麼知道『馬上』是多『馬上』！糖頭仔的人就說放在我們這裡，藏一兩天，最近風聲嚴，官府在掠人，等風聲小一點就會來搬。」

「誰叫你要這時候做，放厝內不是很危險，明天阿玉起床要怎麼辦！」

「要什麼時候做是我可以控制的嗎？人家糖頭仔什麼時候要貨就什麼時候啊！妳就叫她出去不可以亂講話！我這兩天不會去上班，在厝內顧，然後等 OKINAWA 報消息。」

「你說的簡單，如果有人要來厝內怎麼辦！」

「說我破病，不能上工不能吹風，門窗全部關起來，用月曆紙糊住門窗縫。」

「這哪有人會相信！」

「反正只要一兩天。妳也不要給我出門，就不會去跟那些大嘴婆說有的沒的。人家如果有問，就說妳這兩天要在厝裡照顧我。」

「買菜咧？」

「買菜？」阿爸居然笑出來，「這攤如果有賺到，妳還怕沒菜可買？若沒賺到，妳要拿什麼鬼去買菜？如果要買，叫阿玉下課去晚市買就好了。不然吃粥配豆腐乳就好了，兩天而已。」

「好啦，要快一點，放這裡也不是辦法，我會驚，這世人我從來沒做過這種代誌。」

「啊我是有做過嗎？」阿爸聲音忽高忽低，「如果不是OKINAWA 牽有這條線，誰想得到要做這個？」

「是啊，他們那種討遠洋的，還是人面闊一點，有關係，膽也比較穩，我看他一點也不會怕。」

「日本人戰爭切腹死都不怕了，走私驚什麼嗎？」

「噓……細聲一點。」

「幹！好啦。」

「這實在是講出去笑破人家的嘴，日本時代要吃一匙糖哪會怕沒有，囝仔人都可以吃著玩咧，現在居然要從菲律賓這麼遠走私回來。」

「都嘛是國民黨那些外省仔害的！日本時代人有這麼窮嗎？錢有這麼沒價值嗎？什麼都買不起，我最恨二二八時沒才調去跟他們拚命，拚給他死。」

「這種話你還敢說！不怕給人家捉去。最近哈瑪星這邊在掃匪諜你不知道嗎？」

「我整個庄仔頭的少年仔都去拚，就我落屎沒辦法去。幹你娘咧，眼睜睜看坐一卡車的查埔人去，我還站在車底下跟他們揮手，卻沒看到一個人轉來。」

「好啦好啦，講幾百遍啊，你緊去睏啦。」

阿爸脫掉外衫褲，只剩下內衫褲坐在長凳上，「我睏不下去。」他說，「說不定等一下堂仔就帶人來了。」

阿母也跟他坐著，「說到堂仔，你怎麼敢跟那個苔膏人講話？還發落他跟你們一起推車回來。」阿母聲音又壓得更低，「他身上生那些東西，你可不要去沾到了。」

阿玉知道，阿母見笑說出口的那個苔膏人堂仔是阿桃姨的尪婿，她從來沒看過有人敢跟這個苔膏人說話。

阿桃姨是大院裡難得會準時交厝租的人，甚至還有錢去跟漁市場的員工跟會，可是沒人知道他們一家是靠什麼過活的。阿桃姨除了去買菜和三不五時去漁市場剝大蝦之外，多半也都是待在家裡面。而堂仔，除了相罵時，會把他拿出來罵之外，大院的人幾乎不會在阿桃姨面前提這個人。

阿桃姨也是如此，從來不在其他人面前提起自己的尪婿。但是根據哈瑪星人人都知道的故事，早年的時候，他們一家住在哨船頭，厝裡面有土地好幾塊，他的尪婿厝裡連三代都是做修理漁船的生意。堂仔這代做的不錯，存了一些錢，但查埔人就是這樣，有錢之後就會想洞想縫，這個出身有錢但軟弱斯文的查埔人居然也開始跑鹽埕埔酒家、娶小姨，整個家產都敗光之後，只好搬到這個大院來，更慘的是，他染上了菜花。

染上之後，一世人沒好，而且蔓延到了全身。他的身軀長出一粒粒菜花，不久化膿流湯結疤連成了一片一片的，然後，在這一片片結疤頂又長出菜花，再次化膿流湯。所以他的身軀總是有股魚肉腐臭的味道，卻不能洗澡，只要手一碰到身軀，結疤便會帶著菜花一起脫落，像是土粉一樣，碎皮會飛散開來而沉重飽含血水腐肉的膿包也就跟著掉到地上。皮一洗掉，只剩下一整片粉紅色的嫩肉，輕輕一動到便流血流汁。

平常堂仔都穿一套破爛骯髒的西裝，袖管摺上半截，腳底穿一雙後底開口的皮鞋。有時候實在癢得忍不住了，他伸手進去裳物裡一捉，皮肉就會從褲管、袖管和裳物的縫隙掉出來。天氣太熱，身上只穿著背心的話，便可以很清楚看見大片的化膿，頂頭是一條條血漬凝結的指痕，或是捉得太嚴重了，已露出赤紅的肉底，在幾乎黑黑黏黏的身軀頂，顯得特別明顯。

他們剛搬來這裡時，尪婿的病還沒明顯，只有那裡生了一些粒仔而已，阿桃姨還以為是天氣熱的關係。阿桃姨一度這麼想，少年荒唐過去就算了，家財敗光再賺就有，兩個人有了囝仔三個，剩下一點點錢租一間小房間過日子沒問題。雖然尪婿不再是做頭家，但朋友這麼多，給人家請去做薪勞，收入雖少應該也夠一家消用。但當她發現尪婿染上了的是菜花後，她才知道，原來尪婿不是真正自己看開一切，想要回頭重新做人、照顧家庭，是因為生了這種見不得人的病，專門賺食的小姨一看就知道，所以被人家趕出門，才不得不回家來。倘若不是這樣，他大概寧願繼續在外面看小姨的面色，繼續賺錢給小姨仔花吧。

而他回來之後，幾乎失去了出門工作的鬥志，每天只是坐在厝內和囝仔逗玩，叫他出去找頭路，也是有一句講沒一句應的。一想到這樣，阿桃姨死了心，有一天，她跟尪婿說：「我知道你下面那裡生不該生的東西。」尪婿吃了一驚承認了，拚命道歉，說以後一定會改過，不會在外面亂來了。

阿桃姨笑了笑說，「反正我們囝仔都生三個了，沒做也沒要緊了。」她給尪婿一點錢，叫他出去看醫生，順便去買一套中古西裝。「厝裡面也沒什麼錢了，沒辦法讓你訂製新西裝，但你要去找工作，總是要穿好看一點。你以前畢竟是做頭家的人，如果去拜訪人穿得太寒酸也不是辦法。你以前的西裝我們都已經當光了，所以還是去買一套中古的比較好，尺寸如果不合，轉來我再幫你改。」

尪婿沒想到阿桃姨居然沒生氣，還這麼替他著想，便一直說：「好好好，我馬上去看醫生。我就是怕沒錢看醫生，所以才沒跟妳說的。我緊去，我緊去，等我好了，我們再來生一個查埔囝仔，我以後不敢再這樣了。」

「我知道，你以後一定不敢再這樣了，一次就乖了。」

尪婿一出門，阿桃姨就去灶腳起火。她拚命加柴，就像明天之後再也不用燒一樣，直到整個火爐燒得幾乎要爆炸開來的紅烈。

她將尪婿穿過的衫褲襪帽、睡過的被子枕頭，他所有用過的紙張、布袋和碗公盤仔，一件一件丟進火爐裡面。

她面無表情立著，像是燒金紙一件件丟，燒了一時，再丟一件。但後來逐漸失去了耐心，沒辦法完全丟進去的，她就隨便披露在火爐外讓它們被猛烈噴出的火舌燒著，將整個土灶外面和旁邊的鼎仔也燒得通紅，火焰之烈，讓天棚立刻焦黑一片。

大院的人和姨婆都跑過來看，「瘋查某……」有人在心裡這樣喊，但沒人敢說出口。連姨婆也難得安靜，只說了一兩句：「燒啊，爐仔燒壞掉，就免煮飯，錢自己出來修理就好……」

不用半小時，他尪婿的東西都已完全陷入火爐內，火焰燒光了所有東西，忽然間像是氣散了，很快熄掉。「看歌仔戲喔，散戲啦！」阿桃姨向眾人喊，「以後沒機會表演了。」她笑了笑。

傍晚，尪婿回家來，身上穿著新買的二手西裝，褲管、袖管和衣襬都長了一些，肩線也寬了點，他想，阿桃姨會幫他改好的。不過，他希望阿桃姨能第一眼看見他穿上西裝的挺拔樣子，他想自己果然是頭家命，西裝穿起來就是好看大扮，不像以前那些薪勞，再怎麼穿還是一副猥猥瑣瑣的模樣。

他走進院埕，看見自己家門口放了碗粥、筷仔和一小堆炒土豆。他覺得納悶，他推推門，門是鎖住的，「某耶，我回來了。」

裡面沒人應門。

「某耶，我回來了，粥和菜怎麼會放在外面，會被人踢到喔。」他說，「妳開門一下，我幫妳把粥拿進去。」

他聽見有人朝門這邊走來的聲音，從門縫中可以看見阿桃姨站在門前。

「妳看，我穿西裝喔，不錯看喔。有一點點大，妳要幫我改一下。這套有比較舊，但是比較便宜，我想多少可以省一點錢，畢竟以後生活比較重要。」他以為門開了，便推了推，「門沒開啊，是怎麼了？粥怎麼放外面，囝仔會去踢到啦。」

「買了就好。」阿桃姨的聲音平淡，「那碗粥是給你吃的。」

「阿桃，妳是在說什麼啦！妳開門放我進去，有什麼話妳開門再說啦！」

「我知道外面生活困難。」阿桃姨說，「以後你三餐轉來，飯我會幫你放外頭。」

「阿桃，妳是要趕我走啊！我走了，囝仔就沒老爸了。」他猛力敲門，但卻少了力氣撞進去，「我，我是要去睏哪裡？」

「囝仔不能去沾到苔膏東西。」

阿桃姨沒再說話，尪婿癱在地上。

一時間，他本來想走出院埕，又不知道要去哪裡。或許從明天開始，他努力去找份頭路，阿桃姨就會讓他回家了吧。不然，工作一段時間，有了點積蓄，阿桃姨也會讓他回家了吧。

這時，他覺得肚子餓了，他看了看那碗粥和炒土豆，他只遲疑了一時，便端起來，拿上筷仔開始吃了。

「查某人這個也怕那個也怕，生那些有的沒的算堂仔衰啦，但是有阿桃那種恰查某做某，也是衰啦。」

「怎麼可以這麼說，給那種人進大院來，沾到囝仔怎麼辦？阿桃是為自己好，也是為大家好啊。」

「哼！自己的尪婿顧成這樣，有什麼為自己好。放尪婿在外面做流浪漢，這樣有比較厲害嗎？」

「誰叫他要去娶小姨，染那種病。」

「誰叫他憨，玩查某就玩查某，要娶小姨就娶小姨，玩到生那種有的沒的，就是憨。」

「總之你不要去沾到就是了，不然……」

「不然怎樣，也要把我趕出去做流浪漢是不是……」說到這阿爸也覺得有點說錯話地轉了口氣，「堂仔人不錯啦，其實也是斯文人，我是看他可憐，身上一角圓都沒有，路頭遇到就叫他來幫忙，他還很高興咧，我說要給他錢，他還一直搖手說不用。那臺板車也是他不知道從哪裡弄來的，去岸壁搬的時候他也很出力。總之，我們要在厝裡面顧東西，也不能在外面亂跑，他在外面流浪慣習了，這附近有什麼風吹草動他最清楚。」

「清楚這個要幹什麼？」

「所以我講查某人就是不知道代誌，去倒一杯水來。」

阿母起身去倒水，阿爸繼續說：「妳以為哈瑪星只有我們在走私糖喔！不要說那些專門在做的，就像我們這種臨時做一次小攤的，不知道有多少，時節這麼不好，誰不想賺一次。妳以為警察和那些做黑的會不知道嗎？誰要是衰，輪到了，就會被抄到，半夜有堂仔在外面踅來踅去，哪裡都能去不會被懷疑，替我們看頭看尾，過兩天還可以帶糖頭仔來看貨，有誰會比他更適合。」

阿母將水遞給他，「好啦好啦，這我不管，你不要去沾到他就好。」

「好啦好啦，妳去睏啦。」

「我怎麼睏耶去？這些東西一天沒離開厝，我怎麼能睏得安心。」

旗後↓哨船頭

「咦，那兩個戽斗尪仔某今天怎麼晚一班船？」少年船工說。

「啊知？」船頭仔說，「兩個人也沒在做代誌，每天嘴翹翹，透早煙就咬著到處去賭博，生活過得有夠舒適的。」

「明明就是有錢人，怎麼住在旗後？為什麼沒過來哈瑪星住，要賭也比較方便啊。」

「有錢？誰跟你說這兩個是有錢人？」

「不用做代誌每天賭，還不是有錢人？」

「這兩個是賭到沒所在賭，四周圍被人家追賭債，沒辦法才從基隆跑路來這裡的。哪有什麼錢啦，有旗後可住不錯了啦。」

「頭家，早喔！」基隆尪說。

「早早，不過你們今天有比較晚咧。」

「唉，不要再說了，一透早就遇到衰事……」

「是怎樣？」

「唉，一出門在門口遇到一臺收壞銅舊錫的三輪車，想說撿看看有沒有鼎鍋可以用。撿了一時沒有，想說要來坐船了，誰知道一群囝仔圍在三輪車旁邊玩，囝仔人就是手癢，到處亂翻人家的東西，人家三輪車要騎走了，囝仔還不散開。車一騎，一個囝仔的指頭就被輪仔蓋邊的鐵片夾斷了。」基隆某說，「我第一次親目睭看到，指頭親像是沖天炮一樣，卡的一聲飛到天空，血跟水槍一樣噴來噴去。」

「幹，是不是很衰，我還要緊去喊看看是哪家的囝仔，叫父母出來顧，害我們少輸贏好幾輪了。」

「不會啦，這算是透早就見紅，今天一定會發啦！」

「謝謝啦。」

「緊走緊走。」

「順走喔。」

哨船頭↓旗後

「……」少年船工想。

「你在看啥？」船頭仔說。

「那個乞丐……」

「錢有收嗎？」

「有。」

「那有什麼好看的，沒看過乞丐喔。」

「有啦。」

「板仔拉起來。」

李仔糖是個外省老芋仔，本名不知道是什麼，從十幾年前就住在鼓山國校圍牆邊一片爛糊糊的水泥地頂。

他先在地上鋪了防水的油布，再加上一床草席、瓦楞紙箱破片跟舊報紙，然後在圍牆頂釘上木條，把帆布和麻繩給綑到頂頭去，兩旁立了兩根木柱仔，於是成了個遮棚。不過棚仔很低，大概是他坐著微微頂到頭的高度。

李仔糖就在這個棚仔裡睡覺，棚仔外頭，用磚塊和石頭堆成一個小灶，平常在那裡煮白麵條吃。他還弄個小田，用兩層磚塊圍起來，到濱線鐵路附近挖了好幾擔土當底，在上頭灑水種菜，也直接在小田裡拉屎澆尿當肥料。乍看之下非常噁心，但他種的小白菜和鵝仔菜確實長得又翠又綠，放在白麵條上，讓人看了便覺得胃口大開。

那怎麼會有「李仔糖」這個名字呢？

那是因為他大部分的時間多半幫漁市場搬搬貨、洗洗地板、去旗後烏松做掘墓工，不然就蹲在漁市場入口，跟人家要個幾塊錢，可是這些錢他一元五角都不花，存下一點點錢全部拿去買李仔糖。

買了一堆李仔糖，就在路上發給他看到的囝仔。囝仔一開始當然不敢拿，哈瑪星人愛日本人遠多過外省仔，而又窮又髒，一年四季不分出日頭還是落雪總穿著內褲打赤膊到處踅的他，大概算是最爛的外省仔了。

他看囝仔時，雙眼直盯好像想認出什麼人的樣子，人見人驚。但相處久了之後，卻實在挑不出其他毛病，頂多喝了酒自言自語，也是窩在自己的棚仔裡，誰都不去騷擾。所以過了一段時間，一個兩個囝仔也敢伸手跟他拿李仔糖來吃。人很客氣，從來不會動腳動手，不過由於不會講臺語，就聽見他一個人咿咿唔唔將李仔糖遞過去給囝仔。

囝仔東西拿慣了，一看見他便順口叫：「李仔糖來了！李仔糖來了。」他聽多了，也知道是在叫他，不久，無論大人囝仔在街路頂遇見他，只要叫一聲「李仔糖」，他就會很有精神地答：「有！」如果還能對他講一點點國語，他會高興地有問必答。

前幾晚下了大雨，李仔糖從岸壁弄來十公分高的裝貨木架，在棚仔裡拼成床架，但一下子就給大水淹過去，小田小灶全完了，半夜好像睡在水裡面。於是他把雜物連同棚仔帆布綑好在圍牆頂，人跑到漁市場去睡在殺魚的高臺頂……

「啊，叫李仔糖啦！」少年船工想到什麼似地忽然叫了一句。

「有！」

阿玉一起床，發現門窗的縫隙已經都貼上月曆紙，牆邊有一團用一塊本來放在灶腳的綠色防水布蓋著的東西。阿玉稍微想一下，記起底下是一袋袋的黃麻布袋，裡面便是昨晚阿爸說從菲律賓走私來的糖吧。阿母跟她交代昨晚那些她已聽過的話，有些她記得，有些實在聲音太小，她又覺得很睏了並沒聽清楚。

但阿爸並沒做到他昨晚說的：「不能踏出去門外一腳步。」他一晚沒睡，緊張得要死。阿爸是那種非常會緊張的人，一緊張尿就多，想也不想，居然清早出去上便所，結果遇上透早洗裳物的姨婆。

姨婆照例坐在矮凳頂，湊著流量微小的自來水洗裳物。

阿爸走出房門，經過她身邊時，點頭喊了句「歐媽桑早」。

阿爸一開門時，姨婆便知道是誰走出來了，只是故意不抬頭，等他打招呼才回話，好像是講給自己聽，但又清楚傳進阿爸耳裡，「喲，今天可能會落紅雨啦，不知道是哪一根神經去打不對了，我是目睭茫霧目睭濁了，還是去看到鬼，既然有人從來不在這時起床的，居然走出門了。不過，出門也是放尿啦，也不會放黃金出來說厝租交一交啦。這麼早起床，也是做工命，又不會明天就變成做會計，人家都有在說，要是那個命過去了就是過去了……」

「一緊張就忘記什麼時候，外面有人沒人，頭殼裡也不知道在想什麼就走出去。」吃早飯時阿母埋怨，「我不是有給你準備尿壺？」

阿爸什麼都沒說，但他知道給姨婆看到，她那隻嘴那麼會說，不知道會說什麼。

「歐媽桑手若無閒，嘴就有閒，這下子好了，是要怎麼跟人家說你是破病不能出門，不能吹風。」

「不管啦，接下來不要出去就好了。歐媽桑不會記得了啦，如果有問，就說尿壺滿了，不得已要走出去。」阿爸說，「阿玉妳去學校不要亂說話。」

「嗯嗯。」阿玉望著那一團綠布，其實心裡沒什麼緊張感，倒是想到給姨婆知道了，反而比較緊張。

「如果有什麼人問妳，妳就照阿母講的講。」

「若是姨婆問呢？」

「也是一樣啦！」

但阿爸的緊張個性沒辦法改，等了一整個早上沒動沒靜，更是在厝裡面坐不住，蹲在門縫邊看來看去。

「不然我出去看看？」阿母只好這麼說。

「妳要出去看？妳是要出去看啥！妳是有熟識什麼人嗎？沒，沒，出去是有什麼路用！」

「沒啊，我沒熟識什麼人啊，不然你有嗎？你有熟識糖頭仔嗎？」

阿爸沒說話，他怎麼會認識呢？

「你也知道出去看沒路用，那你是想要出去幹什麼？」

「我出去找堂仔，看有沒有人來問他。」

「如果有，人家也是晚上才會來對吧！」

他們聽見有人敲門，兩個人都像被電電到一樣，突然猛抖了椅子，阿爸立刻跳起來，衝到門邊。他從門縫拉下一張月曆紙，一看是 OKINAWA 桑，便開門讓他進來。

OKINAWA 桑大大方方走進來。「有人來接頭嗎？」阿爸用日語問他。

他搖搖頭說，「沒有。」他沒有擔心的面色，反而用臺語勸了阿爸，「沒要緊，別緊張。」OKINAWA 桑說他去街路有和接頭的人談過，說是風聲還太緊張，糖頭仔要再過兩天才會來。

阿母心裡想，這些貨又不是放你家，你看起來當然不緊張。但是又想回來，這批貨的本錢是阿爸騙說要做小生意，先去跟親戚朋友一元五角借來的，錢已經全部付給負責走船的人和菲律賓那邊的人了，如果這一次沒賺到，這些錢要怎麼還？這些貨現在可是厝裡面的命，怎麼有可能放到別人厝內去。阿母恨不得把它們埋到地下去，人就坐在頂頭坐到有人來拿走為止。

「這樣我們不是很危險嗎？」阿母說。

「危險？危險？什麼都怕危險，是要賺什麼錢？」阿爸的緊張感，把他逼得神經發毛，誰說什麼話都不會得他的心意，「有風頭就沒貨源，等風頭過，這批貨的價值就高了，到時候妳就歡喜了啦。」

阿玉下課回家，看見那一團綠色還在，沒說什麼依然去擺攤仔。芳枝也沒多問，只說了：「你爸是不是破病了？是不是很嚴重？」

「沒啦，沒很嚴重。」

「我阿母說她看妳厝封得密密的，中午煮飯時有問，妳阿母說是妳阿爸不能吹到風。」

「對啦，可能是感冒有比較嚴重一點。」阿玉不知道怎麼回，只好隨口說了個症狀，「應該是在岸壁吹風，吹得過頭。」

「有去看醫生嗎？」

「我阿母在顧，應該是不用啦。」

阿玉吃晚飯時什麼也不敢說。她看阿爸阿母兩個人都神經發毛，默默吃粥。阿爸時不時會看看吊鐘，她知道是在等半夜到來，或許那個苔膏人會將糖頭仔帶來。

「今天有人問妳什麼嗎？」阿母問。

阿玉搖搖頭，「只有芳枝說，她阿母有跟妳說過話，芳枝問我阿爸是不是很嚴重，我說沒，就這樣而已。」

熬過這晚上，並沒任何人來接頭，等到了第二天中午，阿爸再也忍耐不住，堅持要出門。

「你這樣沒人會信你是破病啦！」

「不信就不信，管他的，反正今天晚上人家來運走就好了。」

「你是要出去做什麼啦！」

「妳不用管啦！」

阿爸撕掉月曆紙，看院埕沒人便開門走出去。一出門口，先轉向 OKINAWA 桑家，看他在不在。他敲門，但來開門的是 OKINAWA 桑的大囝仔，「你阿爸有在嗎？」

大囝仔已經病得差不多，沒什麼力氣講話，搖搖頭。

阿爸只好走過院埕，打開大院門走出去。他不知道要何去何從，站在門口頭轉來轉去。他想可以去找堂仔，也許前一晚他看頭看尾有看到什麼，但他也不知道堂仔平常是住哪裡。

算阿爸運氣好，他在濱海二街走了一趟，什麼也沒辦法做只好回家時，遇見了堂仔剛要來吃飯。

「昨晚有看到什麼嗎？」阿爸趕緊問他，「沒人來找嗎？」

「沒。」堂仔說。

「那有看警察怪怪的嗎？」

「沒。」堂仔還想說些什麼，嘴巴開了開，但確實沒什麼特別的事，又閉上嘴。可是真是難得啊，有人要跟他說話，他是很想多說一點的，他心裡想，如果真有發生什麼事就好了。

堂仔的身軀一動，皮粉就落下來，兩人本來站得遠，但是阿爸聽他這麼講話，好像沒進展，又好像在瞞他什麼事，一緊張就想靠近點跟他講話，居然伸手去抓堂仔的手。

「你講啊，是不是有怎麼樣？有人在監視我們嗎？」

「啊！」堂仔輕叫一聲，手立刻扯回去，阿爸才警覺到自己怎麼抓了他！手一伸回來，手掌上全是落皮和血膏。他趕緊將手撐到牆上，用力摩擦，磨得自己的手都發紅發痛了，他又想起什麼似的，趕快跑去莊明耀厝外的水龍頭沖水，但等他洗好手回來，堂仔已經不見了。

阿爸回到院埕裡，阿桃姨家門口那碗要給堂仔吃的飯還好好放在原地。

阿爸看看自己的手，都磨得破皮泛血絲，他想這樣該不會沾上菜花吧？

旗後→哨船頭

「妳看那個……」阿嬸說，「那個不是那個查某體的？」

「我看嘛耶，對啊，是那個查某體的。」歐媽桑說。

「人長得端端正正，實在算生得很瀟灑，卻變態成這樣，真可惜。」

「查埔人變成這樣算可憐吧。」

「也不知道是天生的，還是從什麼地方黑白學來的？」

「我看天生的啦。」歐媽桑說，「所以不知道什麼時候，就被厝裡的人趕出來流浪了。」

「我聽說最近教會收了他住耶。」阿嬸說，「每天暗頭仔都推那一臺得利卡在廟口賣東西。」

「啊是賣什麼？」

「不知道耶。」阿嬸說，「遇到兩三次，沒一次有看到人去跟他買的，實在真可憐。」

「看他那款樣，鬼才敢去跟他買！」

「人是很有禮貌啦，整天都咪咪仔笑的，好像很害羞的樣子，不太敢看人。稍微看到人走過去就細聲向人家問好，人家要是對他壞聲嗓，也是那樣咪咪仔笑跟人家會回失禮。」

「他那種聲音，如果還細聲叫，聽起來不就雞母皮落滿土腳。」

「沒人要跟他買，他還每天都出來賣，實在有認真。」阿嬸說，「但這款人就注定一世人沒某沒子，老了就更可憐了。」

「那就是教會要養他一世人了。」歐媽桑說，「不然教會在開假的？」

「歹勢喔，阿嬸、歐媽桑，妳好。」查某體說，「有沒有想要看看，我這裡有蜂蜜香皂和東洋花露水……」

「免啦免啦。」

「厝裡有了啦，有啊啦。」

這一天，姨婆親身到阿玉的尪仔書攤叫她，「阿玉妳來。」

阿玉想姨婆大概又要去看戲了，便跟她回厝裡面。一進門，姨婆便細聲問她：「阿玉，妳跟我說，妳們家是不是有什麼代誌？」

阿玉盡量裝出鎮定的臉色說：「沒啊，沒什麼代誌。」

「妳說沒關係，我不會怪妳，就算有什麼事情，我也不會怪妳。」

「真正沒代誌啊。」

「沒代誌？沒代誌為什麼這兩天要將門窗封起來？」姨婆捏住她的手，「妳家本來都是大門開開，但這一兩天全都關了門，好像不願意給人見到厝裡面有什麼東西。囝仔人不能講白賊，沒代誌，為什麼妳阿爸都沒去吃頭路？」

她覺得手被捏得好痛，可是她得忍耐啊！

「我阿爸破病了躺在眠床頂，所以沒去吃頭路，又不能給風吹到，所以門窗都要封起來啦！」

「妳騙我，阿玉妳說真的，我不會怪妳，妳阿爸透早還會出來便所，看起來就不像破病，還有妳阿母為什麼都沒出門？」

「她擔心我阿爸啊，整天都顧進顧出，所以沒出門買菜，都是我下課才去晚市買的。祝痛耶，姨婆。祝痛耶，姨婆。」

「阿玉！枉費我這麼疼妳！」姨婆還是細聲說，「但是妳不用驚，妳跟姨婆偷偷說，是不是妳們家偷了裁縫車？這下子龜腳蛇出來了對不對，阿玉妳跟我講，我不會跟妳阿爸阿母說是妳說的，也不會跟警察大人說妳知道這件代誌，妳就不會被捉去關。」

一聽到「警察大人」，阿玉的汗毛全都立起來，身軀發冷，但她這下才知道，原來姨婆是懷疑裁縫車的事……「沒有，我厝沒偷裁縫車啦！」阿玉努力說，「我沒說白賊，沒偷啦！」

「妳不用騙我了，我已經查清楚了，你們這樣妖妖鬼鬼，一定是有什麼代誌，難道我看不出來嗎？欺負我這個阿婆嗎？」姨婆說，「你們知道那天我固定時間就會出門去拜拜，所以等到我一出門，妳阿爸和OKINAWA來偷開我的門鎖，撞進房間將裁縫車搬出來。因為窗仔太小了，拿不出去，說不定是用布蓋起來從大門運出去，妳阿母在外面看頭看尾，引開別人的注意。

「因為你們知道我一定會去報警察，說不定會來搜你們厝，所以先將裁縫車搬出去外面，不知道先去藏在哪裡。等到覺得風聲過了，或是外面藏的地方也不安全了，所以又趁著夜晚偷偷搬轉來。

「也許你們已經找好人來買，本來預想只要在厝裡放一兩天就可以脫手賺一筆，沒想到竟然放這麼多天。這下子人就緊張起來了，所以門都不敢開，還貼上月曆紙，這就叫作賊心虛。」

「沒啦，姨婆妳不要亂想！根本沒這樣的事情！」

「阿玉，妳就可憐可憐我，我一個阿婆啦，沒人管沒關係啦。善善惡惡我是看得很清楚，我這間厝如果全塌了，我再看你們這群人要去住哪裡，看誰要給你們欠厝租，連一嘴飯要吃也沒啦。到時候，我看你們的日頭月娘全部都看不到，想要跑去哪裡都沒位啦，再走，再走就是去死而已啦。我知道你們都在背後罵我苛薄啦，報應有緊沒慢的啦，以後這些人舌根都會斷了了，殺人就用命來還，這是天經地義的代誌，不用怕沒有，還是怕等不到，先死死去，不一定還能脫一劫。」

忽然之間，姨婆原本放鬆的手又用力起來，阿玉從不曉得，姨婆力氣這麼大，將她捉得直搖晃。姨婆的手指緊緊壓出血紅條紋，紅吱吱的指甲插入她細嫩軟弱的肌肉裡，像是青鯊細長排列的咬痕。她扭動身軀，想要掙脫開來，但姨婆反而將她摟得更近些，她枯瘦的兩隻胳臂肘頂住阿玉身軀兩側的肋骨，阿玉痛得一跳一跳的，身軀好像快破掉了。

阿玉大哭，「姨婆，姨婆，祝痛祝痛耶！」

「阿玉，妳乖。」姨婆並沒有想放鬆的意思，「阿玉，妳想想看，這個大院裡面，姨婆是不是最疼妳。就像疼查某兒仔那樣，我有對妳說過一次大聲話嗎？」

「姨婆，姨婆，祝痛祝痛！」阿玉的頭殼裡只模模糊糊聽到姨婆說的一點點聲音，「妳放開我，祝痛啊！我什麼也不知道啦。」

「阿玉妳跟我說，沒關係，妳跟姨婆講，裁縫車是不是你阿爸和 OKINAWA 來偷搬的？」

「不是，不是啦，我不知道是誰來偷的！」

「沒關係，妳講，我不會跟警察大人講的，我不會講是妳叫阿爸阿母來偷裁縫車，那就沒人會怪妳了。」姨婆看出阿玉聽到「警察大人」時面色抽動，「妳爸母要是被警察大人捉去，我就收妳做查某兒仔好不好？」

「我沒叫他們偷裁縫車，我沒叫他們偷裁縫車啦！」阿玉尖聲叫起來，正在院埕玩的囝仔被嚇到，靜止住了。

連院埕對面，在灶腳生火的阿桃姨也聽見了，她放下手中的煎匙仔，往姨婆房間探頭。住在阿桃姨隔壁的童乩某，正坐在厝門口矮凳和阿桃姨鬥嘴鼓，說起：「他們那一家也是在奇怪？平常時門也沒有關的，這兩天怎麼關得緊緊的，神神祕祕不知道是怎樣？」

「聽說是她頭家感冒，不能吹風，所以都要關得緊緊的。」

「那個兩天上工、一天就休息的人，還會感冒喔。」

「別笑人家啦，管人家厝裡的代誌那麼多。」

「嫁到這款也是衰啦，老是在講以前有多風光，開什麼木材行賺多少錢，現在這樣，就要認命做，不然錢是天頂會落下來嗎？」

「啊人家本來確實是有錢人的少爺，聽說他們剛搬來時，通櫥是塞得沒地方放。雖然講是家敗了，東西還是要好幾臺車運，才運得來。」

「家敗就敗啊，還是早早認命比較好。」

「是啦，那些通櫥也都賣光了。」

「好啦。」童乩某站起來，「我是養豬命，要來養豬了。」

姨婆用手壓住阿玉的嘴。

「妳不要叫，妳細聲一點，妳不怕別人聽到是妳厝裡偷了我的裁縫車嗎？」

「嗚……我們沒偷，沒偷啊！妳放開我，祝痛啊，我要跟我阿母說！」

「妳阿母是我啊，等警察把妳阿爸阿母捉走，妳阿母就變成我了……」姨婆將她完全摟進懷裡，阿玉的臉就埋在她乾扁像兩條瓠仔乾往內垮進來的乳房前，下半身則被渾厚肥大的屁股和大腿給緊緊夾住，「阿玉來，妳跟姨婆說……」她的聲音還是那麼輕細，「想不想做姨婆的查某兒仔，不，不是，是做阿母的查某兒仔。其他什麼囝仔我都不要，我要妳叫我一聲阿母，叫我一聲阿母，妳叫，妳叫！」

「不要，我不要叫！」阿玉也不知道自己會這樣喊，「妳是瘋婆仔，妳害死妳後生查某，我不要做妳的查某兒仔。」

「誰說的，誰跟妳說的，我什麼時候害死我後生查某。」姨婆的聲音急促起來。

「大家都知道，妳害死貓仔母，害死很多囝仔，又苦毒死月霞和媳婦！」

「那些是大家亂說的，」姨婆安靜地說，「妳有看過我苦毒什麼人嗎？」

「有！有！OKINAWA 桑的囝仔就是妳苦毒到得肝病的，妳是鬼，妳是鬼！吃老了沒死又沒修就會變成鬼，我知道，以前我阿媽有說過，像妳這樣已經變成鬼了！因為變成鬼，所以沒人敢跟妳講話，因為妳說的都是鬼話，沒人聽得懂。」

姨婆鬆開阿玉，讓她站好，但她身軀發抖腿軟站不穩，姨婆只好用一隻手提住她的臂膀。

她看見姨婆的臉色平淡，一句話也不說，過了一時姨婆才細聲說，「妳厝裡偷了我的裁縫車，我知道。妳不跟我說沒關係，反正我會叫警察來捉你們。」

阿玉回家之後，馬上就感到後悔，她想，自己怎麼會這麼衝莽，那種話都說得出來，這下子姨婆一定會跟阿母投。會跟大院的所有人投，而且會不會等一下警察就來了，萬一警察來看到這些糖怎麼辦？

她想跟阿母說她跟姨婆發生了什麼事，也許阿母會有辦法？但她看見阿爸阿母還在為那堆糖緊張，彷彿完全不在乎她是怎麼了。兩人頻頻看著吊鐘，她知道今天半夜就要有人來搬糖了，現在跟他們說什麼，一定會被打罵得很慘，所以忍住不說，心中只能拜託姨婆不要去叫警察，也拜託這些糖今天半夜就能夠搬走。

阿玉已不在乎糖是不是能賣出去，只要趕快搬走就好了，不然警察來了怎麼辦？萬一阿爸阿母被捉走了怎麼辦？她本來有一點點想，假如糖可以賣掉的話，說不定阿爸一高興會給她幾角，那就好了，或是幫她買一件新的學生衫、一件裙仔的，那也很好。但是不用了，只要糖趕快搬走就好了，或是丟到港口裡面都行，她什麼也不要。只要警察來的時候，厝裡面跟以前一樣，什麼東西都沒有就好，既沒有糖也沒有裁縫車，什麼都沒有沒關係。

到了半夜，這批糖終於被人給載走了，阿爸阿母和 OKINAWA 桑三個人又將這批貨往外搬，阿玉仍裝著睡。

「就這麼一點錢。」阿母看著桌上的錢。

「說是雖然查得嚴，但是查之前進來很多貨，比以前還要多，躲過這段時間之後，行情沒起，反而跌了一些，有這些錢，我們就要偷笑了。」

扣掉給 OKINAWA 桑的錢之後，剩下的錢再還給債主，實際上賺到的也沒有多少，不如阿爸去岸壁上工三天的錢。

「錢拿去還一還吧。」阿母湊著月光將錢算好就分給阿爸。

阿爸看了看那一小堆錢，收起來。

「要拿去還喔。」阿母又說了一次，「不要去賭。」

「好啦好啦，多說這一句是要幹什麼，我很笨嘛！去睏啦！」

阿爸阿母上了床，這一晚，兩個人都睡得很熟，但是他們完全沒想到要給堂仔的錢。堂仔一毛錢也沒拿到，枉費他出那麼多力。

還好，警察並沒有來。

隔天，OKINAWA 桑的船又要出海了，一透早姨婆還在洗裳物時，OKINAWA 桑拿了個報紙包的東西給她。

姨婆的手在還沒沾濕的裳物頂抹乾接過來，「顧囝仔是很辛苦的，你想看看，若不是我給你照顧，看你要怎麼出海？日本人不是最有禮的，你偶爾也要表示一下。我可不是在給你討錢，是在教你做中國人的道理，這道理學有了，某子才顧得好，某才不會跟人家跑。」

也不知道 OKINAWA 桑是不是全聽得懂，他用臺灣話回了說：「裡面有半年的厝租、囝仔的飯錢和走糖的錢，妳可以點點看。」

「我當然會點點看，我不是怕你騙我，我一個阿婆總是要照顧自己，萬一放在厝裡，像裁縫車一樣被偷了，我也才知道是被偷多少錢，可以報警察。」姨婆打開報紙便數，拇指和食指都沾了濕黏口水。

「對嗎？」

「對啦。」姨婆說，「好啊，沒什麼代誌啊。」

OKINAWA桑扛著大布袋走了。

到了傍晚，阿母才鬆口氣問阿玉，昨天在姨婆那邊是怎麼了，阿玉說：「姨婆問厝裡面是怎麼了，我照你和阿爸說的跟她說，但是姨婆不相信，一直罵我，又把我捉得很痛，所以我才罵回去。」

阿母一聽果然大罵她，「妳這個查某囝仔怎麼這麼不會看頭看面，姨婆要罵妳，妳就給她罵就好，為什麼要罵回去呢！妳有什麼本錢、我們家有什麼才調跟她相罵，妳是要害我們被人家趕出去嗎？」阿母伸手就搧她一巴掌。

「她……」阿玉哭說，「她說是我們厝偷了裁縫車，所以才會鬼鬼祕祕的。又說要叫警察來捉妳和阿爸，叫我給她做查某兒仔，我才罵她的啊！」

「歐媽桑以為我們偷了裁縫車？」阿母嚷得更大聲，「她是在想什麼啊！妳沒跟她說沒有嘛！是妳阿爸破病的關係。」

「有，我一直有說啊，她就一直賴是我們偷的啊。」

「那這樣要怎麼辦？要怎麼辦？總不能我們自己去跟她說不是我們偷的，反而會被她懷疑吧。」

阿爸回來後，阿母問他要怎麼辦，「反正厝裡已經什麼東西都沒有了，管她怎麼說。」阿爸說，「別理那個瘋婆就好了，不然叫警察來搜啊，賣什麼糖，沒幾仙元緊張成這樣，以後不做了。」

警察為什麼最後沒來，阿玉並不清楚。也許是姨婆沒去報，也許去報警察沒人理。

阿爸說不理姨婆，阿母也就沒再講過這件事情。

姨婆照樣看到人就念裁縫車的事情，「我可憐啦，裁縫車也不知道給哪一個壞心的偷走了啦，偷的人查某就出去做妓女，查埔就爛腳爛手啦。這就不要怪我這個阿婆這麼壞心，也是給人激的啦。我們一個阿婆手沒縛雞之力，又不能去打人，只好靠天公伯靠媽祖來保祐，看這個報應輪迴會不會早日降臨那些人的頭殼頂。落雨打雷公，我們一把傘拿著也是照樣出門，有人我看就不敢出門，誰知道什麼時候會給雷劈死。劈死還好喔，連累囝仔沒父沒母就可憐，我已經是要死的人了，沒錢沒勢，還要靠大家賞一嘴飯吃，可是沒才調幫人家養查某兒仔喔。不過，我們就算是要拖老命幫人家養，人家還不要讓我們養啦，寧願做乞丐，去流浪，去給查埔人操，也嫌我們沒資格照顧啦。厝裡一元五角都沒有，人家也是擺出一副千金小姐的形，細聲講話又沒人要聽，好聲好語講，人家當放屁。這個世間就是這樣啦，伸手拿就拿緊緊，什麼都不會講，一句道謝都沒有，如果不想要拿，我這個阿婆跪下來拜託，也是不要拿。不要說一臺裁縫車啦，這款人要是狠起來，我看這棟大院都要被這家伙人給佔佔去。」

阿玉在旁邊聽到，知道這是在罵她的，但她的膽子已經嚇破了，再也不敢應嘴應舌。大院的人聽了也知道這是在罵誰，卻不知道他們怎麼會去偷裁縫車，就算問阿母，阿母也只說：「歐媽桑誤會啦，在跟阿玉賭氣。」

這種事，大院的人會有點興趣傳傳話，倒不是認為他們真偷了裁縫車，而是想知道得罪姨婆什麼了。不過老實說，大家聽姨婆在念人就像聽念歌，要是相信她念的內容，大院的人大概沒一個不是被關監牢裡，不然就都要去跳愛河死一死。

哨船頭→旗後

「哇，啊這個是誰？」少年船工說。

「師父，我這公家船沒在載棺材的耶。」船頭仔說，「你這個要自己叫舢舨載喔。」

「你跟你們里長講……」師父說。

「阿和仔，這無名屍啦。」里長說，「你沒看到是大家在幫忙，要送過烏松那邊埋。」

「哇，里長伯你這實在是祝麻煩耶，我這就不能載棺材，這是公家有規定的啊。」

「我知道啦，你就幫個忙嘛，哨船頭這邊大一點的舢舨就叫沒啊，還要先送過哈瑪星才能叫。」

「啊，好啦好啦，我算做一次功德。」船頭仔說，「不要讓別人坐了，你板仔收收起來。」

「里長伯，這裡面是誰？」

「不知道從哪裡流浪來的一個查某，本來住在半山腰莊茂容那間洋樓裡面，結果去吊死在鼓山國校後面好幾天了。警察送轉來哨船頭給人家認，但是面龐都泡得爛糊糊了，哪有人認得出來。」

「是喔，那間厝現在沒住人了？」

「很久沒人住了啦，有時候就有流浪漢來來去去。」

「真可惜咧，兩棧樓的外觀看起來還很氣派耶。」

「是啊，真正是氣派喔，百分之百澎湖燒的紅磚砌的咧，看花了多少錢。我小時候進去過，裡面有百幾坪喔，全部的白壁磚都是從日本載來，一、二樓房間十幾間耶。」里長說，「本來半山腰都是他們家的耶，光是庭院就有五、六百坪咧。」

「我阿爸說以前他做囝仔時，有幫他們家扛過水。」

「我跟你阿爸都有啊，他們厝的頭前就有一個大水缸，我們就從山腳的水井挑水上去倒。倒到滿，一人就有一角，很好賺。」

「莊明耀是你同學？」

「不是，比我小好幾級的樣子。」里長說，「我從國校畢業時，他好像才要進去讀。他老爸就是為了要方便讓他去旗後讀冊，才搬去哈瑪星的，這間厝後來就租給港務局做員工宿舍……到了到了，和仔，謝謝啦。」

「不會啦。」船頭仔對船工說，「你板仔放兩塊，他們比較好走。」

阿玉也開始盡量閃避姨婆，除了弄清楚姨婆什麼時候會出門，不要碰到之外，每次要進大院，還是要出門，她都再三看清楚有沒有她，才快快跑過院埕。但院埕就這麼一點，也不可能都不碰見，碰見了，阿玉也是快快走過，不敢看她，有時候她會低頭偷瞄一下，但姨婆從沒有正眼看過她。

顧尪仔書攤時，總看見姨婆坐三輪車，經過她面前去戲院看戲，不過從那一天開始，姨婆不再找她整理家務了。一開始每隔兩三天，變成童乩某會去幫她打掃，過沒多久童乩某天天都去。

「怎麼換妳在做？」阿桃姨問。

「沒辦法，歐媽桑親身來叫，不然就要生錢出來交厝租。」

除了打掃也幫她煮飯，姨婆現在很少出門，幾乎都是在厝內吃童乩某煮的，不然就是童乩某拿便當殼仔去外面包回來。有時候，阿桃姨、阿母和芳枝阿母，會三、四天輪流送一餐飯去給她吃，誰都不想去，去了還是會被念，但久了也就習慣了，反正送飯菜只是一點點時間。

芳枝聽過那一串雜念，「我就說她想收妳做查某兒仔吧。」

「對啦，對啦，妳很行。」

「發什麼脾氣啦！」

「沒啦。」

「誰叫你們家那幾天剛好這麼神神祕祕的。」

「就說是我阿爸破病，為什麼都沒人相信？」

芳枝哈哈大笑，細聲說，「阿玉，妳想大家有這麼笨嗎？」

阿玉面色一變，「妳在說什麼？我不知道。」

「大家目睭是瞎掉了嗎？」芳枝轉頭看看賣水果的阿母，又低聲說，「我第一天就知道妳厝在做什麼了？」

「知道？妳是知道什麼！」

「走私糖又不是只有妳厝會走私，妳怎麼這麼憨，OKINAWA桑以前沒跟你們家合作，是跟誰合作？妳想想看，他一定不是第一次走私啊，不然怎麼會人面這麼闊，沒做過馬上就能跟黑市牽關係。」

阿玉驚訝得說不出話來。

「我看妳阿爸阿母和妳都是太單純了。」芳枝說，「我厝、阿桃姨厝、童乩厝，甚至澎湖蔡還沒起瘋之前，都有走私過啦。以前，我厝裡都是全家出動，我四個阿兄都出去搬了好幾次。」

「真的嗎！」

「哈哈哈，第一天我阿母就跟我說，她從來沒看過這麼憨的人，就是在講妳阿爸阿母和妳啦，半夜搬貨撞得那麼大聲，整天門關得緊緊的，說什麼不能吹風，人還出來外頭走來走去，這是要騙瘋仔喔，我看連瘋仔都不會被騙啦。」

「所以妳那天是在騙我？」

「沒騙妳啦，就是歹勢跟妳講啦。看你們家那麼興滋滋的，不想要破壞，讓你們繼續神神祕祕好了。」

「妳怎麼這樣啦！」

「而且，OKINAWA 桑是不是跟你們說，風聲很緊，要在厝裡多放兩天？」

「是啊。」

「哈哈，我阿母就說他一定會這樣說，其實哪有在風聲緊什麼，警察早就都被那些糖頭仔餵飽飽了，根本就不會出來捉。那是 OKINAWA 桑和糖頭仔商量好的，貨上岸之後不用急著拿，放兩天，像你們這種小攤仔，剛做走私的會很緊張，急著脫手，有人來買就好了。然後，他們就說貨很多，如果你們不想賣，他們也不用一定要跟你們買，所以像妳阿爸這種新手一緊張，就會想隨便啦，有賣出去就好了，有比本錢多一點點就好，有的連本錢都沒拿回來耶。我阿爸也說，如果這途有這麼好賺，整個哈瑪星都來做這個就好了啊。真正有利潤的，還是那些專門走私的大戶啦，我們這種小攤仔，沒去賠到就不錯了，所以，我們厝後來才沒做，其他人也都是這樣啊，不然我看也不會輪到你阿爸。你阿爸這麼會緊張，誰敢跟他合作，驚就驚死了，說不定還會把自己送給警察咧！」

「原來是這樣啊……」阿玉鬆了口氣，「我阿爸實在是有夠憨，還是芳枝你們家比較有見識。」

「我阿爸阿母生意做久了，就會知道這些眉眉角角啦，總之，那個 OKINAWA 桑如果沒有出海討漁，在哈瑪星休息時，就是在找人做這個啦。有人幫他出本錢又出力，他只是牽線而已，應該是很好賺。」

「我還以為他停這麼久是在顧他兩個囝仔咧。」

「啊知，那兩個囝仔是很可憐對啦，是要顧。」芳枝說，「說不定他想一想不用出海去討漁啊，乾脆做走私這途就好了，又可以顧囝仔有什麼不好。」

阿玉忽然想到什麼，卻不好意思直接開口，「那姨婆……」

「怎樣？」

「姨婆，是不是會知道……」

芳枝翻了白目給她，順手將一杯蜜茶遞給人客。

「妳不是在講廢話。」芳枝好像驕傲起來，「她如果沒收 OKINAWA 桑走私分給她的錢，她會讓他在大院裡這麼做？她又不是目睭青瞑，他某都跑了，還幫他顧囝仔？妳很憨耶，虧妳讀冊都是第一名。」

「她早就知道我厝放的那個是糖，還誣賴我說，是我們偷了裁縫車！」

「所以我剛才不是有講了，她真正是要收妳做查某兒仔的。」芳枝說，「妳當時如果說句好，我看那個瘋婆就會去跟妳阿母說，把妳搶過來了。」

阿玉沒說話，天色已晚了，攤仔前還有兩個囝仔在看尪仔書，她忽然覺得，自己是不是哪裡做錯了……即便仍然是在恐懼之中，但是不是辜負姨婆的心意了呢？這麼一想讓她覺得噁心，她怎麼會有一點點這樣的想法呢？

過沒幾天姨婆病了，多半的時間都躺在房間裡，由童乩某在照顧。有時候她還會出來外面坐一坐，眼睛無神看著大院埕，一看到人嘴裡還是會碎碎念，但非常細聲，只是走過去的話，聽不到她在說什麼。不過後來就不出門了，整禮拜也看不到她，只看到童乩某在出出入入。姨婆有什麼情形，都是聽童乩某說的。

童乩某不回家了，鋪草席睡在姨婆的客廳。童乩某煮飯、打掃，也在透早時出來洗裳物。她洗裳物的時間和姨婆以前的時間一模一樣，阿桃姨有一次跟童乩某一起洗裳時問，「為什麼妳偏偏要這個時候洗？」

「歐媽桑說的，叫我一定要這個時候洗，裳物才會乾淨。」

「為什麼咧？」

「她說這個時候的自來水最乾淨，都還沒人用過。」

阿桃姨也不知道這是什麼道理，她想姨婆自己有自己的想法吧，「那歐媽桑最近身軀怎麼樣？」

一開始，聽來看她的柯醫生說是盲腸炎帶發燒，吃點清淡的白粥，不要吃鱔魚意麵和藥燉土虱那麼燥的東西，藥吃一吃，躺一禮拜就會好了。但姨婆並沒有這樣好起來，她躺在床頂的時間越來越長，聽童乩某說前一段時間就算姨婆沒法走出門口，還是會坐在客廳聽廣播，也會讓她扶著走來走去，在飯桌旁吃飯，現今，都躺在床頂，要人用餵的才行了。

「腳手不太會動了，腹肚一痛就吃藥仔，目睭還是會睜開開看人，但不太會講話。有時候會哀說想要去看戲，但實在是爬不起來。」童乩某說，「這算是老人病啦，慢慢就是會這樣。人就是這樣，跟氣球一樣，一旦有一個破孔就會一直洩氣，就算是補起來，風也是會慢慢漏……漏到死為止了，人就是這樣啊，越漏就越扁，整個身軀扁到無法再扁，就是氣散完了。」

「妳怎麼待得住，她都不會念妳嗎？」

「念也是會念，但是呣呣叫的，大部分都聽不懂是在念什麼。隨便她去念好了，沒關係。」

那天，警察來敲姨婆的門，是童乩某出來應門。

警察被童乩某嚇一跳，想說怎麼不是姨婆出來開門，「歐媽桑沒住這裡了嗎？」

「有啦，她在房間裡，大人你有什麼代誌？」

「是喔，她可以出來一時嗎？」

「她爬不起床了。」童乩某說，「不然你進來客廳坐一下。」

警察進了客廳，童乩某進房間跟姨婆說有警察來了，姨婆在耳邊跟她交代幾句話。

「歐媽桑問說有什麼代誌嗎，是不是偷裁縫車的賊捉到了？」童乩某走出來說。

「我不能進去裡面跟她說嗎？」

「不行。」童乩某說，「歐媽桑說不可以讓人進去她的房間。」

「是喔，好啦，她是真嚴重嗎？」

「真嚴重。」

「真嚴重還記得這個代誌，頭殼還算清楚啦。好啦，妳就跟她說……」警察刻意提高聲調，「偷裁縫車的賊捉到了。」

「是喔，過這麼久了竟然捉得到。」

「不是什麼大賊，都是外地來的，三、四個賊仔結鬥陣，有機會就偷，隨便進去人家厝裡面，什麼看起來可以賣的就偷。」

「外地來的，哪知道大院裡哪一家可以偷？哪有這麼會選的，敢登堂入室進來偷？」

「奇怪，妳是在懷疑什麼，妳是做警察的嗎？」警察給童乩某一嗆，火也起來。

「沒啦沒啦，歹勢。」童乩某趕緊道歉，「我只是想替歐媽桑問清楚一點而已啦，歹勢歹勢。」

「說是一個流浪漢報他們偷的，問名也問不出來，講形也講不清楚，說什麼暗頭啊遇到的，反正流浪漢都是那樣子，誰知道。說那個人很臭，一直在身軀頂抓癢搓皮，這不是廢話，有哪個流浪仔不臭不抓癢不搓皮的？」

「那裁縫車呢？」

「早就轉手賣掉了。」警察說，「我們是捉到他們做別案，去看他們租厝的所在塞滿各種壞銅舊錫，才想到要問這件，一問果然是，他們就有承認了。」

送警察出去後，童乩某回房間跟姨婆說，「偷裁縫車的賊捉到了，妳可以安心啊。可惜，裁縫車被賣掉了，找不轉來了，妳有聽到嗎？」

姨婆嗯嗯哼，吐出一個字：「有。」

過兩天週日傍晚，幾個警察拖了兩個賊仔來。兩個賊仔全身穿得破糊糊的，面瘦肌黃，頭髮油漬漬糾結在一起，好像幾百年沒吃的餓死鬼，骨節都快從皮膚底爆出來。臉和露出來的身體都是一條條粗黑的黑青帶血漬傷痕，腳手戴著手銬腳鐐，手銬腳鐐之間又用一條兩指粗的鐵鍊連接起來。但因為他們的腳手太瘦了，跟鳥仔腳一樣，刑具合不緊，都快脫落了，他們一走，晃動得特別厲害，銳利邊緣將他們的手腕和腳踝割得沿路滴血。

鐵鍊上頭又綁著草繩，由警察拖著他們走，這麼多刑具背在身上很難走又重，兩個賊仔走不動了，只好趴下來做狗爬，一路拖到大院圍牆邊，被丟在那裡不管了。他們兩個肩靠肩蹲著，臉土黑乾裂得跟枯木一樣，眼睛佈滿血絲，與其說是賊仔，不如說看起來更像是從哪個暗角裡捉出來替罪的流浪漢。他們的眼神裡只有完全的絕望，上刑具也好、做狗爬也好，關進監牢，還是蹲在大路邊給人家看，都沒有關係，反正已經是對這人生斷念了，要怎麼樣都沒關係了。

「你們就是在這裡偷裁縫車的對不對？」

那兩個賊仔頭也不抬就回答：「對，大人。」

「很好。」

大院圍牆邊和濱海二街的店面前都擠滿人，看著那兩個賊仔。阿玉也在裡頭，她從未見過這兩個人，一點印象也沒有，她想，那個傍晚她一直都在街路擺攤仔，如果這種流浪漢有經過，還是有進去大院，她怎麼可能完全沒看到。她沒有看到，芳枝、芳枝阿母也沒看到，這兩個賊仔難道會飛，那麼大臺的裁縫車偷搬出來，竟然沒人看見，直接飛上天空去？阿玉還想，這兩個人都餓成這個樣子了，真的有可能搬動姨婆那臺雕花鍛鐵重沉沉的裁縫車嗎？

幾個警察在旁邊說說笑笑，喝著涼水，什麼也不做，就讓那兩個賊仔蹲在那裡。其中一個蹲不住，跌到地上去，就躺著沒辦法再動了。

「幹！不要給我假死喔！給我起來，面對著街頭。」有個警察喊他，不過就喊而已，也沒過去看看，那賊仔還是動也不動。

「你們都有看到了喔，就是這兩個賊仔埔。」這是帶賊仔來現場給人指認的程序，但一旁的阿爸卻說，「這種日本的馬戲團裡面也有啊，叫怪人展。」

好像是在等大家都看過一輪，把時間給耗掉，然後晚了，人潮散去回家煮飯吃飯，警察一看沒人了，兩人就一起拉草繩，將兩個賊仔拖起來，「給我站好，轉來去吃免錢飯，哈哈。」

天色未暗完之前，阿玉早一些忙著收她的尪仔書攤，週日她總要擺一整天的，也可以收了。等她書都裝了箱，想再注意一下那兩個賊仔時，那群人已經轉彎走入小巷仔裡去，只剩下最後那個賊仔一點點的背影而已，很快就消失掉了。

旗後↓哨船頭

「李仔糖！」

「有！」

「這次又去烏松埋誰啊？」少年船工故意裝出標準的國語問。

「一個女人啊！可憐啊，我小同鄉啊，吊死在鼓山國校後面……」

「喲，那個女人您認識啊？」

「認識啊！可憐啊，她原來在哨船頭防風林，也就是信號所旁的日本宿舍裡工作。姓曾，以前是蔣夫人的貼身女傭，總統來高雄視察的時候，都是住在這裡的，一直住了三、五年，後來才搬到西子灣行館去。」

「喔。」

「聽說夫人很黏她，特別從浙江把她帶過來。她只要一出門，便有守衛跟在後面跑，很威風的，買菜買東西，人人看了都敬畏三分。有一天她忽然離開了，再也沒回去，而是去了千光寺，你想想看，她一個女人家從大陸來，舉目無親，誰敢收留呢？唉，聽說是跟裡面的警衛出了事情，瞞著人家懷孕了，所以給趕走了。」

「千光寺？我聽我阿爸說，早年都是收留一些丈夫在南洋戰死的婦人，是吧？師仔。」

「嗯，對啦，人講千光寺是美女廟……」船頭仔說，「一方面是因為老住持要過世的時候，問他俗世時生的幾個女兒，誰願意終身不嫁守護這間廟，結果少年又美麗的第四女兒答應接住持，後來就好像成了一種傳統，來出家的全是少年美人。但是另外一方面說起來又好像是詛咒，哈瑪星美女出得多，尪婿在戰爭時一去不回的也多，尪婿死了，自己也瘋了，所以被厝內人拖來這裡照顧，以前壽山旅館頭家的女兒李梅玉就是一個啊。」

「那個，她在千光寺生了個兒子，雖然想乾脆出家好了，但又放不下孩子讓人收養，所以一直沒出成家。我就是在那認了她這個小同鄉的，但可憐啊，有個捕烏魚的漁夫叫喜仔的，到千光寺找人下棋時認識了她，這兩人言語不通，卻靠比手畫腳又讓她懷上了孩子，這下她怎麼好繼續待在千光寺呢？」

「我倒是認識喜仔的阿爸……」

「但是喜仔也沒辦法養她們母子三人，據說湊了些錢給她，叫她先找地方安頓，但後來她便失蹤了，從此找不到人。再怎麼想，她都無路可去吧？只能當乞丐，否則就是當妓女，可是我到處問，就沒人看過她了，她好像鐵了心，消失在臺灣海峽裡頭。或許她覺得沉到海裡也好，唉，要是留在家鄉，她應該會是殷實人家的好太太吧。」

「這麼說，我好像有聽人家傳說過，哨船頭有出一個瘋查某殺了兩個囝仔，填到海埔新生地裡去了。有吧，師仔？」

「啊，那就跟虎姑婆的故事一樣啦，騙囝仔的啦。有人還說那個瘋查某還住在千光寺咧，都躲在灶腳或是骨灰房裡，用頭巾包頭包得緊緊的……」

「對對，我親像也有聽過。」

「唉，真不知道那兩個孩子去哪兒了，認也認不出來。」李仔糖說，「可憐啊，不管是什麼人，還不都是騙她的。」

「誰啦？」阿爸阿母同時轉頭看鐘，那是八點過一些，「這時誰會來敲門？」

打開一看是童乩某。

阿母直接反應，驚慌地問了，「歐媽桑怎麼了嗎？」

「沒啦，沒代誌。」童乩某說，「歐媽桑問說，可不可以叫阿玉過去幫她抓龍？」

「好啊好啊，阿玉妳跟童乩某去姨婆那裡。」

阿玉有點害怕，姨婆怎麼會忽然想看到她？

「我不敢去……」

「妳是在驚啥？緊去。」

阿玉也知道，這是推不掉的。她想，從那次吵架之後，自己總躲得遠遠的，如果能這樣沒關係下去就好了，幹麼又要去她那裡呢。不管怎樣，不管姨婆是怎樣的人，像現在這樣少見到就好了。她覺得，在大院的日子好像永遠過不完，像是無止境的道路，她沒想過未來離開大院將何去何從，只是覺得永遠都要背負姨婆活下去的日子實在太令人恐懼。

「為什麼姨婆不快點死掉呢？」她從來沒一次這麼想，因為那老人幾乎是不會死掉的吧，她那樣子的人，給人一種永遠也不會離開的氣氛，永恆總管了大院。即使她如今已病成這個樣子了，大院裡的人從來沒人提起過一次，假如她死掉的話如何如何。

即便她的身影久已不在大院出現，大院卻絲毫沒有感到放鬆，也許她早就是鬼了，纏繞著大院，像去也去不掉的屍斑，黏附圍牆和地面、天棚、房間、灶腳和便所屎坑，連清出來送走的屎，也無法將她清除掉。

「好啦。」阿玉低聲說。

「奇怪？為什麼妳不替她抓龍就好了？」阿爸問童乩某，「平常妳不替她抓嗎？」

童乩某聳聳肩，「平常是我抓的啊，但是剛才吃飯飽，她就叫我來叫阿玉去抓，我哪知為什麼。」

「老人嘛，可能是想看看阿玉，歐媽桑最疼阿玉啦。」阿母說。

「哼，老人，老不……」阿爸本來想說句難聽話，被阿母碰了碰手，知道在童乩某前別亂說了。

阿玉跟著童乩某進了姨婆客廳，一個多月沒進來了，她環顧四周，到處都很乾淨，東西也都擺放在她熟悉的位置。只是有一點點臭味，但又不像是老人身上的腥臭。

童乩某進去姨婆房間一時便出來叫她進去，房間門一開，那臭味便像網仔一樣籠罩住她，整個房間都是一股屎味。湊著昏黃的電火，她看了看房間陳設，也與從前沒有什麼變化，東西擺得更加整齊，只有原本放裁縫車的那個角落空著沒擺東西，地上留了四個細圓形白皙皙的裁縫車腳痕。

「姨婆，我來了。」

姨婆躺在床頂蓋著沉重的冬天大棉被，沒回應。

「這給妳。」童乩某拿了個白底泛土黑色的小布袋，又鼓又圓的，大概跟童乩某的手掌一樣大，「用這個推歐媽桑的筋絡。」

她一握，是熱的，剛蒸過，小布袋有點刺刺的感覺，並飄散濃烈嗆鼻的中藥味道，甚至蓋過了屎味。

她走近姨婆的床邊，「姨婆，我阿玉。」

她看著姨婆，姨婆也看著她，嗯嗯哼哼說，「阿玉妳來，來幫我推一下。」非常細聲，但足夠阿玉聽清楚了。

阿玉看著她的臉，除了兩頰和喉管比以前凹陷一些外，那臉還是熟識清晰的，就算她現在忽然又念起那些苛刻的言語，也不令人奇怪。也許，她不禁害怕起來，姨婆躺在這裡然後叫她來抓龍，根本是個安排好的陷阱，只是為了要報復她上次跟她吵架，又閃避著她，沒來跟她道歉。或許等她一想完這件事，姨婆就會忽然坐起來，開始用最難聽最不入耳的話罵她，罵她以後會當賺食查某，會死沒人顧，會家破人亡住草寮做乞丐……她不禁全身顫慄，臉色發白，話也說不出來。拿著藥包的手擱在膝頭頂，舉不上來。

「阿玉。」童乩某碰了碰她，「開始推吧，先推手。」她將被子翻開，把姨婆的手從被子裡拿出來，這一雙有力的手外形仍然沒變。姨婆只穿著無袖的內衫，右手攤在床沿，阿玉上上下下用藥包推著，一擠壓，中藥汁液從布袋裡滲出來，將姨婆的手染成了一片青黑。老人的肌膚太脆弱了，就跟風乾的報紙一樣，破皮滲出血來，把阿玉嚇了一跳。

「沒關係。」童乩某說，「一開始不會用力會出血，但是太輕藥效進不去筋絡，沒法度。妳照現在這樣推就好了。」

正面推完，稍微翻轉一下推背面。推了十分鐘，童乩某說換手，阿玉就從另一邊爬上床，她覺得這竹板床的床板有點晃，好像很脆弱。

她跪著推另外一隻手，兩隻手推完就推腳。姨婆下半身只穿了襯褲，她的屁股和大腿仍然肥大，但是皮已經皺得像是洗了好幾年的內衫，破破爛爛攤貼著肉，皮與肉幾乎只有一點點地方黏在一起。她一推，皮就滑動，她雙手捉著藥包很難施力，好像不會前進後退，只能順著皮原處扭動。

姨婆發出嗯嗯哼哼的聲音，「妳要先輕輕推了，再順順地用力壓才對，不可以先用力壓住再推，這樣皮會黏住藥包。」童乩某說。

等到兩隻腳都推完了，童乩某說：「現在要推背了，妳下來，來這一邊。」阿玉下床，回到床沿，童乩某把棉被翻到另一側去，「要翻身了喔。」童乩某一說，便將歐媽桑的身軀也往床的另一側翻，讓她側躺著。

姨婆哀了一聲，「要忍耐。」童乩某說。

阿玉看見那竹板床板挖了個洞，就在姨婆屁股下方，洞的底下有個木桶，裡面有一層黃黃的尿液和糞便。

「人爬不起來，沒法度只好這樣。」童乩某將姨婆的內衫往上拉露出背，襯褲往下拉露出一半屁股。阿玉看見姨婆背上和屁股全是一道道割裂的傷痕，還有爛肉血湯沒乾的痕跡，竹板頂印滿了斑斑血漬。

阿玉輕噁了一聲。

「眠床的竹片都已經爛掉裂開，變得很會割肉。」童乩某說，「鋪布墊在頂面又會太熱，躺久了會生疹子爛肉，也不讓人家進房間來換一張床，躺著就爬不起來，實在是沒法度。

「人鐵齒有潔癖，不要跟別人住作伙，也不願去住院，就這樣放給自己痛苦。」童乩某大概是故意說給姨婆聽的，「又不是沒錢，連一張眠床都不甘換，也不知道在想什麼。」

「我去換一包藥仔。」童乩某走去灶腳，留下阿玉獨自一人面對著那滿是傷痕的爛背與爛屁股，還有一個空空的、直直掉往屎桶的洞。姨婆死死地側躺著，只有細細的呼吸聲，阿玉難以想像面對另一側牆壁的姨婆，現在是什麼樣的表情，她會不會忽然又罵起人來？就算她現在忽然又罵她難聽話，一點也不奇怪吧……

除了那一聲輕噁，阿玉也不覺得噁心了。她想，原來是這樣啊，原來大院的生活就是這樣啊，令人懼怕的姨婆也是這樣，和大院一樣，幾乎以一樣的方式在活著。她並沒有總管大院，而是大院總管了一切。

阿玉的眼淚就這樣，默默流下臉頰。

哨船頭→旗後

「你七仔又來了。」船頭仔說，「你不過去跟人家講兩句？」

「幹，師仔，你不要每一次都拿她虧我啦！」少年船工說，「以後我什麼代誌都不爽跟你說了！」

「幹，呷意就呷意，你是在假三小！你七仔實在是生得有夠水，又會梳妝打扮，你看她穿那襲旗袍，身材真正是好，看起來滑溜溜的，好像可以在她的身軀頂坐溜滑梯。」

「人家都有尪有子了，呷意有什麼效？」

「唉喲，她如果是有在顧厝內，就不會尪婿前腳踏出去上班，做某的後腳就穿水水去舞廳跳中午場，這款的查某最好追。」

「人家尪婿是在海關上班耶，我有一次在哈瑪星看到，穿著白皙皙又直挺挺的制服，真正是祝瀟灑的。海關上班，薪水又高，我是要拿什麼跟人家比。」

「比什麼？」船頭仔說，「是要比什麼？如果沒愛的話，壽山十八籃金都給她也沒路用啦！如果真正有愛到了才卡慘死啦！你沒去看千光寺裡養的那幾個瘋查某，尪婿去南洋做兵都不知道死多久了，都民國幾年了，還是每天去岸壁等，看會不會回來，等到頭毛都生虱母了！」

「我不敢去跟她講話啦。」

「奇怪耶，你老爸老母又不是把你生得多醜，不知是在驚啥，反正以後你又沒什麼機會看到她了，要去跟她講話，也剩沒幾次而已了啦。」

「唉，沒法度啦。」

「幹你娘，聽你講整年頭，什麼都不敢做，少年囝仔真沒懶。」船頭仔說，「我看乾脆不要靠岸，等你講了，我才靠岸好了……」

半夜，姨婆發出淒厲的叫聲，將大院的人都嚇醒了。大家紛紛跑出厝門，電火打開來，圍到姨婆的厝門外，芳枝阿母去敲了門，等了一時，童乩某出來了。

「歐媽桑是怎麼了？」

「說是肚子很痛，痛得受不了了！」

「今天怎麼這麼嚴重？」

「不知道耶。」

「有吃什麼嗎？」

「一直說要吃鱔魚意麵，我只好去買一碗轉來。」

「醫生不是說不能給她吃這個！」阿桃姨大罵。

「歐媽桑就一直吵要吃，我也只餵了她吃兩嘴麵、一片鱔魚而已啊。」

「不要吵了啦，要不要去請醫生？」

「我說要去叫，她又說不要。」

「不管啦，先去叫好了。」芳枝阿母叫芳枝二哥去請柯醫生來。

姨婆仍是厲聲叫著，很難想像那樣的聲音是從病得那麼重的老人喉嚨裡發出來的。就像殺豬殺不死時的嚎叫，再叫整個肺就會破掉吧。

柯醫生穿著內衫、西裝褲和芳枝二哥一起跑回來，進了厝裡。

「什麼時候了，還不讓我進房間！」柯醫生大叫著。

阿玉背著弟仔和芳枝手牽手，也在臺階下探頭，但大人圍住門，還有些人和囝仔都擠進客廳去了，她們看不見是怎麼了。

人群一陣騷動，有人喊著：「歐媽桑，妳就好心一點，讓醫生進去看看啦！」厝裡傳來劈哩叭啦，東西撞落的聲音，還有人在哭泣和吼叫。

「出去，全部出去啦！」這是童乩某的聲音，「歐媽桑叫你們都出去啦！」

阿玉和芳枝沒擠進去，便去坐在桂樹下的長凳頂，也不想去睡。她們看見阿玉阿母和童乩都點了香，走到院埕中間對著天頂拜拜，口裡喃喃念著什麼。

「阿嬸，這時候妳是在拜什麼？」芳枝問阿玉阿母。

「拜託媽祖保祐妳們姨婆早日好起來啊。」阿母說，「來，妳們一人拿一枝香，一起拜。」

「我不要！」芳枝手一揮，閃到一邊去。

「妳這個查某囝仔，怎麼這麼無情，妳沒看到妳阿母對歐媽桑這麼盡心。來，阿玉妳拿一枝。」

阿玉接了過香，卻沒跟著拜。

「妳跟著我念……媽祖菩薩大恩大德在上，保祐……」阿母每念三句就鞠躬拜一次，但阿玉好像什麼也沒聽進去，一直呆呆站在她的身後。她看著院埕，姨婆客廳的人少了，有人大概回去睡了，只剩兩三個囝仔在客廳跑進跑出，好像是在玩跳門檻。

童乩某和芳枝阿母在灶腳和房間穿梭，一下子生火一下子提水，柯醫生大概也還在房間裡面吧。童乩遞了香給囝仔們，一家人對著天公拜拜。童乩念念有詞，站著拜了一時之後，還跪下來磕頭，臉朝天停頓幾秒鐘，將香舉得高高的像要戳到天頂去，頭往土腳一磕。身邊的囝仔則是拿著香當寶劍玩，彼此揮來揮去，故意去刺對方的身軀，然後吱吱叫閃開。不用睡覺，囝仔們快樂得要死。

阿桃姨也點香出來，站在她家的門口，先向厝內拜了拜，然後再向天頂拜。她嘴裡念的，大概也跟阿母一樣吧，求姨婆最信的媽祖能夠保祐她長命百歲吃百二。

阿玉看見，不知道什麼時候，澎湖蔡已蹲在桂樹下，一手撐頭，一手垂在地上。他的臉朝向姨婆房間，但太暗了，看不清他的表情。他身軀頂的臭酸味一股股飄來，很熟悉，就跟以前他賣的西瓜酸掉一樣。

在姨婆整夜未停的哀嚎聲中，阿玉不知道過了多久，但春天晨色已落進天棚的破洞了。

柯醫生匆匆走出房間，走出大院，芳枝阿母也走出來，叫來芳枝的兄哥們把姨婆厝的門板拆下來，「送姨婆去病院。」芳枝阿母冷靜地說。

他們將姨婆抬上門板，從房裡抬出來。姨婆已經不叫了，身上蓋著紅牡丹繡花被安靜躺在門板頂，任人抬著。

一些人圍過去，阿玉沒敢過去看。

童乩某在後頭哭著，叫著，「閃啦閃啦。」

被她一趕，幾個人散了開來。姨婆被抬出院埕。

阿玉聽見童乩走回來時嘆了口氣說：「唉……沒法度了，五形已脫。」

阿桃姨一聽，嘩啦一聲哭出來，阿母也含著淚，「唉……還是去了。」

阿玉走回灶腳，她要先生火，等阿母煮早飯，然後便要準備去上學了。

大概走出門口沒幾步路，連巷仔口都沒到吧，姨婆又被抬回來。童乩某在前頭跑上臺階，打開姨婆的厝門。

「抬進去吧。」芳枝阿母虛弱地說，她也忙了整夜。她走回自己厝內，芳枝的兄哥們，也走出姨婆的厝回家去了。

姨婆的房間內很靜，再也沒聲音傳出來。

芳枝又從厝內跑出來到阿玉身邊，「我阿母說沒效了。」

「喔。」阿玉應了一句。

「那個瘋婆還是會死啦，以後就輕鬆了。」芳枝說，然後她就哼起歌，一邊打拍子，但是曲調亂七八糟的，因為是從收音機聽來的，也不知道歌詞是什麼意思。阿玉聽了一時，也跟著哼起來。

姨婆過身後的第二天透早，小姨便找了幾個富源行的少年仔來清理她的東西。說是小姨，也已經有五十多歲，不過身體健康，身材還很妖嬌，臉上化著濃妝，不脫以前賺食查某的美麗丰采。

姨婆的尪婿早在幾年前就得了肝病過世，過世之前已經在富源行做到會計總管的地位，還佔了一成股份，其他事業也有投資，算是哈瑪星整船業有名的老一輩人。過世後，這些股份自然是給小姨佔了，小姨幫他生了兩個查埔囝仔一個查某囝仔，每人成就都算不錯，有人也進了富源行，有人去當了軍官，有人嫁了。這幾年，尪婿和小姨總算辛辛苦苦熬過來了，兩人感情很好，家庭也十分幸福。

這個小姨強悍精明，但是很會做人，比起姨婆來說更難對付。人來了，就到處跟大院的人打招呼，還送每一戶一籃水果，表示自己是新的厝主，以後就聽她發落。但是厝租還是交不出來，小姨也沒辦法，這就是大院的生活，往後她也該要熟悉。

她叫人把姨婆的裳物被子清出來，要運到岸壁的空地燒。那些裳物雖然保持得很乾淨，只有長期蓋的被子有被屎沾到的痕跡，但全部都有一股屎的臭味。

大院的人知道現在誰人在做主，沒人再去圍觀姨婆厝內的事情了。

姨婆的裳物沒很多，但皮毛大衣倒是有好幾件，看起來都是很貴重的裳物，「這個歐媽桑的裳還穿得挺好的。」小姨笑著對那些富源行的少年仔說，「我看你們以後誰有才調娶到這種有錢人的千金小姐？」

「千金小姐有什麼效？」有人說，「還不是鬥輸妳，在這種所在活成這種款，全身軀臭哄哄，鬼才要跟她睏作伙。」

「我哪有在跟她鬥什麼，早早就已經沒來往了。」

「對啦對啦。」

「這是你們總管的決定，可不要把我跟死人牽在一起。」小姨說，「不過啊，聽說她就是少年時弄死過懷孕的貓，才會有這些報應啦，死了也沒囝仔人送終，這是要怪誰？當然是怪她自己啊。」

「是喔，還有這一段喔，我們以前怎麼都沒聽總管說過？」

「你總管就是軟心啦，這種代誌不會放在嘴上講。有很多代誌，是你們這些少年仔的不知道的啦。」

「不用知也沒關係啦，哈哈哈。」幾個少年仔笑起來，「以後不要娶到這款某就好了啦。」

裳物全部放上了板車，開始拖往岸壁，但是許多流浪漢早知道這消息都來集合了，連堂仔也來了，他們包圍板車，沿路搶奪那些裳物。富源行的少年仔兩、三個雖然圍著板車驅趕這些流浪漢，但趕得了一個趕不了第二個、第三個，就好像偷拿臺糖五分車的甘蔗，時不時就一群人圍過來，一、兩個在前面偷，另外兩、三個就在後面抽。

大家都說這應該是堂仔去報給那些流浪漢知道的，不然時間怎麼這麼準。就這樣，少年仔一路拉著板車時跑時走，到岸壁的時候，姨婆的裳物已被搶得沒剩幾件，連她在門板頂蓋著的那襲繡花被也被搶走了。

其他姨婆留下來的東西，碗公盤仔、通樹時鐘、床、沙發、太師椅……小姨什麼也不要，全部叫少年仔把它們清空，稱斤論兩隨便價錢賣給收壞銅舊錫的。

「全部清掉，怎麼屎味這麼重，這是鬼才敢住的地方嗎？」小姨說，「可以賣就賣，不可以賣全部燒掉。」又叫人進去將厝裡面掃掃洗洗，兩個歐媽桑用了好多明礬化學劑，分兩天從裡到外洗了好幾次。

小姨住在廟口那裡好好的，當然不會來這裡住。沒多久姨婆的厝便租給一個從大港埔來的裁縫師傅。裁縫師傅搬來時，阿玉也跟著大人去看了。她看見從貨車頂下來了一臺新式的電動裁縫車，也就又想起姨婆的裁縫車。那臺裁縫車不知道流落到哪裡去了？但比起姨婆和其他東西的下場，那臺裁縫車早點被偷走了，說不定正在哪個人厝裡辛苦卻暢快跑動著，命運總算是比較好吧。

旗後↓哨船頭

昨天從嘉義坐火車回高雄已經是晚上了。早早把頭頂行李架的提袋拿下來，仔細檢查一遍有沒有物品掉落。一坐回座位，再將剛剛不怎麼專心讀的大眾足本《約翰克利斯朵夫》收入提袋，喝光玻璃杯裡的藻綠色熱茶。

他不經意看了看杯仔，頂頭白色的臺鐵標誌已大半斑爛脫落。不過確定一切都整理完畢，應該不會有令人苦惱的意外後，火車甚至都還未進站，於是他拉起褲管，低頭看看稍早在嘉義車頭月臺樓梯口跌跤的傷口。脛骨周圍全都黑青了，表皮還有道十來公分的滲血痕跡，血多半是乾了，只有猛撞的那一點缺了一小塊肉，流著黏濕的紅黃液體。他緊盯傷口不知多久，頭殼裡一大堆紛亂的回想漸漸失了焦點，幾件相關的事情怎麼湊也湊不完全。

有那麼一時，人好像靈魂出竅般，沒法呼喚自己的腳手動作。他有點不好意思，明天生平第一次相親，讓他緊張過頭。前兩天，大姨婆在電話裡說誰啊誰想介紹個哈瑪星的查某囝仔和他相親，一時間他心裡只是淡淡想：「好吧，這次終於輪到我了。」但電話一放下，便抑不住焦慮的心情。都這個歲數了，相親又不是什麼特別的事（還算晚了），反正大家都得來個幾次，可是自己真的準備好結婚成家了嗎？基層公務員每個月沒多少的薪水，扣掉厝租和吃飯錢，以及阿爸離家出走後，要給弟妹的生活費與學費，身邊沒多存一元五角能用來娶某。雖然八字沒一撇，想得也未免太多了，但是事情一旦想個開頭便沒完沒了，就像從炊鼎裡一口氣拉出一整串肉粽。

此時，火車已開進高雄車頭停好月臺，他急忙抱緊墨藍色西裝外套和提袋下車。出了車頭直走，在公車總站坐車到哨船頭，再從哨船頭搭船回旗後。他不想花時間等公家渡輪，又想多少能省幾塊錢，便上了一艘私人叫客的機動舢舨。這種三人長的平底小船本來是在高雄港載貨送工人的，四周沒遮欄，每回載客能裝多少人就裝到滿，船離岸人別掉下去就好了。接著，船夫馬達一拉，不要命加速急馳，船身忽高忽低，水花逆風四濺。抵達渡船場，他越過馬路走進巷仔，厝裡照例只有讀初中的小妹等門。

小妹煮了飯，也不知道從幾點起就一動也不動守著菜，等他轉來吃飯。他叫小妹先吃吧，自己回房間換一身內衫短褲，免得弄髒了明天要再穿一遍的西裝。臨出房門前，他看見通櫥頂那串沾滿灰塵的日月蛤貝殼項鍊，忽然記起一則旗後囝仔都非常熟悉的鄉野傳說：那日月蛤一紅一白的蛤殼，紅殼是日頭般熱情的查埔化身，白殼是月娘般純潔的查某化身。兩殼各自由遙遠的東西方前來，只有千萬分之一的機率，能偶然於深廣的黑水溝中相遇合而為一，因此孕育了蛤內的生命。

早年，每至傍晚退潮時分，旗後的查某囝仔總會群聚在高雄港內的沙洲頂挖日月蛤、沙叢和孔雀蛤回家加菜，然後留下日月蛤殼，熬夜串成紅白相間的簡樸項鍊，隔天一早送給即將遠航的情人，盼望對方總要記得自己日夜交替不息的思慕。但是像這樣的愛情，他過去從未幻想會發生在自己身上，未來，他也不做類似的幻想。

「少年耶，穿這麼帥，要去相親喔！」船頭仔開玩笑地說。

「是啊。」他說，「今天是哨船頭航線廢止日嗎？」

「是啊！以後只剩哈瑪星那邊有船坐了喔……」少年船工說。

【後記】

再記一頁女兒故事

《濱線女兒》寫的是媽媽家鄉哈瑪星的故事，與寫爸爸家鄉旗後的《複島》算是連作。至於是否會有第三本血緣相近的小說來構成三部曲，目前還不得而知。

這本小說斷斷續續寫作了三年之久，其中的角色原型、故事情節與在地生活風貌，靈感大多來自媽媽口述她幼時的見聞。遇到小說寫不出來，還是覺得哪裡寫錯了的時候，我就會打長途電話回家，問她那時到底是怎樣怎樣。每一次，她所說的一位怪奇人物、一件微小佚事，都足以獨自發展成一則中短篇小說，悄悄而確實地為這本作品累積了豐富素材。她當然也是我最鍾愛的濱線女兒。

此外，在文史資料收集方面，要感謝另一位濱線女兒，王秋蘭阿姨的幫忙。

雖然一樣姓王，不過秋蘭阿姨和我倒是沒有血緣關係。她是我三姨鼓山國校的同班同學，也是媽媽相熟的好友，常常到小說裡寫的大院找她們玩。秋蘭阿姨一世人都住在哈瑪星，甚至當上了哈瑪星郵局的支局長，我還住在高雄時，每年過年郵局發行紀念郵票和套幣，她就會送給我一份，因此長久以來我的集郵簿裡都只有她送來的郵票。

她也是哈瑪星文化協會的資深義工，非常非常熱愛這地方。只要和她聊天，她不出三句就會開講起哈瑪星怎樣物換星移、有什麼新發現的祕密景點，或是哪些古老人物的子孫下場如何了。雖然很有趣，但是聽久了實在有點煩，能逃的話，有時便逃掉了，認真寫小說固然重要，不過，有時也想輕鬆一點吧！

然後，秋蘭阿姨得了癌症，不久就幾乎無法獨自行動，終生未嫁的她不得已提早退休，安心地讓同住的八十多歲媽媽與姊姊照顧她。最後一次去看她時，她連小步走路都很困難，聲音也非常微弱，但不出意料地，她還是愛講哈瑪星的事情。媽媽問了她的治療情況，又談些養生偏方，我那時心裡想，如果沒放棄的話，應該還能撐一段時間吧，以前故意逃掉而沒能聽到的故事，下次過年回來再問她好了。

要回家前，她艱難地走進房間拿了一大疊經年收集有關哈瑪星的書籍、海報傳單、房地產廣告和剪報資料給我，「這些都給你，收好，哈瑪星能寫的東西很多很多，你好好寫。」

「他若寫好了，再簽名送一本給妳。」媽媽說，「所以妳身軀要顧好喔。」

但是，此刻才在寫後記的我，並沒法來得及送書給她。

秋蘭阿姨的骨灰即安放於小說中也寫了的千光寺。千光寺仍清一色是尼姑，某次我們去看阿姨時，其中一個認出我媽來，「妳是不是阿好啊？」兩人居然是國小同學。

「塔裡面都快沒位了，以後不會再收了。」尼姑同學說。

「這裡風景不錯啊……」媽媽說。

「是啊，秋蘭的位很好。」

我站在千光寺的骨灰塔外，俯瞰哈瑪星一覽無遺的房舍風景，視線隨海風拂越第一、第二船渠、翠綠山丘、哨船頭、想像中的碎冰房空中輸送道、高雄港，直至旗津海岸人家。的確是相當好的位置，我多希望秋蘭阿姨能夠永遠快樂地在這裡，照看她最愛的哈瑪星，並化身歲月人情飛逝的濱線女兒故事裡，我深深親愛的一頁。

聯合文叢 411

濱線女兒

作　　者／王聰威
發 行 人／張寶琴
總 編 輯／周昭翡
主　　編／蕭仁豪
資深編輯／尹蓓芳
責任編輯／林劭璜
資深美編／戴榮芝
業務部總經理／李文吉
行銷企劃／蔡昀庭
發行專員／簡聖峰
財 務 部／趙玉瑩　韋秀英
人事行政組／李懷瑩
版權管理／蕭仁豪
法律顧問／理律法律事務所
陳長文律師、蔣大中律師
出 版 者／聯合文學出版社股份有限公司
地　　址／(110)臺北市基隆路一段178號10樓
電　　話／(02)27666759轉5107
傳　　真／(02)27567914
郵撥帳號／17623526 聯合文學出版社股份有限公司
登 記 證／行政院新聞局局版臺業字第6109號
網　　址／http://unitas.udngroup.com.tw
E-mail:unitas@udngroup.com.tw
印 刷 廠／鴻霖印刷傳媒事業有限公司
總 經 銷／聯合發行股份有限公司
地　　址／(231)新北市新店區寶橋路235巷6弄6號2樓
電　　話／(02)29178022

出版日期／2008年4月　初版
2020年10月28日 初版四刷第二次
定　　價／300元

財團法人｜國家文化藝術｜基金會 長篇小說創作發表專案補助

ISBN 978-957-522-755-5（平裝）

國家圖書館出版品預行編目資料

濱線女兒／王聰威著

初版. -- 臺北市：聯合文學. 2008.04〔民97〕

304面；14.8×21公分. --（聯合文叢；411）

ISBN 978-957-522-755-5（平裝）

857.7　　97003835